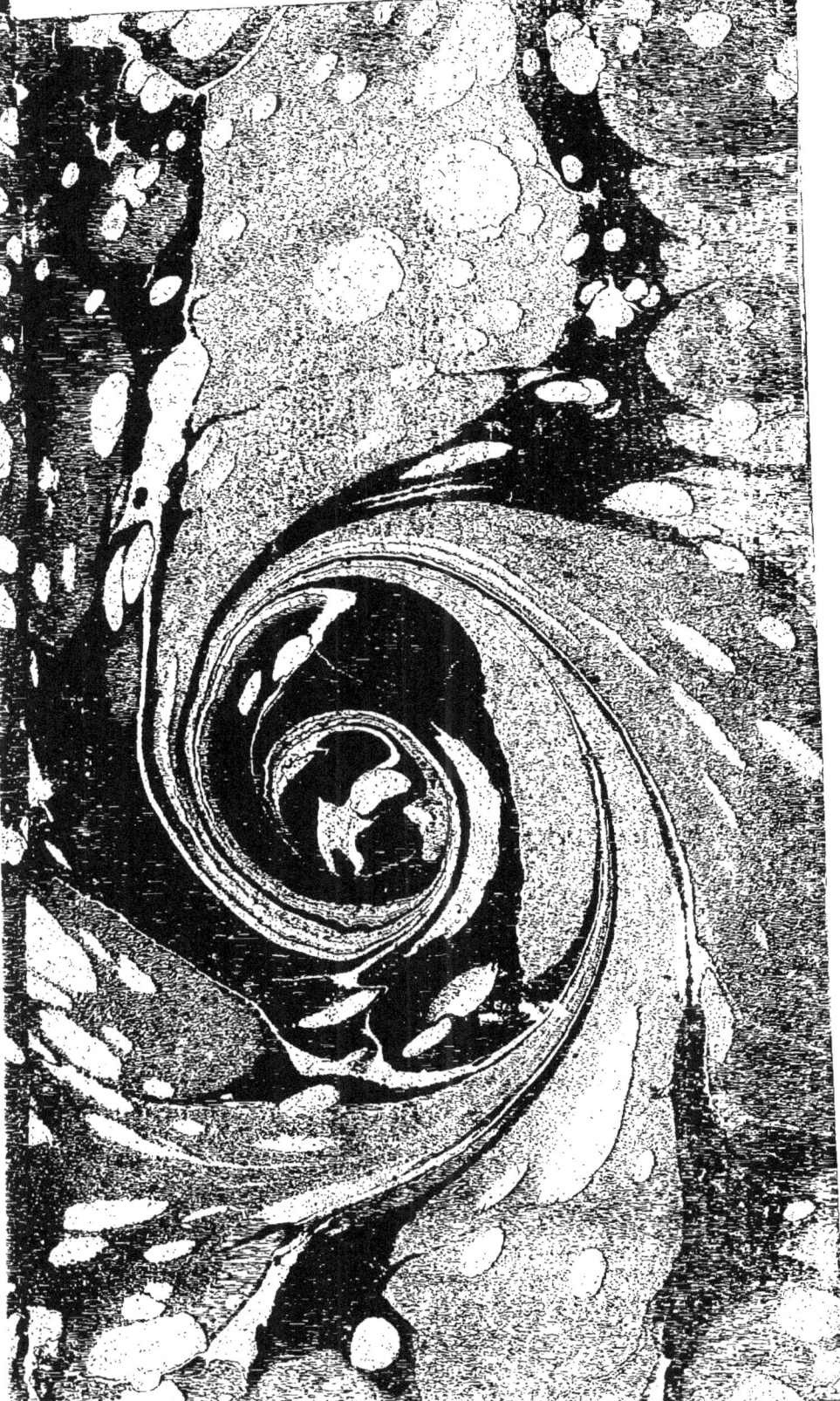

17218
H

MEMOIRES

POUR SERVIR

A L'HISTOIRE

DES

HOMMES

ILLUSTRES

DANS LA REPUBLIQUE DES LETTRES.

AVEC

UN CATALOGUE RAISONNE.

de leurs Ouvrages.

Par le R. P. NICERON, *Barnabite.*

TOME XXXVII.

A LA SCIENCE

A PARIS,

Chez BRIASSON, Libraire, ruë S. Jacques,
à la Science.

M. DCC. XXXVII.

Avec Approbation & Privilege du Roi.

TABLE
ALPHABETIQUE

Des Auteurs contenus dans les trente-sept Vo-
lumes de ces Mémoires.

Le chiffre marque le Volume.

Les noms qui sont en italique marquent les Auteurs
dont il est dit peu de choses & dont il n'est parlé que dans
la vie des autres & non en particulier.

TABLE ALPHABETIQUE.

a iij

TABLE ALPHABÉTIQUE

TABLE ALPHABETIQUE

TABLE ALPHABETIQUE

TABLE ALPHABETIQUE

TABLE ALPHABETIQUE

Tome XXXVII. b

Fin de la Table Alphabetique des Auteurs.

Table particuliere de ce Volume.

APPROBATION.

J'AY lû par ordre de Monseigneur le Garde des Sceaux les 36 & 37e. Volumes des Memoires pour servir à l'Histoire des Hommes Illustres dans la République des Lettres , & j'ai cru que l'on en pouvoit permettre l'impression. A Paris ce 4. Août 1736. HARDION.

MEMOIRES

MEMOIRES
POUR SERVIR
A L'HISTOIRE
DES
HOMMES
ILLUSTRES
DANS LA REPUBLIQUE des Lettres;

Avec un Catalogue raifonné de leurs Ouvrages.

EDMOND MERILLE.

E. MERILLE naquit à *Troyes* en Champagne le 7. Mars 1579. d'un Avocat de cette Ville.

Il fit fes études avec tant de rapidité, qu'il en avoit achevé le cours à l'âge de 15. ans, & qu'il commença à feize à fe donner au Droit. Comme les guerres avoient diffi-

Tome XXXVII.   A

E. Me-RILLE. pé toutes les Univerſités, il apprit les élemens de cette ſcience, ſous la direction de ſon pere, qui avoit étudié pendant cinq ans à *Bourges* ſous *Duaren & Cujas.* Mais lorſque la paix eut rendu la tranquillité à la France, il s'en alla à *Touloufe*, où il ſe donna tout entier à la Juriſprudence ſous *Guillaume Maran.* Les troubles, qui n'étoient point encore entierement appaiſés dans cette partie du Royaume, l'obligerent de paſſer quelque temps à *Cahors*; & il y continua ſes études favorites. Il y acquit même une telle réputation de ſçavoir & de capacité, que lorſqu'il eut reçu le degré de Docteur en Droit à *Touloufe*, il fut nommé Profeſſeur en cette Faculté dans l'Univerſité de *Cahors*, quoiqu'il n'eût alors gueres plus de 21. ans. Quelques-uns envieux de ſon mérite voulurent attaquer cette nomination, comme faite contre les loix à cauſe de ſa grande jeuneſſe; mais le Parlement de *Touloufe*, inſtruit de la capacité de *Merille*, la confirma.

Il remplit cette place pendant près de douze années; après leſquelles il

fut appellé à *Bourges* pour en rem- E. Me-
plir une femblable avec de plus forts rille.
appointemens.

Il commença à profeffer dans
cette derniere Ville en 1612. ce qu'il
continua de faire jufqu'à la fin de
fa vie avec beaucoup de réputation.

Il mourut par un trifte accident.
Le Dimanche 14. Juillet 1647. ayant
reçu la vifite d'un Confeiller de *Bour-*
ges , après être revenu de la Meffe,
il le reconduifoit , lorfqu'il fit un
faux pas , qui le fit tomber , & il
fe frappa la tête fur une pierre avec
tant de violence , qu'il en mourut
le même jour , âgé de 68. ans.

Il avoit époufé *Ifabelle de Comba-*
rieu , de *Cahors* , dont il eut quelques
enfans.

Il avoit dit quelques jours avant
fa mort à quelques-uns de fes amis ,
qu'il avoit fait fon teftament , par
lequel il laiffoit fa Bibliotheque à
l'Univerfité pour l'ufage du Public ;
mais il ne fe trouva point , foit qu'on
l'eût détourné , foit qu'il fe fût véritablement perdu ; & fa Bibliotheque fut venduë avec fes papiers & les
Ouvrages qu'il avoit deffein de faire
imprimer. A ij

E. ME-
RILLE.

Ses enfans lui firent dresser cette Epitaphe qu'il avoit faite lui-même. *Edmundus Merillius Tricassinus, Antecessor primùm Cadurcensis anno ætatis vicesimo & altero electus, ac postea in Bituricensem Academiam evocatus, & Consiliarii Regis Codicillis honoratus, peccatorum hic resurrectionem expectat.*

Vixit annos 68. in Professione 47. in Matrimonio. . . .

Obiit 1647. 14. *Julii, qui erat Dominicus, hora post meridiem prima.*

Evocatus est anno 1612.

Il étoit sçavant, & son style est clair & net; mais il n'avoit pas assez de critique. C'est le jugement qu'en porte *Gregoire Majans* dans sa *Bibliotheca.*

Catalogue de ses Ouvrages.

1. *Notæ Philologicæ in Passionem Christi, cum ipsius Passionis textu Græco & Latino ex IV. Evangeliis.* Paris. 1632. *in*-8°. It. *Helmstadii.* 1657. *in*-4°. Quoique le titre de cette édition porte qu'elle est plus correcte que celle de *Paris*, elle est remplie de fautes grossieres. It. Dans le 3e. vol. des *Opuscula ad Historiam as*

Philologiam Sacram fpectantia, raffem- E. Me-
blés par *Thomas Crenius*, & impri- RILLE.
més à *Roterdam* 1693. *in-*8°. It. dans
l'édition de toutes fes œuvres faite
à *Naples* en 1720. *in-*4°. Cet Ouvrage eft eftimé.

2. *Expofitiones in quinquaginta deci-*
fiones Juftiniani. Parif. 1618. *in-*4°.

3. *Ex Cujacio libri tres, qui conti-*
nent variantes interpretationes ex libris
Digeftorum & ex libris Codicis, & de-
fenfas Lectiones Florentinas. Parif.
1638. *in-*40. *Merille* s'eft propofé de
faire voir dans les deux premiers
Livres les interpretations differentes
& oppofées de *Cujas* fur le Digefte
& fur le Code. Il foutient dans le
troifiéme, qu'on ne doit point s'e-
carter de la lettre des *Pandectæ Flo-*
rentinæ, cet exemplaire du Digefte
étant le meilleur & le plus correct
qu'il y ait, & qu'ainfi on ne doit
pas legerement y changer des mots,
qui ne laiffent pas d'être fort bons,
quoique le fens nous en foit fouvent
inconnu. Vers la fin de cet Ouvrage, *Merille* rapporte encore fous le
titre de *Variantes Cujacii Interpreta-*
tiones, des interpretations de *Cujas*,

E. ME-
RILLE.

tirées des Instituts de *Justinien*, &
de la Paraphrase de *Theophile*, qui
se contredisent, pour faire voir que
ce Jurisconsulte varie quelquefois,
& qu'il n'est pas d'accord avec lui-
même. Quelques personnes ont fait
un crime à *Merille* d'avoir attaqué
ainsi *Cujas*, qui n'étoit plus en état
de lui répondre, & ont prétendu
qu'il s'étoit voulu relever lui-même, en tâchant d'abaisser ce grand
homme ; je trouve même un Ouvrage destiné à le réfuter sur ce point,
qui a pour titre : *Dispunctor ad Me-
rillium, seu de interpretationibus va-
riantibus in libros Digestorum dispunc-
tiones, ab Osio Aurelio. Aurelia.* 1642.
*in-*8°. *Merille* proteste cependant qu'-
il n'a eu en tout ceci que la verité en
vûe.

4. *Observationum libri duo. Paris.* 1638.
*in-*40. A la suite de l'Ouvrage précédent. Ces Livres d'Observations se
sont accrus dans la suite jusqu'au
nombre de huit. *Merille* prétend y
éclaircir les expressions obscures des
anciens Jurisconsultes, dont il rapporte les Loix.

5. *Liber singularis differentiarum Ju-*

ris restitutus ex Libris Manualium J. E. ME-
Pauli. Paris. 1638. *in-4°.* A la suite RILLE.
des deux Ouvrages précédens.

6. *Edmundi Merilli Commentarii in
libros quatuor Institutionum, concinna-
ti à Cl. Mongin. Paris.* 1654. *in-4°.*

7. *Oratio de tempore in studiis Juris prorogando.* Dans les *Gundlingia-
na*, tom. 2. p. 147. & dans l'édition de ses Oeuvres, faite à *Naples*
en 1720.

8. *Vita Edmundi Merilli, per ip-
sum scripta.* A la p. 71. de *l'Histoire
du Berry* par *Gaspar Thaumas de la
Thaumassiere, Bourges.* 1691. *in-fol.*

9. *Antonii Contii opera ex Manuscriptis Autoris in unum redacta. Paris.* 1616. *in-4°.* Cette édition a été
faite par les soins de *Merille.*

10. *Edmundi Merillii, Tricassini,
J. C. opera omnia. Videlicet, Observationum Libri VIII. Notæ Philologicæ in
Passionem Christi. Expositiones in quinquaginta decisiones Justiniani. Varian-
tium ex Cujacio Libri tres. Differentiarum Juris ex Libro Julii Pauli Liber singularis. Oratio de tempore in
studiis Juris prorogando. Nova editio,
gravibusque mendis, quibus Parisien-*

E. ME-
RILLE.

*sis inquinata prodierat, emaculata. Ad-
jecta est Græcorum locorum versio. Item
de Autore quædam. Neapoli.* 1720. *in-
40.* deux vol.

V. *Sa vie par lui-même & son Eloge par Thaumas de la Thaumassiere dans
son histoire du Berry.* p. 69.

RAOUL BOUTHRAYS.

R. Bou-
THRAYS.

R *Aoul Bouthrays* ou *Boutrays*,
(car son nom se trouve écrit
de ces deux manieres) en Latin *Ro-
dolphus Botereius*, naquit vers l'an
1552. à *Chateaudun*, Ville, qu'en plusieurs endroits de ses Ouvrages il
appelle sa patrie & le lieu de sa naissance.

Il semble que la plûpart des Auteurs ayent pris plaisir à défigurer son
nom. *Baillet* l'appelle *de Bouteroue*;
le P. *Liron* dans sa *Bibliotheque Char-
traine* lui donne les noms de *Boterey*,
ou *Beautrays*; d'autres le nomment
Boutraye.

Il fut Avocat au Grand-Conseil
& se partagea entre les affaires & la
composition de differens Ouvrages.
C'est même par ses Ouvrages seuls

qu'il nous eſt connu ; car nous igno- R. BOU-
rons tout ce qui regarde ſa perſon- THRAYS.
ne en particulier. On y voit qu'il
étoit bon Catholique, & qu'il ne
s'étoit point laiſſé entraîner au tor-
rent de la Ligue, mais avoit toujours
été attaché à ſon Prince légitime.

Il mourut vers l'an 1630. âgé alors
de plus de 75. ans.

Catalogue de ſes Ouvrages.

1. Les premiers vers qu'on trouve
de lui, conſiſtent en un diſtique Latin,
qui eſt dans une édition de 1582. des
figures de la Bible du petit *Bernard*.

2. *Elegie à M. de Vauprivas.* C'eſt
une piéce de 186. vers François à la
loüange de la *Bibliotheque Françoiſe* de
du Verdier, qui eſt à la tête de ce Livre.

3. *Semeſtrium Placitorum Magni
Concilii, quæ ad Beneficiorum ſingula-
res controverſias pertinent Liber I. Pariſ.* 1606. *in-*8°. Ce Recueil des Arrêts du Grand Conſeil, mal cité apparemment dans quelque Catalogue,
a donné lieu à quelques Auteurs de
donner à *Bouthrays* un *Livre des Armes du Grand-Conſeil*, qu'il n'a jamais fait. Cette faute a été copiée
dans le Supplément de *Morery* de
l'an 1735.

R. Bou-   4. *De rebus in Gallia & toto pene or-*
THRAYS.   *be gestis ab anno* 1594. *ad annum*
1610. *Commentariorum Libri* 16. *Pa-*
ris. 1610. *in-*8°. deux vol. On voit
ici l'histoire de 16. années, dont chacune est renfermée dans un Livre.
L'Auteur y a ajouté un 17ᵉ. Livre,
qui n'est pas exprimé dans le titre,
& qui est intitulé : *Hujus anni ineun-*
tis 1610. *trimestris libatio.*

5. *Ludovicus XIII. Commentario-*
rum de rebus in Gallia & toto pene or-
be gestis Liber I. Tomi tertii. Paris.
1610. *in-*80. pp. 24. sans deux piéces
de vers, l'une Latine, & l'autre Françoise, qui sont à la fin.

6. *Henrici Magni vita. Paris.* 1611.
*in-*8°. pp. 218. En prose. *Bouthrays*
a ajouté à la fin une piéce de *vers*
Chronologiques de la vie du Grand Hen-
ri en 10. pages. Le P. *le Long* s'est
trompé, lorsqu'il a dit dans sa *Bi-*
bliotheque de la France, que cette vie
fait la premiere partie du troisiéme
volume des Annales de France de
cet Auteur. Outre que cela ne peut
être, puisque le sujet qui y est traité, est à peu près le même que celui des deux premiers volumes des

Annales , le titre de l'Ouvrage pré- R. Bou-
cédent fait connoître le contraire , THRAYS.
cette premiere partie étant remplie
par les commencemens du Regne
de *Louis XIII.*

7. *Rod. Boterei Lutetia. Ejusdem ad
Paulum V. Pont. Max. Postulatio. Ad-
juncta est descriptio Lutetia Parisiorum ,
Authore Eustathio à Knobelsdorf Pru-
teno , edita apud Wechelum anno* 1543.
Parif. 1611. *in-8°.* pp. 224. Tout cela est en vers. La 2e. piéce a pour titre particulier. *Ad Paulum V. Postulatio , ut renovata sanctione Concilii
Constantiensis , Regum Sicarios , sua-
sores , laudatoresque , ac Francica Co-
rona depeculatores devoveat.*

8. *Recueil de Poèmes & de Panegyriques de la Ville d'Orleans. Orleans.*
1615. *in-8°.* Le P. *le Long* a eu tort
de distinguer une édition Latine &
une autre Françoise de ces éloges
d'*Orleans.* Ce qui l'a trompé , c'est
que le titre est François , & l'ouvrage tout Latin.

9. *Musa Pontificia , sive Praesulum ,
Cardinalium , & Episcoporum Guiliel-
morum Blancorum Poëmata , à Rod.
Botereio edita. Parif.* 1618. *in-4°.*

R. Bou-
THRAYS.

10. *Lessus in funere Cosmi Medicæi, Magni Ducis Etruriæ. Scriptore Rod. Botereio. Parif.* 1621. *in-*4°.

11. *Ludovici XIII. Felicis, Justi, Clementis, Victoris, Triumphat. Quadrimestre itinerarium ab Oceano Neustrico, ad Montes Pyrenæos à* 7. *Quintilis ad* 7. *Novembris* 1620. *ex quotidianis Itionibus, Stativis & Castrametationibus. Rod. Botereius collegit, ex tertio tomo Annalium excerpsit, & seorsim publicavit. Parif.* 1621. *in-*8°. pp. 106. Quoique le Livre soit Latin, l'Epitre Dédicatoire au Roy est Françoise.

12. *Veritable rélation de ce qui s'est passé au second voyage du Roy, depuis le premier du mois de May* 1621. *Avec la description des Villes que le Roy par ses armes a remises à son obéissance, ou qui lui ont volontairement porté les clefs. Tolose. in-*8°. pp. 226. sans date & sans nom d'Auteur. Comme *Boutherays* promettoit quelque chose de semblable dans le Livre précédent, il n'y a point de doute que celui-ci ne soit de lui. Le P. *le Long* marque une édition faite à *Paris* en 1632. *in-*8°. qui porte le nom de

Bouthrays ; je ne puis dire s'il ſe trompe , mais il y a faute dans ce qu'il
place ce ſecond voyage en 1622. Je
pancherois auſſi à croire qu'il y en
a de même dans la date du Livre ,
& qu'au lieu de 1632. il faut mettre
1622.

13. *Breviarium vitæ Nicolai Brular-*
ri, Franciæ Cancellarii , ſcriptore Rod.
Botereio. Pariſ. 1624. in-8o. pp. 22.

14. *Urbis Gentiſque Carnutum hiſto-*
ria ex veterum & recentiorum Monu-
mentis. Collegit & ex Urbium Galliæ
ſuo opere Latino excerpſit Rod. Bot.
Pariſ. 1624. in-8°. pp. 83. Cet Ouvrage eſt en partie en proſe & en
partie en vers.

15. *Urbani VIII. electio & Fran-*
ciſci Cardinalis Barberini Legatio ad
Ludovicum XIII. ex tertio tomo Anna-
lium. Pariſ. 1625. in-8°.

16. *Urbani VIII. Laudatio pro re-*
centi Cardinalium Cooptatione. in - 12.
J'ignore la date de cet Ouvrage ,
que je ne connois que par le Catalogue de la Bibliotheque Barberine.

17. *Pro Rege Chriſtianiſſimo defen-*
ſio adverſus peſtilentis doctrinæ libel-
lum , cui titulus : Admonitio G. G. R.

R. Bou- *Rodelpho Botereio scriptore. Paris. 1626.*
THRAYS. *in-8º. pp. 49. It Altera editio amplior*
& emendatior. Ibid. 1626. in-8º. pp.
55. L'Ecrit qu'il combat ici, est
une Satyre violente contre le Roy,
& l'Etat.

18. *Gallicinium in aliquot falsas*
damnatasque Antonii Santarelli asser-
tiones pro Rege Christianissimo, Rod.
Boterei opusculum. Paris. 1626. in-8º.
pp. 135.

19. *Ludovici Servini Elogium. Pa-*
ris. 1626. in-8º. pp. 8. En prose.

20. *Nicolai Verduni, Archipræsidis*
Curiæ Elogium historicum. Paris. 1627.
in-8º. pp. 14. En prose.

21. *Hieronymi Haquavillæ, Ar-*
chipræsidis Curiæ ad Augustioris pur-
puræ gloriam evectio ex tertio tomo An-
nalium R. Boterei. Paris. 1627. in-8º.
En prose.

22. *Castelodunum, seu primariæ Ur-*
bis Dunensis Comitatus descriptio. Pa-
ris. 1627. in-8º. En vers.

V. *La Bibliotheque du Richelet de*
M. l'Abbé le Clerc, & ses Additions
au Dictionnaire de Bayle.

JOACHIM VADIANUS.

Oachim *Vadianus* , en Allemand *von Watte* , naquit à *Saint-Gal* le 29. Novembre 1484. de *Joachim von Watt* , Senateur de cette Ville , & de *Madeleine Talmann.* J. VA= DIANUS.

Après qu'il eut fait ſes premieres études avec ſuccès dans ſa patrie , il alla les continuer à *Vienne* en Au= triche , ou les Lettres floriſſoient alors.

La liberté qu'il s'y vit hors des yeux de ſes parens , penſa lui être funeſte ; car comme il étoit coura= geux & robuſte , il embraſſoit avec plaiſir toutes les occaſions qui s'of= froient de tirer l'épée contre ſes ca= marades , & s'expoſoit ſans crainte à tous les dangers ; mais un Mar= chand de cette Ville , qui avoit été chargé par le pere de *Vadianus* , de veiller ſur ſa conduite , & de lui fournir l'argent dont il auroit be= ſoin , lui ayant répréſenté les ha= zards qu'il courroit en faiſant le mé= tier de bréteur , & le chagrin que

J. VA- son pere en ressentiroit, lorsqu'il en
PIANUS. seroit informé, le toucha par ses
remontrances, & l'engagea à se donner tout entier à l'étude.

Quand il se fut rendu suffisam-
ment habile, il songea à décharger
son pere de la dépense qu'il faisoit
pour lui, & se chargea d'enseigner
la jeunesse à *Villach*, Ville de Ca-
rinthie.

Après quelque séjour en ce lieu,
il se lassa de son employ, & retourna à *Vienne*, pour y joüir du Commerce des Sçavans, qu'il n'avoit pû
gouter à *Villach*.

Il n'eut pas lieu de se répentir
d'être retourné dans cette Ville ; car
Ange Cosso, de *Boulogne*, qui y pro-
fessoit les Belles-Lettres, étant mort
quelque temps après, il fut choisi
pour lui succeder. Il se fit beaucoup
d'honneur dans cette place, & les
ouvrages qu'il publia alors lui procurerent la Couronne Poëtique, que
l'Empereur *Maximilien I.* lui donna
à *Lintz* le 12. Mars 1514.

L'année suivante 1515. il haran-
gua, au nom de l'Université de
Vienne, *Sigismond* Roy de Pologne,

Cij

en préfence de l'Empereur. La répu-   J. VA-
tation qu'il acquit par-là, le fit dans DIANUS.
la fuite nommer Recteur de cette
Univerfité.

Il fut quelque temps incertain
quel parti il embrafferoit, celui de
la Jurifprudence, ou celui de la Medecine. Il pancha d'abord pour la
premiere de ces fciences, à laquelle
il s'appliqua quelque temps ; mais
il fe détermina enfuite pour la Medecine, en laquelle il fe fit recevoir
Docteur à *Vienne* le 9. Novembre
1518.

Son féjour en cette Ville fut de
dix années, pendant lefquelles il fit
quelques voyages en Hongrie, en
Allemagne, & en Italie. Enfin l'a-
mour de fa patrie le ramena au bout
de ce temps à *S. Gal*, ou il fut fait
Medecin de la Ville, qui lui donna
pour cela des appointemens.

L'année fuivante 1519. il fe maria, & époufa *Marthe Grebel* de *Zurich*.

Les difputes de Religion, qui di-
vifoient alors le Pays, l'engagerent
à s'adonner aux matieres Theologiques. Les Livres des P. Reformateurs,

Tome XXXVII.   B

J. VA-qu'il lut, le féduifirent, & il aban-
DIANUS. donna la Religion Catholique, qu'il
avoit profeffée jufques-là, pour em-
braffer leurs fentimens.

Elevé à la charge de Sénateur, il
employa même fon autorité pour les
faire recevoir de tout le monde. Le
fuccès, qui accompagna fes foins,
le fit élever en 1526. à la dignité de
Conful de *S. Gal*, dont il remplit
les fonctions avec tant de dexterité
& de prudence, qu'il y fut élevé
encore fept autres fois depuis.

Il mourut le 6. Avril 1551. âgé
de 66. ans.

Ses Livres qu'il laiffa au Sénat de
S. Gal, furent placés dans un lieu
deftiné à contenir la Bibliotheque
publique de la Ville, avec cette inf-
cription.

Joachimus Vadianus, Poëta, Ora-
tor, Medicus, Geographiæ vindex,
Sacrarum inprimis ac in omni doctri-
narum ftudio, ut immortalia ejus tef-
tantur ingenii monumenta, vir clariff.
Civitatis hujus Sangallenfis ut fumma
prudentia, ita pari quoque humanita-
te Conful vigilantiffimus : qui cum
unius Chrifti gloriæ patriæque falutis

ſtudioſiſſimus eſſet , cui ne moriturus J. VA-
quidem ſe deſuturum declararet primus DIANUS.
librorum ſuorum omnium pro pub. con-
ſtituenda Bibliotheca Remp. Sangallen-
ſem hæredem ſcripſit. Senatus igitur
prudentia, fide , & eximia in pia ſtu-
dia liberalitate pulcherrimo huic ɔrna-
mento conſervando , ac cottidie magis
ac magis illuſtrium Virorum ſcriptis
locupletando hic locus dicatus eſt. Proin-
de veſtrum erit, optimi Cives , ad inſti-
tutum & exemplum Teſtatoris veſtra
ſtudia componere , iiſque bonis grato
animo frui ; in quibus tam feliciter vir
hic ornatiſſimus eſt verſatus.

Mortuus eſt VII. Id. Aprilis , an-
no 1551. ætatis ſuæ 66. Conſul VIII.
Catalogue de ſes Ouvrages.

1. *Carmen de laudibus Cæſarum Fri-*
derici III. patris , & filii Maximilia-
ni. Epitaphium Rudolphi Epiſcopi Her-
bipolenſis , & alia quædam. Argentinæ.
1514. in 4°.

2. *Rudolphi Agricolæ Junioris Rhe-*
ti ad Joachimum Vadianum Epiſtola
de locorum non nullorum obſcurita-
te , cum Joachimi Vadiani Epiſtola
reſponſoria. Baſileæ. 1515. in 40. Va-
dianus donne dans ſa lettre l'explica-

J. VA tion de plusieurs endroits des anciens
DIANUS. Auteurs Latins.

3. *Joach. Vadiani Oratio in Conventu Cæsaris & trium Regum , & Sebastiani Winderi , ad Matthæum S. Angeli Cardinalem. Viennæ. 1515. in-40.* Le discours de *Vadianus* , est celui qu'il fit au Roy de Pologne , dont j'ai déja parlé. Celui de *Winder* , qui y est joint , fut aussi prononcé au nom de l'Université de *Vienne.*

4. *Ægloga , cui titulus Faustus , contra invidos quosdam. Elegia de Vadianorum familiæ insignibus à Sigismundo I. Romanorum Rege donatis , ad Melchiorem fratrem. Viennæ. 1517. in-40. Melchior Vadianus* , jeune homme de grande espérance , mourut à *Rome* dans sa 20e. année.

5. *Elegia , qua certamen suum cum morte describit , & Ode in laudem Dominicæ Resurrectionis. Viennæ. 1518. in-40.* Avec *Arbogasti Strub , Glaronessii , Orationes quædam & Versus.*

6. *De Poëtica & Carminis ratione liber , ad Melchiorem Vadianum, fratrem. Viennæ Austriæ. 1518. in-40.* *Gesner* marque fort en détail dans

fa Bibliotheque le contenu de cet
Ouvrage.

7. *Pomponii Mela de fitu Orbis libri
tres , cum Commentariis Joachimi Vadiani. Vienna Auftriæ.* 1518. *in fol. It.
Bafilea.* 1522. *in-fol. It. Parif.* 1530.
& 1540. *It. Bafilea.* 1557. *&* 1577.
in-fol. Ces dernieres éditions ont de
plus que la premiere une réponfe à
Jean de Camerino , *Francifcain* , qui
dans fes remarques fur *Solin* avoit
critiqué quelque chofe dans le Commentaire de *Vadianus* , la lettre à
Rodolphe Agricola dont j'ai parlé au
nº. 2. & *Mythicum Syntagma* , *cui titulus : Gallus pugnans.*

8. *Georgii Collimitii* , *& Joachimi
Vadiani in C. Plinii de naturali Hifto-
ria librum fecundum Scholia quædam.
Bafilea.* 1531. *in - fol.* A la fuite du
Commentaire de *Jacques Ziegler* fur
ce Livre.

9. *Epitome trium Terræ partium ,
Afiæ , Africæ , & Europæ , compendia-
riam locorum defcriptionem continens ;
præcipue autem quorum in Actis Lu-
cas , paffim autem Evangeliftæ & Apoftoli meminere. Cum addito in fine Elen-
cho Regionum , Urbium , Amnium,*

J. VA-*Infularum , quorum in Novo Tefta-*
DIANUS. *mento fit mentio. Tiguri.* 1534. *in-fol.*
It. *Additis Tabulis Geographicis. Tigu-*
ri. 1548. *in-8°.*

10. *Aphorifmorum libri fex de con-*
fideratione Euchariftiæ , de Sententiis
videlicet fuper hac re controverfis , de
Sacramentis antiquis & novis , deque
verbo , Symbolis , & rebus ; item de
vero veri Corporis Domini efu , de
Tranfubftantiationis dogmate & veri-
tate Corporis Chrifti humani ; præter-
ea qualis fuerit ritus Cœnæ veteribus ,
rurfus per quos , quomodo , & qui-
bus temporibus is ceremoniarum accef-
fione auctus atque immutatus fit. Tigu-
ri. 1536. *in-fol.* It. *Ibid.* 1585. *in-8°.*
L'Auteur a été un grand ennemi du
Zuinglianifme.

11. *Orthodoxa & erudita Epiftola ,*
qua hanc explicat quæftionem : an cor-
pus Chrifti propter conjunctionem cum
verbo infeparabilem , alienas à corpore
conditiones fibi fumat ? Accefferunt D.
Vigilii Martyris & Epifcopi Tridenti-
ni libri quinque contra Eutychen &
alios Hæreticos , parum pie de natu-
rarum Chrifti proprietate & perfonæ
Unitate fentientes. Tiguri. 1539. *in-8°.*

12. *Ad D. Joannem Zuiccium Conf-* J. VA=
tantiensis Ecclesiæ Pastorem Epistola DIANUS.
in qua post explicatas in Christo Naturas
diversas , & Personam ex diversis Na-
turis unam , Jesum servatorem nostrum,
vel in gloria veram esse creaturam ,
tum Oraculis scripturarum Sacrosanc-
tis , tum Interpretum Orthodoxorum
autoritate docetur & demonstratur. Ac-
cessit ejusdem Antilogia , ad D. Gas-
paris Schuenckfeldii argumenta , in li-
bellum qui ab eo summarium inscrip-
tus est , collecta ; quibus Christum Do-
minum in gloria receptum , amplius
Creaturam nullo modo esse contendit.
Tiguri. 1540. *in-*8°.

13. *Treize erreurs considerables de*
Gaspar Schuinckfeld , tirées de ses Ou-
vrages. (en Allemand.) *Zurich. in-*8°.

14. *Pro veritate Carnis triumphan-*
tis Christi , quod ea ipsa , quia facta
est , & manet in gloria , creatura ,
hoc est , nostra caro esse non desierit ,
Anacephalæosis , sive recapitulatio; ad
Joannem Zuiccium. Tiguri. 1541.
*in-*8°.

15. *Consilium contra pestem. Basileæ.*
1546. *in -* 4°. C'est le seul Ouvrage
qu'il ait publié fur la Medecine.

J. VA-
DIANUS. 16. *Chronologia Abbatum Monaste-*
rii S. Galli, cum notationibus ex Ve-
tustis Membranis. Dans le premier
tome des Ecrivains d'Allemagne de
Melchior Goldast p. 152.

17. *De obscuris Verborum signifi-*
cationibus Epistola. Dans le même Recueil de *Goldast*, tom. 2. p. 82.

18. *Farrago Antiquitatum Alaman-*
nicarum, sive de Collegiis & Monas-
teriis Germaniæ veteribus, cum addi-
tionibus Bartholomæi Schobingeri ad
Vadiani farraginem. Dans le Recueil
de *Goldast*, tom. 3. p. 1.

19. *De Christianismi ætatibus.* Dans
le même volume, p. 159.

20. *Epistola de conjugio servorum*
apud Alamannos. Dans le même volume, p. 193.

V. *Melchioris Adami Vitæ Germa-*
norum Medicorum. Les Eloges de M.
de Thou & les additions de Teissier.

PIERRE NANNIUS.

Pierre *Nannius*, dont le nom P. NAN-
Flamand étoit *Nanninck*, na- NIUS.
quît à *Alcmaer* en Hollande, l'an
1500.

Après avoir fait ſes études à *Louvain*, il enſeigna pendant quelque
temps dans l'école de ſa Ville natale. Mais étant retourné dans cette
premiere Ville, il y fut Précepteur
de quelques jeunes gens nobles dans
le College de *S. Jerome* juſqu'à l'an
1539. que *Conrad Glocenius* Profeſſeur en langue Latine & en Humanités dans le College de *Buſleiden* de
la même Ville de *Louvain* étant mort,
il fut choiſi pour lui ſucceder dans
ce poſte, dont il prit poſſeſſion le
1. Fevrier de cette année. *François
Sweertius* dit qu'il commença à en-
ſeigner le 14. Janvier, s'il l'a fait ef-
fectivement, il n'a pû le faire en qualité de ſucceſſeur de *Glocenius*, comme il ſemble le donner à entendre,
puiſque ce Profeſſeur ne mourut que
le 25. de ce mois.

Tome XXXVII. C

P. NAN-
NIUS.

Nannius s'acquita fort bien de son employ , & se rendit par son érudition & par son mérite particulier agreable aux personnes les plus considerables des Pays-Bas , & entre autres à *Antoine Perrenot* , alors Evêque d'*Arras* , qui fut depuis Cardinal. Ce Prélat lui donna même des marques de son estime , en le nommant à un Canonicat de son Eglise d'*Arras*.

Toute sa vie s'est passée à instruire les autres , & à composer un grand nombre d'Ouvrages.

Il mourut le 21. Juillet 1557. âgé de 57. ans , après avoir professé dix-huit années ; & fut enterré dans l'Eglise Cathedrale de *S. Pierre de Louvain* , avec cette Epitaphe.

Petro Nannio , Alcmariano , Presbytero & Canonico Atrebatensi , Viro Doctissimo , Humaniores Litteras in Collegio Buslidiano annos 18. professo , Sigismundus Fridericus Fuggarus Baro in Kirchberg & Viana , B. M. & amico paterno Mem. & Virtutis ergo , jussu parentis pos.

Vixit annos 57. Obiit 1557. XII. Cal. Augusti. Sweertius a mal mis

dans cette Epitaphe, qu'il étoit mort P. NAN-
le 31. Juillet. *Die XXXI. Julii*, fau- NIVS.
te que *Valere André* a fuivie dans fes
Fafti Academici Lovanienfes, mais
qu'il a corrigée dans fa *Bibliotheque
Belgique.*

Nannius a traduit en Latin plufieurs Ouvrages Grecs ; & M. *Huet*
temoigne qu'il eft fort fidele à rendre les penfées de fes Auteurs, &
qu'il a merveilleufement bien exprimé leur caractere, & fort approché
du naturel. Cependant M. *Hermant*
affure qu'il a tellement renverfé le
fens de S. *Athanafe* en plufieurs endroits, qu'au lieu de nous faire entendre ce qui eft obfcur dans le
Grec, il a fait tomber en diverfes
fautes les Auteurs, qui ont fuivi fa
verfion ; & que ceux-ci enfuite en
ont trompé plufieurs autres par l'autorité qu'ils avoient acquife.

Catalogue de fes Ouvrages.

I. Συμμίκτων, *five Mifcellanea-
rum Decas. Lovanii.* 1548. in-8o. It.
Lugduni. 1548. in-8°. It. Dans le I.
tome du *Thefaurus Criticus Gruteri*,
p. 1226. C'eft un Ouvrage de critique, fur la correction & l'explica-

P. NAN- tion des Auteurs.

NIUS,   2. *In M. T. Ciceronis Verrinam IV.*
& V. Castigationes. Lovanii. 1546.
in-4o.

3. *Castigationes in T. Livii librum*
tertium Decadis primæ. Lovanii. 1545.
in-4o.

4. *Consulti Chirii Fortunatiani Rhe-*
toricorum libri tres , Castigatiores red-
diti. Ibid. 1550. *in-8o.*

5. *In Virgilii Bucolica Commentarius.*
Basilea. 1559. *in-8o.*

6. *Deuterologia , sive spicilegia in*
librum IV. Æneidos. Lovanii. 1544.
in-4o.

7. *Commentarius in Artem Poëti-*
cam Horatii. Dans l'édition d'Horace avec le Commentaire de *Lævinus*
Torrentius. Antuerp. 1608. *in-4o.*

8. *Annotationes in Institutiones Ju-*
ris Civilis, Græcè à Theophilo versas.
Lovanii. 1536. *in-4o.*

9. *Apologia pro Annotationibus in*
Institutiones Juris Civilis , contra Ja-
*cobum Curtium. Lovanii. in-*4o. It.
Dans le 1. volume du *Thesaurus Cri-*
ticus de *Grater.*

10. *Notæ in Symmachi Relationem,*
& Epistolam S. Ambrosii adversus ean-

dem. A la ſuite du Commentaire de P. NAN-
Victor Giſelinus ſur *Prudence. Antuer-*NIVS.
piæ. 1564. *in - 8º.*

11. *Scholia in Orationes D. Am-*
broſii de obitu Valentiniani Imperato-
ris, de exceſſu fratris ſui Satyri, &c.
Dans les éditions de S. *Ambroiſe* faites à *Baſle* en 1567. & à *Paris* en
1569. *in - fol.*

12. *De Claris Romæ Corneliis libel-*
lus ad Cornelium Muſium. Dans l'é-
dition de *Cornelius Nepos*, faite à
Francfort l'an 1608. *in-fol.*

13. *In Cantica Canticorum Para-*
phraſis & Scholia. Lovanii. 1554.
in-4º.

14. *Scholia in ſapientiam Salomonis.*
Baſilea. 1552. *in-4º.* Ce ſont là tous
les Ouvrages de critique & les Commentaires de *Nannius.* Venons maintenant à ſes Diſcours.

15. *Orationes tres, de laudibus elo-*
quentiæ, Hiſtoria & Agriculturæ. Lo-
vanii. 1541. *in-4º.* Ce ſont trois Diſcours qu'il prononça en differens
temps, avant que d'expliquer à ſes
Auditeurs l'Orateur de *Ciceron*, *Ti-*
te-Live, & les Georgiques de *Virgile.*

16. *Oratio in funere Conradi Glo-*

C iij

cenii. Ibid. 1542. *in*-4°. C'eſt l'éloge funebre de ſon prédéceſſeur.

17. *Orationes Gratulatoriæ tres in adventu Caroli V. Imperatoris in Belgium. Lovanii.* 1543. *in*-4°. La premiere à été imprimée ſéparement en 1540.

18. *Oratio de obſidione Lovanienſi. Lovanii.* 1548. *in*-4°.

19. *Declamatio quodlibetica de æternitate Mundi. Lovan.* 1549. *in*-8°.

20. *Declamatio de Bello Turcis inferendo. Lovanii.* 1536. *in*-8°. It. *Cum Sadoleti Oratione ejuſdem argumenti. Baſileæ.* 1588. *in*-8°. It. A la p. 80. du 4e. tome du Recueil de *Nicolas Reuſner*, publié ſous ce titre : *De Bello Turcico Selectiſſima Orationes & Conſultationes.*

21. *Somnium, ſive Paralipomena Virgilii, Res inferæ à Virgilio relicta ; Oratio dicta in enarratione libri VI. Æneidos. Somnium alterum ; Præfatio in Librum II. Lucretii. Lovanii.* 1611. *in*-8°. Ces deux diſcours n'ont été imprimés que long-temps après ſa mort.

22. *Dialogiſmi V. Heroinarum. Lovan.* 1541. *in*-4°. It. trad. en Fran-

çois : *Cinq Dialogismes ou délibera-* P. NAN-
tions de cinq nobles Dames , à sçavoir NIUS.
Lucrece , Susanne , Judith , Agnes ,
Camma Galatienne , traduits du La-
tin de Pierre Nannius par Jean Mil-
let. Paris. Arnoul l'Angelier. 1550.
*in-*8°. Nannius aimoit beaucoup ce
genre d'écrire , dans lequel il a encore écrit les deux pièces suivantes.

23. *Duarum SS. Martyrum Aga-*
thæ & Luciæ Dialogismi. Lovanii. 1550.
*in-*4°.

24. *Dialogus de Milite peregrino.*
Ibid. 1543. *in-*4°.

25. *M. Catonis & Phocionis Vitæ ,*
è Plutarcho Latinè versæ. Lovanii.
1540. *in-*4°.

26. *Demosthenis Oratio de immuni-*
tate adversus Leptinem , Latinè versa.
Lovanii. 1542. *in - *4°. *It. Basilea.*
1544. *in-*8°.

27. *Demosthenis & Æschinis Epis-*
tolæ Latinè versæ. Lovanii. 1537. *in-*4°.

28. *Synesii & Apollonii Epistolæ se-*
lectiores , Latinè versæ. Ibid. 1544.
*in-*4°.

29. *Athenagoras de Resurrectione*
Mortuorum; Græcè & Latinè. P. Nan-
nio Interprete. Lovanii. 1541. *in-*4°.

P. NAN-It. *Basileæ.* 1558. *in* - 80. It. *Paris.*
RIUS. 1567. *in-80.*

30. B. *Athanasii Alexandrini Ope-*
ra, à Petro Nannio collecta, & La-
tinè versa. Basileæ. 1556. *&* 1564.
in-fol. En un vol. divisé en quatre
parties, dont les trois premieres sont
de la traduction de *Nannius* & la
quatriéme a été traduite par d'autres. La version de *Nannius* se trouve dans toutes les éditions suivantes.
Mais le P. *Montfaucon* l'a tellement
corrigée dans l'édition qu'il a donnée des œuvres de *S. Athanase* en
1698. qu'elle peut y passer pour une
version nouvelle.

31. *S. Basilii Magni Homilia in*
Christi Natalem, Latinè versa. Lo-
vanii. 1537. *in-80.*

32. *S. Basilii M. Homilia tres* 1. *In*
illud Lucæ : Diruam horrea mea, &c.
De avaritia. 2. *Adversus divites.* 3.
In fame & siccitate habita. Latinè ver-
sa. Lovanii. 1537. *in-80.*

33. *S. Joannis Chrysostomi Homi-*
lia tres. 1ᵃ. *De simultate sive ira, &*
jurejurando fugiendo. 2ᵃ. *Cur hebdoma-*
da magna vocetur. 3ᵃ. *In Parabolam*
decem millium debitoris ; Latinè ver-

se. Je ne sçai quand cette version a P. NAN
été imprimée pour la premiere fois. NIUS.

34. Il a paraphrasé en vers Latins
quelques Pseaumes de David , & sa
paraphrase a été imprimée avec celle
de *Jacques Latomus* sur tous les
Pseaumes à *Anvers* l'an 1572. *in*-8o.

35. *Leges Municipales Civium Me-
chlinensium è lingua Teutonica in Latinam translata. Lovanii.* 1552. *in*-4o.

36. *Carmen & Epistola ad Damia-
num à Goes.* A la p. 560. & 616. des
voyages de ce Portugais.

V. *Fr. Sweertii Athenæ Belgicæ. Va-
lerii Andreæ Bibliotheca Belgica ; &
Fasti Academici Lovanienses.* p. 279.
*Auberti Miræi Elogia illustrium Bel-
gii scriptorum. Les Eloges de M. de
Thou , & les additions de Teissier.*

GUILLAUME DE LAVAUR.

G Uillaume de Lavaur , Escuyer,   G. DE
Seigneur de *la Boisse* naquit à LAVAUR.
Saint-Cere dans le Vicomté de *Tu-
renne* en Querci le 11. Juin 1653.
de *Paul de Lavaur* , Avocat au Parlement de Toulouse.

G. DE
LAVAUR.
Après avoir étudié en Droit dans cette derniere Ville, il vint à *Paris*, où il fréquenta quelque temps le Barreau, & s'appliqua à l'étude de la Jurisprudence avec beaucoup d'assiduité : Ce qui ne l'empêcha pas de cultiver avec soin les Belles-Lettres, qu'il a toujours aimées.

De retour en sa Province, il se maria avec *Marie Charlotte Maynard*, fille de *Charles Maynard*, Gentilhomme ordinaire du Roy, & petite fille de *François Maynard*, Président à *Aurillac* en Auvergne.

Ce mariage l'attacha à *Saint-Ceré*, d'où il n'est jamais sorti depuis que par necessité. Il y étoit le conseil, l'arbitre, & l'oracle du Pays. Il avoit l'estime de tout le monde, & il se l'étoit attirée par sa generosité, son bon cœur, son attention pour le prochain, & son zele pour le bien public.

Il joignoit à ces bonnes qualités une érudition profonde. Il étoit Philosophe, Orateur & Poëte. Il sçavoit parfaitement le Grec & l'Hebreu, & possedoit toutes les finesses de la langue Latine.

Il mourut à *Saint-Cere* le 8. Avril
1730. dans ſa 77ᵉ. année.

G. D E
LAVAUR.

Catalogue de ſes Ouvrages.

1. *Hiſtoire ſecrette de Neron , ou
le Feſtin de Trimalcion , traduit de
Petrone avec des notes hiſtoriques.*
Paris. 1726. *in-*12. deux tomes , pp.
447. L'Auteur prétend faire voir ,
que *Petrone* a voulu déſigner *Neron ,*
ſous le nom de *Trimalcion.*

2. *Conference de la Fable avec l'Hiſtoire Sainte , où l'on voit que les grandes Fables , le culte , & les myſteres
du Paganiſme , ne ſont que des copies
alterées des hiſtoires , des uſages &
des traditions des Hebreux.* *Paris.*
1730. *in-*12. deux tomes. It. *Amſterdam.* 1731. *in-*12. Deux tomes
qui ne font qu'un volume médiocre.
Pluſieurs Auteurs avoient déja traité
ce ſujet , entr'autres M. *Huet ,* dans
ſa démonſtration Evangelique ; M.
de Lavaur a taché d'y répandre un
nouveau jour , autant qu'il l'a pû faire dans une matiere ſi obſcure.

V. *Son Eloge dans le Mer cure
Novembre* 1731.

JEAN HEURNIUS.

J Ean Heurnius naquit à *Utrecht* le
25. Janvier 1543. d'*Othon Heurnius,* d'une famille ancienne du Païs,
& de *Gertrude de Velsen* suivant *Melchior Adam,* ou *Okkers,* selon *Paul
Freher.*

Il commença à étudier sous *George Macropedius,* Recteur de l'Ecole
d'*Utrecht,* qui étoit célebre dans ce
temps-là. Mais il répondit si mal aux
soins qu'on se donna pour l'instruire,
qu'il sçavoit à peine lire à l'âge de
onze ans, & qu'à quinze ans il n'a-
voit encore pu apprendre les regles
de la Grammaire. Depuis ce temps-
là il s'attacha à l'étude avec tant d'ardeur, qu'il y passoit les jours & les
nuits, & par un travail assidu, il
repara bientôt le temps qu'il avoit
perdu jusques-là, & acquit un grand
fond de sçavoir.

Lorsqu'il eut 18. ans, son pere
le mena à *Louvain,* où il s'appliqua à l'étude de la Medecine, de la
Philosophie & des Mathematiques.

Il vint à l'âge de 21. ans à *Paris* J. Heur-
dans le deſſein de s'y perfection- nius.
ner dans la Médecine , & il l'étudia
pendant trois années ſous *Louis Du-*
ret , Profeſſeur Royal , dont il ſuivit les leçons avec beaucoup d'aſſi-
duité. Il s'y appliqua auſſi à la Philoſophie ſous *Charpentier* & *Ramus* ,
& aux Belles-Lettres ſous *Turnebe* &
Dorat.

Il vouloit paſſer enſuite en Eſpagne , mais ſes amis l'ayant détourné de ce voyage , il alla à l'âge de
24. ans en Italie. Il fit un long ſé-
jour à *Padoue* , pour y profiter des
inſtructions des fameux Profeſſeurs ,
qui y enſeignoient , *Capivacci* , *Ste-*
phanelli , *Mercurialis* , *Paterni* ,
Aquapendente , & *Guilandin*. Un
Seigneur Venitien , qui alloit en
Ambaſſade à *Conſtantinople* , prévenu de ſon mérite & de ſa capacité ,
voulut alors l'engager à faire le voyage avec lui ; la choſe étoit aſſez de
ſon goût , mais la crainte de déplai-
re à ſon pere , en faiſant ce voyage
ſans ſa participation , le lui fit man-
quér.

Heurnius s'étant ſuffiſamment inſ-

J. HEUR-
NIUS.

truit à *Padoue*, se rendit à *Pavie*
à l'âge de 28. ans, c'est-à-dire, en
1571. Il prit dans cette Ville le
dégré de Docteur en Medecine, &
y demeura deux ans auprès de *Nicolas Perrenot de Granvelle*, en qualité de son Medecin.

Un Professeur de cette Université, qui avoit conçu de l'estime &
de l'affection pour *Heurnius*, voulut lui faire épouser une fille unique
qu'il avoit, lui laisser tout son bien,
& lui faire donner sa chaire. Il l'engagea par avance, pour parvenir à
ce dernier point, à faire quelques
leçons qui pussent servir de preuves de sa capacité. Mais quelques
Italiens jaloux de sa réputation con-
jurerent sa perte ; & comme il connoissoit le caractere de la nation, il
fut si effrayé de leurs menaces, qu'il
se hâta de sortir secretement de l'I-
talie, & qu'il crut n'être en seureté,
que lorsqu'il s'en vit dehors.

De retour à *Utrecht* en 1573. il
s'y donna à la prátique de la Medecine, & fut Medecin du Prince
d'*Egmont*, & de *Noortcarmes*, Gouverneur de la Province.

Ce fut alors qu'il fe maria , & J. Heur-
époufa *Chriftine Beyers* , d'une bon- nius.
ne famille du Pays , dont il eut onze enfans ; entr'autres *Othon Heurnius* , qui a publié fes Ouvrages Pof-
thumes.

Quelque temps après il fut élû Sénateur d'*Utrecht* ; charge qu'il eut
bien de la peine à accepter , à caufe
des troubles qui regnoient alors , &
dont il fe fit difpenfer le plûtôt qu'il
lui fut poffible.

En 1581. il fut appellé à *Leyde* ,
pour y remplir une chaire de Profeffeur en Medecine ; & il en a fait
les fonctions jufqu'à fa mort , c'eft-
à-dire , pendant 20. ans.

Il fut fix fois Recteur de l'Univerfité , & l'on remarque qu'il a été
le premier , qui y ait difféqué des
corps : Ce qu'il fit à la priere de fes
Ecoliers.

Après avoir joüi long-temps d'u-
ne parfaite fanté , il fut attaqué de
la pierre , & en ayant été tourmen-
té pendant trois années entieres , il
en mourut le 11. Août 1601. âgé
de 58. ans.

On l'ouvrit après fa mort , & on

J. HEUR-
NIUS.

lui trouva dans la veſſie ſept pier-
res, dont chacune peſoit deux drag-
mes.

Il fut enterré avec cette Epitaphe.

H. S. E.

Joannes Heurnius, vir celeberri-
mus, in Academia Leydenſi prima-
rius Medicinæ Profeſſor per annos XX.
& in eadem VI. Rector magnificus,
magnæ prudentiæ, ſummæ in docendo
& ſcribendo venuſtatis ac celebritatis.
Vita laudabiliter tranſacta obiit XI.
Auguſti 1601.

Catalogue de ſes Ouvrages.

1. *Praxis Medicinæ nova ratio;*
quâ Libris tribus Methodi ad Praxim
Medicam aditus facillimus aperitur ad
omnes morbos curandos. Lugduni Ba-
tav. 1587. & 1590. in - 4°. It. Ibid.
1599. in - 80. It. Ibid. 1609. in - 40.
It. Ex accurata recenſione Zachariæ
Sylvii, Medici Amſtelodamenſis. Ro-
terodami. 1650. in-80.

2. *Inſtitutiones Medicinæ. Acceſſit*
Modus ratioque ſtudendi eorum qui
Medicinæ operam dicarunt. Lugd. Bat.
1592. in-8°. It. Hanoviæ. 1593. in-8°.
It. Lugd. Bat. 1609. in-12. It. Ibid.
*   1666.*

1666. *in*-12. La piéce ajoutée à ces J. Heur-
Inftitutions fe trouve fous ce titre : Nius.
De Studio Medicinæ bene inftituendo,
avec *H. Grotii & aliorum Differtatió-*
nes de Studiis inftituendis. Amftelod.
1645. *in*-12. *& Ultrajecti.* 1651. *in*-
12.

3. *De Morbis, qui in fingulis par-*
tibus humani Capitis infidere confue-
verunt. Hîc artificiofa methodo, &
incredibili facilitate, Morborum ideæ,
caufa, & cujufque caufa mortificâ par-
tifque ægra figna, prognofes & cura-
tio rationalis & Empirica graphice de-
pinguntur. Lugd. Bat. 1594. *in*-40. It.
Poft mortem Autoris. Otto Heurnius
F. edidit. Ibid. 1609. *in*-40.

4. *Hippocratis Coi Prolegomena &*
Prognofticorum Libri tres ; cum Para-
phraftica verfione & brevibus Commen-
tariis. Lugd. Bat. 1597. *&* 1603. *in*-
4°. Les Traités, qu'on voit ici fous
le titre de *Prolegomena* font les fui-
vans. *Jusjurandum. De Medico. Lex.*
De Arte. De veteri Medicina. De ele-
gantia Præceptiones. De Carnibus, fi-
ve Principiis. De Purgatoriis remediis.

5. *De Febribus liber. Lugd. Bat.*
1598. *in*-40.

Tome *XXXVII.* D

J. HEUR-
NIUS.

6. *De Peste liber. Ibid.* 1600. *in-4°.*

7. *Hippocratis Coi Aphorismi, Græ-*
cè & Latinè ; brevi enarratione, fi-
daque interpretatione ita illustrati, ut
ab omnibus facile intelligi possint. Cum
historiis, observationibus, cautionibus
& remediis selectis. La premiere édition de cet Ouvrage doit être de l'an
1601. puisqu'on voit à la tête une
Epitre Dédicatoire de *Jean Heur-*
nius, datée de cette année, qui fut
celle de sa mort. It. *Lugd. Bat.* 1609.
in-4°. & in-12. It. *Ibid.* 1623. *&*
1638. *in-12.* It. *Hagæ Comitis.* 1664.
in-12. It. *Jenæ & Lipsiæ.* 1677. *in-4°.*

8. *De Morbis Oculorum, Aurium,*
Nasi, Dentium, & Oris liber, edi-
tus post mortem Autoris ab ejus filio
Ottone Heurnio. Lugd. Bat. 1602.
in-4°.

9. *De Morbis Pectoris liber. Lugd.*
Bat. 1602. *in-40.* Avec le précédent.

10. *De gravissimis Morbis Mulie-*
rum liber ; de humana felicitate liber ;
& de Morbis novis & mirandis Epis-
tola. Edidit Otto Heurnius. Lugd. Bat.
1607. *in-40.*

11. *De Morbis Ventriculi liber. Res-*

ponſum ad nobil. Præſidem Johannem J. HEUR-
Banchemium, & Conſiliarios ſupremæ NIUS.
Curiæ Hollandiæ, Zelandiæ & Weſt-
friſiæ: Nullum eſſe Aquæ innatationem
Lamiarum indicium. Oratio de Medi-
cinæ origine, Æſculapidum ac Hip-
pocratis ſtirpe & ſcriptis. Edidit Otto
Heurnius. Lugd. Bat. 1608. *in-4°.*

12. *In Hippocratis Coi de Homi-*
nis natura Libros duos Commentarius.
Edidit Otto Heurnius. Lugd. Bat.
1609. *in-40.*

13. *In Hippocratis Coi de victûs*
ratione in morbis acutis Libros qua-
tuor Commentarius. Edidit Otto Heur-
nius. Ibid. 1609. *in-40.*

14. *Joannis Heurnii Opera omnia,*
tam ad Theoriam, quàm ad Praxim
Medicam ſpectantia, ab Ottone Heur-
nio, filio, in duo tomos diſtributa ac
edita. Lugd. Bat. 1609. *in-4°. It.*
Lugduni. 1658. *in-fol.* C'eſt un Recueil de tous les Ouvrages, dont
je viens de parler. On a quelques
autres Ouvrages d'*Heurnius*, dont il
faut faire mention.

15. *Nota, Obſervationes, & Reme-*
dia ſecreta. Dans l'édition des Oeuvres de *Fernel* publiée ſous ce titre;

D ij

J. HEUR-NIUS.

Joannis Fernelii Universa Medicina. Cum notis, observationibus, & remediis secretis Joannis & Ottonis Heurnii, aliorumque præstantssimorum Medicorum. Ultrajecti. 1656. in-4°.

16. *D. Thomæ Aquinatis secreta Alchimiæ magnalia, de corporibus supercœlestibus, & quod in rebus inferioribus inveniantur, quoque modo extrahantur; de lapide Minerali, animali, & plantali. Item Thesaurus Alchemiæ secretissimus, quem dedit fratri suo Reinaldo. Joh. de Rupescissa liber lucis; & Raymundi Lullii Opus quot inscribitur Clavicula & Apertorium, sine quo alii sui Libri intelligi nequeunt. Omnia operâ Danielis Brouchuisii in lucem edita. Cum præfatione Joannis Heurnii. Colon. Agrip. 1579. in-4°.* Cette Préface d'Heurnius est à la louange de l'Alchimie.

17. *Melchior Adam* dit qu'il a fait un *Livre de Natura & præsagio horrendi Cometæ anni* 1577. Je ne sçai ce que c'est.

V. *Melchioris Adami Vitæ Medicorum Germanorum. Freheri Theatrum Virorum Doctorum*, p. 1307. Il y a dans cet Auteur des particularités,

qui ne se trouvent point ailleurs. J. Heur-
Joannis Meursii Athenæ Batava. Fran- nius.
cisci Swertii Athenæ Belgica. Valerii
Andreæ Bibliotheca Belgica. Merc-
klini Leindenius renovatus.

GERAUD DE CORDEMOY.

GEraud de Cordemoy naquit à Pa- G. de Cor-
ris d'une famille noble & an- demoy.
cienne, originaire d'Auvergne.

Il s'attacha d'abord au Barreau,
& exerça la profession d'Avocat avec
succès, quoique sans goût. Un penchant marqué pour la Philosophie
l'entraîna malgré lui. Celle de *Des-
cartes* lui plut, & il plut lui-même par là à M. *Bossuet*, Evêque
de *Meaux*, qui avoit la même passion pour ce Philosophe.

Ce Prélat le mit auprès de M. le
Dauphin en qualité de Lecteur; &
M. l'Abbé *Flechier*, qui fut depuis
Evêque de *Nismes*, eut en même-
temps une place semblable, dont
il fut redevable à M. le Duc *de Mon-
tausier*. Ces deux Ecrivains déja connus l'un & l'autre par leurs Ou-

vrages, se piquerent également de
faire honneur à leurs Patrons, en
travaillant de concert à l'instruction
du jeune Prince.

Le dernier entreprit, par ordre du
Gouverneur, la vie de *Theodose*; &
Cordemoy fut chargé par le Précepteur d'écrire celle de *Charlemagne*.
M. *Flechier*, plus Orateur que Critique, eut bientôt achevé sa tâche.
Quant à *Cordemoy*, comme il ap-
portoit un esprit de Cartesien à ses
lectures, & qu'il ne vouloit rien dire que sur de bonnes preuves, il
n'alla pas loin dans ses recherches
historiques, sans être frappé des contradictions, des bévûës & des fables, dont les Auteurs qui ont parlé de *Charlemagne*, sont remplis. Cela l'engagea à remonter plus haut
& à examiner les regnes précédents,
en remontant jusqu'à l'origine de la
Monarchie; & il se vit insensible-
ment obligé de travailler à l'Histoire des deux premieres races de nos
Rois, qu'il trouva si remplie de
difficultés, qu'elle n'a pu paroître
qu'après sa mort.

Il fut reçu à l'Academie Françoi-

fe le 12. Decembre 1675. à la place de *Jean Balefdens.*

Il eft mort le 8. Octobre 1684.
dans un âge affez avancé.

Catalogue de fes Ouvrages.

1. *Le difcernement du corps & de
l'ame. En fix difcours. Paris.* 1666.
*in-*12. L'Auteur fuit ici les principes de *Defcartes*, aufquels cependant il ne s'attache point de telle
forte, qu'il ne s'en éloigne en quelques endroits. Du refte il s'exprime
avec beaucoup d'élegance & de netteté.

2. *Difcours Phyfique de la parole.*
Paris. 1668. *in-*12.

3. *Lettre à un fçavant Religieux
de la Compagnie de Jefus, pour montrer,* 1°. *Que le fyftême de M. Defcartes, & fon opinion touchant les
bêtes, n'ont rien de dangereux.* 2°.
*Que tout ce qu'il en a écrit, femble
être tiré de la Genefe. Paris.* 1668.
*in-*4°. Le P. *Coffart* eft celui à qui
cette Lettre eft adreffée.

4. *Hiftoire de France. Paris. in-fol.*
deux vol. Le 1. en 1685. & le 2e.
en 1689. Cet Ouvrage étoit impar-
fait lorfqu'il mourut, & fon fils l'a

G. DE COR-
DEMOY.

achevé. Le P. *Daniel* l'a un peu trop
méprisé : car on ne peut nier, qu'il
n'y ait beaucoup de recherches, &
que l'Auteur n'y ait assez-bien de-
broüillé les temps obscurs de notre
Monarchie ; il est vrai seulement que
son style est trop diffus, & que l'é-
rudition s'y montre trop à nud,
comme dit M. l'Abbé d'*Olivet*, &
sans être revêtuë de certaines graces, dont l'Auteur accoûtumé à
écrire sur une Physique abstraite,
n'a pas daigné la parer.

5. *Divers Traitez de Metaphysi-
que, d'Histoire & de Politique.* Paris. 1691. *in-*12.

6. *Les Oeuvres de feu M. de Cordemoy. Paris.* 1704. *in-*4°. Ce sont
tous les Ouvrages précédens, à l'exception de l'Histoire de France,
que le fils de l'Auteur à rassemblés
en un volume.

V. *L'Histoire de l'Academie Françoise par M. l'Abbé d'Olivet.*

LOUIS

LOUIS GERAUD DE CORDEMOY.

Ouis *Geraud de Cordemoy* naquit
à *Paris* le 7. Decembre 1651. de
Geraud de Cordemoy, dont je viens
de parler.

L. G. DE COR- DEMOY.

Ayant embrassé l'état Ecclésiasti-
que, il se mit sur les bancs de Sorbonne, & s'y fit recevoir Docteur.

Il tourna une partie de ses études vers la Controverse, dans laquelle il se rendit aussi habile, que
son pere l'avoit été dans la Philosophie. Plein de zele pour la conversion des hérétiques, il a rapporté à
cet objet presque tous ses travaux
& toutes ses occupations. Il fit dans
ce dessein plusieurs Missions labo-
rieuses dans la Saintonge, & il a
fait à *Paris* pendant plusieurs années des conférences publiques, où
les hérétiques étoient reçus à disputer, & il résolvoit leurs doutes
avec solidité. Enfin c'est à ce but
que se rapportent presque tous les

Tome XXXVII. E

L. G. Ouvrages, qui font fortis de fa
DE C O R- plume.
DEMOY.   Il fut nommé en 1679. à l'Abbaye de *Fenieres*, Ordre de *Citeaux*,
dans le Diocèfe de *Clermont* en Auvergne.

Il eft mort à *Paris* le 7. Février
1722. âgé de 71. ans.

Catalogue de fes Ouvrages.

1. *La methode dont les Peres se font*
fervis en traitant des Myfteres. Par
M. l'Abbé de Moiffy, Confeiller,
Predicateur du Roy, & Aumonier
de la feüe Reine Mere de S. M. Pa-
ris. 1683. in-40. C'eft l'Abbé *de Cor-*
demoy, qui a redigé cette Méthode
fur les Memoires de l'Abbé *de Moif-*
fy.

2. *Récit de la conférence du Dia-*
ble avec Luther, fait par Luther mê-
me dans fon Livre de la Meffe privée
& de l'Onction des Prêtres, traduit
du Latin avec des Remarques. Paris.
1681. & 1684. in-12.

3. Il donna en 1685. le premier
volume de l'*Hiftoire de France de*
Geraud de Cordemoy, fon pere, in-
fol. & le fecond en 1689. en fup-
pléant à ce qui y manquoit. C'eft

lui qui a fait la fin du Regne de
Louis V. & ce qui suit de la seconde race, où finit cette histoire. Le
Roi *Louis XIV.* lui ordonna de la
continuer; mais cette suite qui s'é-
tend depuis *Hugues Capet* jusqu'à la
mort de *Henri I.* en 1060. est de-
meurée manuscrite.

4. *Lettre des nouveaux Catholiques*
de l'Isle d'Arvert en Saintonge à l'Au-
teur des Lettres prétenduës Pastorales.
Paris. 1688. *in-*4⁰. Cet Ouvrage
tend a réfuter M. *Jurieu*, aussi-bien
que les suivants.

5. *Lettre écrite aux nouveaux Ca-*
tholiques d'Arvert en Saintonge, où
il repond aux deux premieres Lettres
de M. Jurieu contre l'Histoire des Va-
riations. Paris. 1689. *in-*40.

6. *Lettre de M... Avocat en Par-*
lement à un de ses fils retiré en An-
gleterre, contre le Systême de l'E-
glise de M. Jurieu. Paris. 1689. *in-*
40. Cette Lettre est encore de l'Abbé de *Cordemoy.*

7. *Traité de l'Invocation des Saints.*
Paris. 1686. *in-*12.

8. *Traité de l'Eucharistie. Paris.*
1687. *in-*12.

E ij

L. G.
DE COR-
DE MOY.

L. G.
DE COR-
DEMOY.

9. *Traité contre les Sociniens, ou la conduite qu'a tenuë l'Eglise dans les trois premiers Siecles, en parlant de la Trinité, & de l'Incarnation du Verbe.* Paris. 1696. *in-*12.

10. *L'éternité des peines de l'Enfer contre les Sociniens.* Paris. 1697. *in-*12.

11. *Les desirs du Ciel, ou les temoignages de l'Ecriture Sainte, contre le pur amour des Nouveaux Mystiques.* Paris. 1698. *in-*40.

12. *Divers Traités de Controverse.* Paris. 1701. *in-*12. pp. 440. Ce Recueil contient quatre Traités, dont le premier renferme des *Réflexions sur l'union des Calvinistes & des Lutheriens.* On trouve dans le second *la conférence de Luther avec le Diable & des remarques sur cette conférence.* Le troisiéme roule sur *l'Invocation des Saints,* & le quatriéme sur *l'Eucharistie.* Ces trois derniers avoient déja été imprimés, comme on l'a vû ci-dessus. Ils sont solides, bien écrits, faciles à entendre, & ne sçauroient manquer d'être utiles à ceux qui cherchent sincerement à connoître la verité. C'est le jugement qu'en

portent les Journaliftes de *Trevoux.* L. G.

13. *Lettres fur differens fujets de* DE COR-
Controverfe. Paris. 1702. *in*-12. pp. DEMOY.
192. Ce petit Livre contient qua-
tre Lettres de Controverfe, & un
Difcours fur les mariages des nou-
veaux Réunis. L'Auteur expofe avec
beaucoup de force & de netteté dans
les Lettres, les Argumens généraux,
que les Catholiques ont coutume
d'apporter contre les Proteftans,
comme l'autorité de l'Eglife, la
fucceffion, la Miffion, &c. & y traite auffi quelques queftions particulieres.

14. *Traité de l'infaillibilité de l'E-*
glife. Paris. 1713. *in*-12. pp. 243.

15. *Traité des faintes Images, prou-*
vé par l'Ecriture & par la Tradition,
contre les nouveaux Iconoclaftes. Pa-
ris. 1715. *in*-12. Ce Traité eft accompagné de trois Opufcules, dont
le 1. contient des *Réflexions impor-*
tantes fur la réponfe des Docteurs
d'Helmftad à la queftion, fi l'on peut
fe fauver dans la Religion Catholique. Le 2e. eft la *Conférence de Lu-*
ther avec le Diable en Allemand,
en Latin & en François, avec de

E iij

nouvelles Réflexions. Le 3e. est un *Discours sur les mariages des nouveaux Réunis*, qui avoit déja été imprimé en 1702. avec les *Lettres de Controverse.*

16. *Traité des Saintes Reliques.* Paris. 1719. *in-12.*

17. *La devotion au Sacré Cœur de Jesus.* J'ignore la date de cet Ouvrage, aussi-bien que du suivant.

18. *La veritable devotion à la Mere de Dieu.*

V. *Mercure d'Avril* 1722. p. 185. *Du Pin Table des Auteurs Ecclésiastiques.* Ce qu'il en dit est peu exact. *Supplément du Morery de l'an* 1735.

PLACIDE PUCCINELLI.

Placide *Puccinelli* naquit à *Pescia*, Ville de la *Toscane* vers l'an 1609.

Il entra le 17. Janvier 1626. dans l'Ordre de S. Benoît, de la Congrégation du Mont-Cassin à *Sainte Marie de Florence*; & il y parvint depuis à la dignité d'Abbé.

Il s'appliqua beaucoup à l'His- P. Puc-
toire Monastique, sur laquelle il a Cinelli.
composé plusieurs Ouvrages. Mais
il manquoit de critique ; ce qui
fait que ces Ouvrages ne sont pas
aussi utiles, qu'ils auroient pû l'ê-
tre, s'il avoit examiné avec des yeux
plus clairvoyans les pièces, dont
il s'est servi.

Il demeura pendant plusieurs années à *Milan*, & y fut reçu dans l'A-
cademie des *Faticosi*.

De retour à *Florence*, il fut chargé du soin de la Sacristie & de l'E-
glise, à l'ornement desquelles il
contribua beaucoup, par les chari-
tés abondantes qu'on lui faisoit.

Il mourut dans cette Ville l'an
1685. ayant passé sa 75ᵉ. année.

Catalogue de ses Ouvrages.

1. *Istoria di Ugo Principe della Toscana, Duca de Spoleto, Conte di Camerino, Fondatore di Sette Monaste-
ri, e Benefattore dell Abbadia di Fiorenza. In Venetia. 1643. in - 4°.* It.
*Corretta & accresciuta con varie cu-
riose aggiunte ; colla Cronica del Mo-
nastero di S. Maria di Firenze, suoi
Privilegi Pontificii, e Cesarei, col Trat-*

P. Puc-　tato di mille *Inscrizioni Sepolcrali*, e
CINELLI. colle loro armi gentilizie, la *Galleria
Sepolcrale*, e l'introduzione della festa
di *S. Mauro*, e colle *Memorie di Pescia*, *Terra conspicua*, e principalis-
sima di *Toscana*. In *Milano*. 1664.
in-4º.

2. *Istoria della Gran Dama Willa,
Madre del Principe Ugo, Fondatrice
dell' Abbadia di Fiorenza.* In *Venetia*.
1643. *in*-4º. It. In *Napoli*. 1643. *in*-
4º.

3. *Origo seu Processus historicus ;
sive Apparatus de illustribus Abba-
tia Florentina Viris*, in 13. *capita com-
pendiose distributus. Mediolani*. 1645.
in-4º.

4. *Vita del B. P. Gomezio Portughe-
se*, discepolo di *Ludovico Barbo*, *Abbate della Badia di Firenza*, *Fondatore dell' insigne Monasterio delle
Murate di Firenze ;* colla *Cronica di
detto Monasterio*, e colla *serie & az-
zioni di tutte le Badesse del mede-
simo*. In *Milano*. 1645. *in*-4º.

5. *Vita del B. Teuzzone*, *Mona-
ce*, *Sacerdote e Romito del Monaste-
ro di S. Maria di Firenze*. In *Milano*.
1645. *in*-4º. It. *Ibid*. 1679. *in*-4º.

Cette derniere édition est augmentée.

6. *Nomenclatura omnium Abbatum Congregationis Unitatis Sanctæ Justinæ Patavii, nunc Casinensis, una cum serie Prælatorum Sanctorum Petri & Pauli de Glaxiate Mediol. Mediolani.* 1647. *in*-4°.

7. *Chronologia Præsidum Generalium Congregationis Casinensis. Mediolani.* 1647. *in*-4°.

8. *Chronologia, seu Epitome Prælatorum Sacri Monasterii Casinensis; nec non Aretii, Florentiæ, Mantuæ, Patavii, Perusii, SS. Petri & Pauli de Glaxiate, S. Simpliciani Mediolani, S. Salvatoris, & SS. Spiritus & Galli Papiæ. Mediolani.* 1647. *in*-4°.

9. *Vita di S. Barnaba Apostolo, primo Pastore di Milano. In Milano.* 1649. *in*-4°. L'Auteur a mis à la fin l'Epitre de *S. Barnabé* en Latin, suivant l'édition de *Vossius.*

10. *Il Zodiaco della Chiesa Milanese, continente le vite de i primi dodici santi Arcivescovi suoi Pastori, distinto in tre parti. In Milano.* 1650. *in*-4°. pp. 409. L'Auteur a mis en

P. Pue-core à la fin de la vie de *S. Bar-*
CINELLI. *nabé*, qui est la premiere, son Epitre en Latin, & à la fin de celle
de *S. Ambroise* l'Epitre de *Symma-*
que aux Empereurs *Arcadius* & *Theo-*
dose sur l'Autel de la Victoire, &
la reponse de *S. Ambroise*, traduites en Italien.

11. *Vita di S. Simpliciano decimo-*
terzo Pastore di Milano. In Mila-
no. 1650. *in* - 4°. pp. 112.

12. *Vita di S. Senatore Settala,*
vigesimo secundo Pastore di Milano.
In Milano. 1650. *in*-4°. pp. 36.

13. *Memorie Antiche di Milano,*
e d'alcuni altri luoghi dello Stato. In
Milano. 1650. *in*-4°. pp. 126.

14. *Della fede e nobiltà del No-*
taio, coll' origine e prerogative de'
principali Collegii de' Notari d'Ita-
lia; colla serie di molti Soggetti in-
signi per sangue, dignità, lettere ed
armi. In Milano. 1650. & 1656.
in-40.

15. *Collegio de' Notari di Milano.*
Ibid. 1650. *in*-40.

16. *Chronicum insignis Monaste-*
rii SS. Petri & Pauli de Glaxiate,
continens Abbatum omnium regimina,

Diplomata, Privilegia, Decreta Pontificum, Cæsarum, Regum, Ducumque, & Principum, item & Sacrarum Reliquiarum nomina, Tribunarum, nec non sepulchrorum erectionum tempora, una cum Inscriptionibus, & omnium Monachorum, qui hoc in Monasterio habitu Monachali fuere exornati, nominibus & Professionis anno. Mediolani. 1655. in-4º.

17. *Vita di S. Mauro, Abbate Levita, discepolo di S. Benedetto, il Taumaturgo della Francia, l'Esculapio sacro degli Infermi, coll' Introduzione del suo Segno per sanare gli oppressi da Catarri e Sciatiche, ed altri malori, con curiosissime pellegrine notizie dell' Ordine Monastico. In Milano. 1655. in-4º.* It. *Coll' aggiunta dell' introduzione della solenne festa, e nobilissima Congregatione eretta nella Chiesa della Badia di Firenze, e con alcuni effettuosi desideri verso il santo, per tutti i giorni della Settimana. In Firenze. 1670. in-4º.* Ce fut *Puccinelli*, qui introduisit la devotion pour S. *Maur*, & qui établit la Congregation, dont il est parlé ici.

P. Puc-   18. *Trionfo Benedittino per il Son-*
cinelli. *tuofo apparato e fefta di S. Mauro*
Abbate, celebrata in Milano per no-
ve Giorni. In Milano. 1658. *in*-4o.

19. *Vita di S. Andrea di Scozzia,*
Archidiacono della Chiefa de S. Do-
nato di Fiefole, Abbate e fondatore
del Monaftero di fan Martino à Men-
folo preffo Fiorenza. In Firenze. 1670.
& 1681. *in*-4o.

20. *Vita di fan Gottardo, Abbate*
di Altaich, e Vefcovo d'Ildefia, Au-
vocato de' Podagrofi. In Milano. 1679.
in-4°.

V. *Bibliotheca Benedictino-Caf-*
nenfis Mariani Armellini. Affifii.
1731. *in-fol. Gregorio Leti. Italia*
Regnante, tom. 3. *p.* 505.

FRANÇOIS DE CLUGNY.

Rançois *de Clugny* naquit le 4. Septembre 1637. à *Aiguemorte*, Ville du bas Languedoc, de *Gui de Clugny*, Seigneur de *Coulombié* en Bourgogne, Lieutenant de Roy en cette Place, & d'*Anne de Conſeil*, fille de François *de Conſeil*, Seigneur de Condamine.

F. DE CLUGNY.

Il perdit ſon pere dans l'enfance, & ſa mere prit ſoin de ſon éducation, & le mit en penſion au College des Prêtres de l'Oratoire de *Beaune*.

Cette Dame après avoir été quelque temps auprès d'*Anne Marie Martinozzi*, Princeſſe de *Conti*, en qualité de premiere Dame d'honneur, abandonna le monde, & alla ſe rendre Religieuſe Converſe dans le Couvent des Carmelites de *Beaune*, où elle mourut dans la pratique des vertus Chrétiennes & Religieuſes.

François de Clugny, ſon fils, n'eut pas plûtôt achevé ſon année de Rhé-

F. DE torique, qu'il demanda à être reçu
CLUGNY. dans la Congregation de l'Oratoire, & il le fut à l'âge de 14. ans.

Après avoir paffé fon année d'Inf-
titution à *Paris*, il alla à *Fully* faire fa Philofophie, après laquelle il
revint à *Paris* étudier en Théologie.

Il enfeigna enfuite la Grammaire & les Humanités au *Mans*, à
Beaune, à *Angers*, à *Troyes*, & à
Montbrifon. Ce fut à *Troyes* qu'il fut
ordonné Prêtre à Pâques de l'an
1662.

Il demeuroit à *Montbrifon*, lorfqu'il fut menacé de perdre la vûë.
Il la fentit tout d'un coup s'affoiblir, de maniere qu'il ne voyoit
prefque plus. Il fit pour trouver un
remede à ce mal un voyage à *Paris*, & s'y mit entre les mains des
plus habiles Oculiftes. Ce qu'ils lui
firent n'opera rien pour lors; mais
quelque temps après fa vûë revint
affez pour qu'il pût lire & écrire,
quoiqu'avec peine.

Le P. *Senault*, qui étoit alors Général de l'Oratoire, crut qu'il falloit le mettre dans une maifon de

repos & l'envoya en 1665. demeurer à *Dijon*, près de son frere aî-né, qui faisoit son séjour ordinaire à *Coulombié*, qui n'en est pas éloigné; & il passa dans cette Ville le reste de ses jours.

Il y fit de grands fruits, soit par ses prédications, soit par ses Catechismes publics, soit par la direction, pour laquelle il avoit un talent particulier, & qui lui attiroit la confiance d'un grand nombre de personnes.

Malgré son humilité, il fut obligé en 1680. d'accepter pour trois années la superiorité de la Maison de *Dijon*, mais on ne put le faire consentir à la garder plus longtemps.

Il assista en qualité de Deputé de l'Evêque de *Langres*, à la publication d'un Avertissement Pastoral du Clergé de France à ceux de la Religion P. Reformée, qui fut faite par ordre du Roy dans leur Temple à *Is-sur-Tille* le 23. Octobre 1683. Avant qu'on procedât à cette lecture, il prêcha sur ce sujet dans l'Eglise Paroissiale du même lieu, en presence d'un grand nombre de

F. DE personnes qualifiées, qui s'y étoient
CLUGNY. renduës pour l'entendre.

Il mourut à *Dijon*, confumé de
mortification, & de travaux fpi-
rituels, & en réputation de fainte-
té, le 21. Octobre 1694. âgé de 57.
ans.

Catalogue de fes Ouvrages.

1. *La devotion des Pécheurs. Par
un Pécheur. Lyon. 1685. in-12. It. 3ᵉ.
Edition. Lyon. 1701. in-12.* L'Auteur de fa vie nous apprend que
dès que cet Ouvrage commença à
paroître, il fut déferé au Grand
Vicaire de M. l'Evêque de *Langres*,
comme contenant une Doctrine
dangereufe; mais l'ombrage que l'on
en avoit pris, fut bien vîte diffi-
pé. Il y a pris le nom de *Pécheur*,
comme il a fait dans tous fes autres Ouvrages.

2. *Le Manuel des Pécheurs; di-
vifé en deux parties. Dijon. 1687.
in-12. It. Lyon. 1696. in-12. It. 3ᶜ.
édition. Lyon. 1713. in-12.*

3. *De l'Oraifon des Pécheurs. Lyon.
1689. in-12. It. 2ᵉ. édition. Ibid. 1701.
in-12.* Ce Traité a été compofé fur
les Mémoires du P. *de Clugny*, comme

me on le voit par l'Avertiſſement.

4. *Sujets d'Oraiſons pour les Pé-*
cheurs, tirés des Epîtres & des Evan-
giles de l'année. Lyon. in-12. Quatre volumes. Les 3. premiers en 1695.
& le 4e. en 1696.

4. *Sujets d'Oraiſon pour les Pé-*
cheurs ſur tous les Myſteres de Nô-
tre Seigneur Jeſus-Chriſt. Lyon. 1696.
in-12. Cet Ouvrage fait le 5e. volume du précédent.

5. *Sujets d'Oraiſon pour les Pé-*
cheurs ſur les Saints & les Saintes les
plus remarquables, dont on fait les
Fêtes durant le cours de l'année, ou
qui ont excellé dans la vertu de Peni-
tence. Lyon 1696. *in-12.* deux tomes.

V. *Abregé de la vie du P. François*
de Clugny, par un Prêtre de ſa Con-
gregation. Lyon. 1698. *in-12.* Cet
Abregé eſt du P. *Edme Bernard*
Bourrée.

JACQUES LE ROY.

Jacques le Roy, Baron du S. Em-
pire, Seigneur de *Brouchem*,
Saint-Lambert, la Tour, &c. na-
Tome XXXVII. F

J. LE
ROY.

quit à *Bruxelles* le 29. Octobre 1633.
de *Philippe le Roy*, Chevalier Ban-
neret, Conseiller au Conseil Souverain des Finances des Pays-Bas, &
de *Marie de Raet. Bayle* qui le fait
natif d'*Anvers*, & met sa naissance le 28. Octobre, s'est trompé.

Sa famille étoit originaire de France; mais ses ancêtres en sortirent
vers le milieu du 15e. Siecle pour
suivre le Duc de Bourgogne, *Philippe le Bon*, & s'établirent dans les
Pays-Bas.

Dès qu'il fut en état de voyager,
son pere l'envoya étudier dans les
plus fameuses Universités de l'Europe; & à son retour, il lui rési-
gna sa charge de Conseiller au Conseil des Finances, à laquelle fut
ajoutée depuis celle de Sur-Inten-
dant des affaires du Commerce.

Il s'acquitta si exactement de toutes les deux, que le Marquis de
Caracene, Gouverneur des Pays-Bas,
le choisit pour aller en Espagne rendre compte au Roy *Philippe IV*. de
l'état de son Gouvernement.

Après s'être dignement acquitté
de sa commission, il retourna dans

les Pays-Bas : mais ne pouvant dans
la fuite s'accorder avec le Marquis
de *Caftel-Rodrigo*, qui en avoit été
fait Gouverneur, il prit le parti de
renoncer à fes emplois, & fe retira à une terre qu'il avoit près
d'*Anvers*.

S'il perdit par là l'efperance de
fe poufer dans la voye de la fortune, la république des Lettres y gagna, puifqu'il profita du loifir qu'il
trouva dans fa retraite, pour s'ap-
pliquer à l'hiftoire de fon Pays, &
pour compofer quelques Ouvrages.

Il mourut à *Liere* dans le Brabant le 7. Octobre 1719. âgé de 86.
ans.

Il avoit époufé *Ifabelle Macque-
reel*, dont il a eu plufieurs enfans.
Catalogue de fes Ouvrages.

1. *Hiftoire de l'alienation, engage-
re, & vente des Seigneuries, De-
maines, &c. des Duchez de Brabant & de Limbourg. Bruxelles. in-
fol.* fans date.

2. *Notitia Marchionatus Sacri Romani Imperii, hoc eft, Urbis & Agri
Antuerpienfis, Oppidorum, Domi-*

J. LE
ROY.

F ij.

J. L E niorum, *Monasteriorum, Castellorum*
R Q Y, *que sub eo : in qua origines & pro-*
gressus illorum eruuntur, ex Archi-
vis Regiis, Oppidanis, Monasticis,
Principumque Diplomatibus & Sigil-
lis, ac sepulchralibus Episcoporum,
Prælatorum & Nobilium Monumen-
tis. Amstelodami. 1678. *in fol.* Avec
un grand nombre de figures.

3. *Achates Tiberianus, sive Gem-*
ma Cæsarea antiquitate, argumento,
arte, historia prorsus incomparabilis,
D. Augusti Apotheosin, Imp. Cæs.
Tiberii, Augustæque Julia Domus Se-
riem & Icones, gentesque bello cap-
tas repræsentans, quæ in Gazophyla-
cio Christ. Regis asservatur, notis hif-
toricis illustrata. Amstelodami. 1683.
in. fol.

4. *Topographia Historica Gallo-*
Brabantiæ, quâ Romanduæ Oppida,
Municipia, & Dominia illustrantur;
atque Monasteria, Nobiliumque Præ-
toria, Castellaque in æs incisa exhi-
bentur. Amstelodami. 1692. *in fol.*
∞ On ne sçauroit desirer un détail
∞ plus particulier de ce qu'on nom-
∞ me le Brabant Wallon ; & si l'on
∞ avoit une semblable notice de tou-

» te l'Europe , l'on auroit un ma-
» gafin inépuifable d'éclairciffemens
» & d'inftructions. (*Bayle , Diction-*
» *naire.*). J'ajoute que *le Roy* n'a
épargné ni foins , ni dépenfes , ni
voyages , pour rendre fon Ouvrage le plus parfait & le plus exact
qu'il étoit poffible.

5. *Chronicon Balduini Avennen-*
fis , Toparchæ Bellimontis ; five Hif-
toria Genealogica Comitum Hannoniæ
aliorumque Principum , ante annos
4co. *confcripta , primum nunc edi-*
ta , & notis hiftoricis illuftrata. An-
tuerpiæ. 1693. *in-fol.*

6. *Prædictio Antoniæ Bourignon*
de vaftatione urbis Bruxellarum per
ignem. Amftelod. 1696. *in-12.* pp.
13. *Le Roy* , qui eft l'Auteur de
cette brochure , après une courte
defcription des maux que la Ville
de *Bruxelles* fouffrit le 13. Août
1695. par le bombardement des
François, rapporte ce que l'on trouve touchant *Antoinette Bourignon*
dans *Morery* , & ces paroles d'une
lettre de cette fille , écrite à M. de
Cort le 15. Janvier 1666. *Je ne vois*
point que je me puiffe arrêter à Bruxel-

J. LE
Roy.

les, encore bien que j'aurois toutes les permiſſions requiſes, ne fut que ce ſeroit auſſi pour peu de temps, d'autant plus que Bruxelles doit perir par le feu, ſi j'ai bien vû, comme je vous diſois, étant chez *Maſuriel*. *Bayle* parlant dans ſon Dictionnaire de ce petit Ouvrage, dit que l'eſprit, qui avoit revelé cette incendie à la demoiſelle *Bourignon* n'avoit pas bien révelé le temps; puiſqu'elle s'imaginoit en 1666. que la Ville de *Bruxelles* ſeroit brûlée bientôt, & que cependant elle ne fut bombardée que 29. ans après. *Poiret* a taché de repondre à cette remarque dans ſa *lettre touchant les Auteurs Myſtiques*; & *Bayle* lui a repliqué dans l'édition de ſon Dictionnaire, qui a ſuivi celle de la lettre de *Poiret*.

7. *Caſtella & Prætoria Nobilium Brabantiæ, Cœnobiaque celebriora ad vivum delineata, ærique inciſa, in quatuor partes diviſa, complectentes agrum Lovanienſem, Bruxellenſem, Antuerpienſem, & Sylvæ-Ducenſem; cum brevi eorumdem deſcriptione. Ex Muſeo Jacobi le Roy. Antuerpiæ*

Sumptibus Autoris. 1697. *in-fol.* J. LE

8. *L'Erection de toutes les Terres,* R O Y.
*Seigneuries , & Familles titrées du
Brabant, prouvée par des extraits des
Lettres Patentes , tirées des originaux.
Leyde.* 1699. *in-fol.*

9. *Le grand Theatre profane du Duché de Brabant , contenant une description générale & abregée de ce Pays ,
la suite des Ducs de Brabant , la description des Villes , la forme de leur
Gouvernement , & les évenemens les
plus remarquables , la description des
Châteaux & Maisons Seigneuriales ,
surtout dans les Territoires de Louvain, Bruxelles , Anvers & Boisle-
duc ; le tout représenté au naturel ,
dessigné sur les lieux mêmes, & gra-
vé par les meilleurs Maîtres : à quoi
on a ajouté la description Topographi-
que & Historique du Brabant Wallon , avec une dissertation sur l'an-
neau qui servoit de Sceau , & le temps
où les surnoms & les Armoiries ont
commencé à devenir héréditaires aux
familles nobles. Composé par Jacques
le Roy. La Haye.* 1730. *in-fol.* deux
vol.

V. Bayle , Dictionnaire.

Cet article est tiré d'un Mémoire, qui m'a été envoyé de Bruxelles.

CONRAD HERESBACH.

Conrad *Heresbach* naquit vers l'an 1509. à *Heresbach*, Village du Duché de *Cleves*, qui appartenoit à sa famille.

Il s'appliqua avec succès dans sa jeunesse aux Belles-Lettres & aux langues Latine & Grecque, & voulut même apprendre l'Hebreu. Il passa ensuite à la Jurisprudence.

Jean Duc de *Cleves* & de *Juliers*, prévenu de son mérite, l'appella à sa Cour, & le fit Gouverneur de son fils *Guillaume*.

Quelque temps après il le mit au nombre de ses Conseillers, & *Heresbach* s'acquitta pendant plus de 50 ans des fonctions de cet emploi, dans lequel il servit son Maître en des affaires importantes, & fut employé à des négociations considerables.

Sentant enfin que sa mort approchoit, il se retira de la Cour pour se disposer à sa derniere heure,

Il

Il mourut dans ſa Terre de *Lorin-*
faulen, le 14. Octobre 1576. âgé de
67. ans.

Il vêcut toujours dans la Communion de l'Egliſe Catholique, &
cependant fut autant aimé & eſti-
mé par les Proteſtans que par les
Catholiques.

Catalogue de ſes Ouvrages.

1. *Conradi Heresbachii de laudi-*
bus Græcarum Litterarum Oratio. Ac-
ceſſerunt Joannes Sturmius de Princi-
pum educatione, nec non Rogeri Aſ-
chami & ejuſdem Sturmii Epiſtola de
Nobilitate Anglicana. Argentorati.
1551. *in* 8°.

2. *Herodoti Halicarnaſſei Libri no-*
vem, Muſarum nominibus inſcripti,
Interprete Laurentio Valla; cum addi-
tione prætermiſſorum in Herodoto, ad-
jectorum à Conrado Heresbachio. Ejuſ-
dem Herodoti de genere vitaque Ho-
meri libellus ab eodem Heresbachio è
Græco in Latinum converſus. Coloniæ.
1526. 1537. 1563. *in-fol.* It. *Lugdu-*
ni. 1542. *in-*8°. & 1551. *in-*12.

3. *Thucydidis, Athenienſis Hiſto-*
riographi, de bello Peloponnenſium Athe-
nienſiumque libri octo, Laurentio Val-

Tome XXXVII. G

C. HE-
RESBACH.
la interprete, à Conrado Heresbachio ad Græcum exemplar diligentissime recogniti. Coloniæ. 1527. 1543. 1550. in-fol.

4. *Strabonis Geographicorum Libri 17. olim interprete Guarino Veronense, & Gregorio Trifernate ; tandem Conrado Heresbachio recognitore. Basileæ. 1523. & 1539. in-fol.* Ce qu'Heresbach a fait pour cette édition de Strabon, où il a non-seulement corrigé l'ancienne version, mais où il a encore traduit quelques endroits de nouveau, auroit dû lui procurer une place parmi les Sçavans precoces, puisqu'il n'avoit alors que 15. ans, cependant personne ne s'est avisé de l'y mettre.

5. *De educandis erudiendisque Principum liberis, Reipublicæ gubernandæ destinatis, deque Republica Christiana administranda libri duo. Francofurti. 1570. & 1592. in-4o.*

6. *Rei Rusticæ libri quatuor, universam Agriculturæ disciplinam continentes. Coloniæ. 1570. in-8o.* It. *Spiræ. 1595. in-8o.*

7. *De Venatione, Aucupio, & Piscatione compendium.* A la suite de

l'Ouvrage précédent. C. Hɛ-

8. *Paraphraſis Pſalmorum Davidis* RESBACH. *dilucida explicatio. Baſilea.* 1578. *in - 4°.*

9. *Diarium Precum hebdomada-lium, & exhortatio ad præparationem chriſtianè moriendi.* A la ſuite de l'Ouvrage précédent. Il les fit tous les deux ſur la fin de ſa vie, pour ſe préparer à la mort.

10. *Chriſtianæ Juriſprudentiæ Epi-tome. Neoſtadii.* 1586. *in-8°.*

11. *Conradi Heresbachii Hiſtoriæ Anabaptiſtica, de factione Monaſte-rienſi. anni* 1534. *& ſeq. cum Hypom-nematis ac notis Theologicis, Hiſtoricis & Politicis Theodori Srackii, Paſtoris Budericenſis. Accedit Tumultuum Ana-baptiſtarum liber Lamberti Hortenſii. Amſtelod.* 1637. *in-8°. It. Ibid.* 1650. *in-8°.* Cet Ouvrage eſt fort eſtimé, & c'eſt ce que nous avons de meil-leur ſur l'Hiſtoire des Anabaptiſtes. Tout ce qu'il y a à reprendre, c'eſt qu'il eſt écrit d'un ſtyle obſcur, & que l'Auteur a affecté de s'y ſervir d'ex-preſſions extraordinaires & tirées du Grec, que la plûpart des gens n'en-tendent point : ce qui ne convient

C. HE-
RESBACH.

point à une histoire, qui étant écrite pour tout le monde, doit être
claire dans le sens & dans les paroles.

12. *Theodori Gazæ Grammaticæ
Græcæ libri IV. Græcè cum interpretatione Latina ab Erasmo , Conrado
Heresbachio , Jacobo Tusano , & Cor-
nelio Croco. Basileæ.* 1523. 1529.
1540. *in* 4°.

13. Il a fait quelques additions
au Dictionnaire Grec & Latin , que
Valentin Curion avoit d'abord donné à *Basle* en 1519. *in-fol.* Mais je
ne sçai dans quelle édition ces additions ont paru.

V. *Melchioris Adami Vitæ Juris-
consultorum Germanorum. Les Eloges
de M. de Thou & les additions de Teissier. La Bibliotheque Universelle de
Gesner , & ses Abregez. Alphonsi
Ciaconi Bibliotheca.*

JEAN - BAPTISTE DENIS.

Jean-Baptiſte Denis, appellé quelquefois ſimplement *Jean*, naquit à *Paris*, & fut fils d'un faiſeur de Pompes pour les eaux.

Il étudia en Medecine à *Montpellier*, & après y avoir reçu le bonnet de Docteur en cette Faculté, il fut aggregé à la Chambre Royale.

De retour à *Paris*, il y fut Profeſſeur de Philoſophie & de Mathematiques, qualité qu'il prend à la tête de quelques uns de ſes Ouvrages.

Il commença en 1664. à tenir chez lui des conférences publiques, où l'on traitoit principalement de la Phyſique, des Mathematiques & de la Medecine ; & il a publié le réſultat de ces conférences, qui ſe firent pendant huit années.

En 1673. il alla faire un voyage en Angleterre. Il nous apprend lui-même dans ſa *Relation d'une fontaine de Pologne*, qu'il y fut mandé par le *Roi Charles II.* qui ſouhaitoit avoir

**J. B.
DENIS.**

connoiſſance de quelques remedes, qu'il
avoit decouverts, & dont la réuſſie
avoit fait du bruit en divers endroits
de l'Europe. Il ajoute que *les Cures,*
qu'il fit chez les premiers de la Cour
d'Angleterre, & notamment en la perſonne de M. de Croiſſy, Ambaſſadeur
de France, l'avoient mis en telle conſideration, que ſi ſes affaires Domeſtiques ne l'avoient obligé de repaſſer
promptement en France, il n'auroit
tenu qu'à lui d'accepter le parti avan-
tageux, qui lui fût offert de la part du
Roy d'Angleterre, qui étoit de s'attacher au ſervice de ce Prince, & de
demeurer en Angleterre avec le brevet de ſon premier Medecin. Il eſt à
préſumer qu'il y a un peu d'exage-
ration dans tout ce diſcours.

Il a été un des inventeurs & des
défenſeurs de la transfuſion du ſang,
ſur laquelle il fit beaucoup d'expé-
riences : mais le Parlement inſtruit
des mauvais effets de cette transfuſion, rendit un Arrêt par lequel il
fut défendu de la tenter davantage
ſur les hommes.

Il mourut ſubitement à *Paris* le
3. Octobre 1704. dans un âge aſſez
avancé.

Catalogue de ſes Ouvrages.

1. *Lettre de M. Denis, Profeſſeur de Philoſophie & de Mathematiques à M. *** touchant la transfuſion du ſang. Du 9. Mars* 1667. Dans le Jour-nal *des Sçavans* du 14. Mars de cet-te année.

2. *Lettre à M. *** ſur le même ſu-jet. Du 2. Avril* 1667. Dans le Jour-nal *des Sçavans* du 25. Avril de la même année. Ces deux Lettres ont été adreſſées à M. *Oldenbourg,* l'un des Auteurs des *Tranſactions Philoſo-phiques.*

3. *Lettre à M. de Montmor, tou-chant deux experiences de la transfu-ſion faite ſur des hommes. Paris.* 1668. *in-4º.*

4. *Lettre écrite à M. ** par J. De-nis, Docteur en Medecine, touchant une folie invéterée, qui a été guerie de-puis peu par la transfuſion du ſang. in-4º.* pp. 12. datée de *Paris* le 12. Janvier. 1668.

5. *Diſcours ſur l'Aſtrologie Judiciai-re & ſur les Horoſcopes, prononcé par J. Denis, Conſeiller & Medecin or-dinaire du Roy. Paris.* 1669. *in-4º.* pp. 36. Il fut prononcé dans une de

J. B.　ſes Conférences.

DENIS.　　6. *Recueil des Memoires & Conſé-*
rences ſur les Arts & les Sciences,
préſentées à M. le Dauphin pendant
l'année 1672. *Par Jean-Baptiſte De-*
nis, qui y continüe le Journal des Sça-
vans. Paris. 1672. *in* - 4°. Il y a 12.
Mémoires, dont le premier eſt du
1. Février & le dernier du 11. Juin.
On y trouve des extraits fort bien
faits de pluſieurs Ouvrages, ſuivant
la méthode du Journal, dont il eſt
la ſuite. Les *Conférences* renferment le
précis de ce qui s'étoit dit ſur des
matieres de Phyſique & de Medecine dans ſes aſſemblées. Il y en a quatorze en tout, ſept pour l'année
1672. dont la premiere eſt du 1.
Juillet ; cinq pour l'année 1673. &
deux pour 1674. On a réimprimé
les unes & les autres dans le 3e. volume du Journal des Sçavans de l'é-
dition d'*Amſterdam in*-12.

7. *Rélation curieuſe d'une fontaine*
découverte en Pologne, laquelle entr'
autres proprietez a celles de ſuivre le
mouvement de la Lune & s'enflâmer
comme fait l'eſprit de vin, de guerir
diverſes maladies & de prolonger la

vie juſqu'à 150. *ans* : *avec l'explication des proprietés de l'eau de cette fontaine. Par J. B. Denis. Paris.* 1687.
*in-*40. Cette Rélation eſt une ſuite
des Conférences de l'Auteur.

Il ne faut pas confondre *Jean B.
Denis* avec un autre *Denys* , Auteur
d'une *Deſcription de l'Amerique Sep-
tentrionale avec l'Hiſtoire Naturelle
du Pays* , imprimée à *Paris* 1672.
en deux volumes *in-*12. Celui-ci ,
nommé *Nicolas* , étoit de *Tours* ,
& prenoit la qualité de *Gouverneur* ,
Lieutenant-Général , *& Proprietaire*
*de toutes les Terres & Iſles depuis le
Cap de Campſeaux juſqu'au Cap des
Roziers.*

Cet article eſt tiré d'un *Mémoire*
manuſcrit.

DENIS PETAU.

DEnis *Petau* , naquit à *Orleans*
le 21. Août 1583. ſon pere
Jerôme Petau étoit neveu de *Paul
Petau* , bien connu des Sçavans, &
Conſeiller au Parlement de *Paris.*

Le bon homme *Jerôme Petau* ,

DENIS PETAU. (c'est ainsi qu'il est qualifié par *Noël du Fail, sieur de la Herissaie*, dans son *Eutrapel*) quoique Marchand, étoit habile dans les Belles-Lettres, & il s'y appliquoit beaucoup plus qu'à son Negoce. Aussi ne laissa-t-il pas grands biens à ses enfans. Mais en recompense il leur donna une excellente éducation. Il en avoit huit, six garçons & deux filles. Tous, jusqu'aux filles, entendoient les Langues sçavantes, & faisoient des Vers Latins & Grecs.

Les Sçavans d'alors étoient sujets à donner dans les nouveautés en matiere de Religion. La Ville d'*Orleans* étoit pleine de Calvinistes; *Jérôme Petau* avoit dans ce parti des parens & des amis, qu'il n'écoutoit que trop volontiers; il étoit prêt de se declarer au premier jour, & d'aller au Prêche avec toute sa famille, lorsqu'un événement extraordinaire l'arrêta, & le fixa dans l'ancienne créance.

Une nuit pendant son sommeil, un des pignons de sa maison s'écarta, les poutres se détacherent; le toit suivit. Dans ce danger, il promit à

Dieu, que s'il en échapoit, il n'auroit jamais aucune communication
avec les Religionnaires.

Il resta long-temps sous les ruines,
enseveli dans la poussiere. On ne
doutoit pas qu'il ne fût écrasé ou
étouffé. On cherchoit son corps
pour l'enterrer, & on le trouva lui-
même vivant, & sans aucunes bles-
sures. Hors du danger il n'oublia
point son vœu, & en conséquence
il inspira à ses enfans autant d'éloignement pour les nouvelles sectes,
qu'il avoit auparavant resolu de leur
en donner pour la Religion Catholique.

Comme il voyoit dans *Denis Pe-*
tau, son second fils, de très-heu-
reuses dispositions pour l'étude, il
s'appliqua particulierement à le former. Il lui disoit souvent, qu'il devoit se mettre en état de combattre
& de terrasser le *Geant des Allophy-*
les : C'est ainsi qu'il nommoit *Joseph*
Scaliger, dont l'érudition & les Ouvrages donnoient un grand relief au
parti Protestant. *Denis Petau* entra
dans les vûës de son pere, & répondit à ses soins par une application

DENIS
PETAU.

constante & suivie, de laquelle son temperament mélancolique le rendoit fort capable.

Avec les Belles-Lettres, il étudia les Mathématiques. Après quoi il fréquenta pendant une année le College d'*Orleans*, où il commença ses études de Philosophie, qu'il vint continuer & achever à *Paris*.

A la fin de son cours, il soutint des Theses en Grec; Langue qui lui étoit aussi familiére que la Langue Latine, c'est-à-dire, beaucoup plus que la Françoise; & reçut le degré de Maître-ès-Arts.

Les deux années qui suivirent, il prit en Sorbonne les leçons des célebres *André Duval*, *Philippe Gamache*, & *Nicolas Ysambert*. Son application étoit continuelle, & le seul délassement qu'il se permit, étoit d'aller de temps en temps à la Bibliotheque du Roy, pour y consulter les anciens Manuscrits Grecs & Latins.

Outre les autres avantages qu'il en tira, il y acquit la connoissance & même l'amitié du Sçavant *Isaac Casaubon*, que le Roy *Henry IV*. avoit

fait venir à *Paris* en 1600. Leur com- **DENIS**
merce dura juſqu'au départ de *Ca-* **PETAU.**
ſaubon pour l'Angleterre : On le
voit dans les Lettres 1028. 1034.
1038. 1044. 1105. de *Caſaubon*.

Ce fut par ſon conſeil que *Denis
Petau*, tout jeune qu'il étoit, entreprit de travailler à une édition entiere des œuvres de *Syneſius* ; c'eſt-
à-dire, de les revoir ſur les Manuſcrits, de traduire ce qui n'étoit qu'en
Grec, & d'éclaircir le texte par des
notes.

Cependant une Chaire de Philoſophie dans l'Univerſité de *Bourges*,
étant venu à vaquer, *Nicolas Yſam-
bert*, ſon compatriote, qui vouloit
le fixer à la Scholaſtique, & lui remettre un jour ſon emploi, l'engagea de ſe preſenter au concours.
Petau ſe préſenta & l'emporta. Il
avoit alors 19. ans.

Le cours de Philoſophie qu'il enſeigna, le tint deux années, pendant leſquelles il lut avec application les anciens Philoſophes & Mathematiciens. On les mépriſe beaucoup à preſent, par ce qu'on ne les
connoît pas, & qu'il eſt plus aiſé de

DENIS les méprifer, que de fe mettre en état
PETAU. de les connoître.

Dans la feconde année qu'il vécut
à *Bourges*, *Federic Morel*, Profeffeur
Royal en Langue Grecque à *Paris*,
donnant une édition complette des
Oeuvres de *Dion Chryfoftome*, fit
imprimer un Difcours de *Synefius*,
traduit & revû par *Petau*, qui ne fût
pas fâché de profiter de cette occafion, pour fonder le goût du Public
fçavant, fur fa maniere de traduire
& de revoir les textes.

Le titre porte, *Interprete Diony-
fio Pato.* C'eft ainfi qu'alors il latini-
foit fon nom fur quelques Livres,
qui lui avoient appartenu dans fa
jeuneffe, & que dans la fuite il laiffa
au College des Jefuites à *Reims.* On
lit, *Dionyfius Patus Aurelius.*

Jufqu'alors *Petau* n'avoit point
eu d'autre penfée, que d'entrer dans
l'état Eccléfiaftique. Il y étoit engagé par le Soudiaconat, & il fe trouvoit pourvû d'un Canonicat dans
l'Eglife Cathedrale d'*Orleans*. Il n'a-
voit point encore vû de Jefuites, ni
à Orleans, où ils ne furent établis
qu'en 1617. ni à *Paris*, où leur Col-

lege étoit fermé. Durant le ſejour DENIS
qu'il fit à *Bourges*, il eut occaſion PETAU.
de les voir. Il goûta leur Inſtitut. Ce
qui l'y affectionna davantage, fut le
déchaînemeut de *Joſeph Scaliger*, &
des Sectaires contre ces Peres.

De retour à *Paris*, il y trouva le
Pere *Fronton du Duc*, homme ſçavant, ami intime de *Caſaubon*, &
duquel les plus violens ennemis de
la Societé n'ont jamais dit que du
bien. Ce Pere ſi ſage & ſi éclairé
fut l'inſtrument que la Providence
employa pour diriger & affermir
Denis Petau dans ſa vocation. Auſſi-
tôt qu'il fut ſûr que Dieu le vouloit
dans l'état Religieux, il rompit tous
les liens qui l'attachoient ailleurs, &
entra au Noviciat des Jeſuites à
Nancy, le 15. de Juin 1605.

Après les deux années d'épreuves,
il étudia deux années en Théologie
dans le College de *Pont-à-Mouſſon*,
qui étoit alors très-floriſſant. De-là
le P. *Petau*, fut envoyé à *Reims*, où
il regenta trois ans la Rheterique. En
1610. il fit les honneurs du College
dans la célébrité du Sacre du Roi
Louis XIII.

La même année il eut le chagrin

DENIS
PETAU.

d'apprendre que son ami *Casaubon*
quittoit la France, & passoit en Angleterre. Son chagrin fut d'autant
plus grand, qu'il y avoit beaucoup
d'apparence que *Casaubon*, naturellement timide & peu ferme, oublieroit
bien-tôt les paroles qu'il avoit données de rentrer dans le sein de l'Eglise Catholique. *Sæpe*, dit *Fronton du
Duc*, *professus erat, se de sanctissimi
Eucharistiæ Sacramenti veritate cum
Ecclesia Romana sentire, & fidem de-
derat se Calvinianis erroribus nuntium
proximis feriis Pentecostes remissurum.
Sed nimirum aliquando & cælum &
animum mutant, qui transmare currunt.*
C'étoit aussi pour engager *Casaubon*
à changer de pensée, que les Minis-
tres de *Charenton* lui firent passer la
Mer, & qu'ils porterent le Roi *Jacques I.* à l'inviter de se rendre en Angleterre. On le voit par quelques-
unes de leurs Lettres, imprimées avec
celles de *Vossius* le pere.

Casaubon en Angletere changea de
style. En consequence le P. *Petau* ne
le regarda plus que comme un ennemi de l'Eglise, & le réfuta, quand
il le trouva en son chemin, mais
sans

sans trop le chercher.

Malgré le travail de la Classe
& differentes compositions en Prose & en Vers, auxquelles l'emploi & les circonstances l'engagerent ; le P. *Petau* avoit mis *Synesius* en état de paroître en 1612.
Le Livre fut dedié à *Gabriel de l'Aubespine*, Evêque d'Orleans, & imprimé à *Paris* aux dépens du Clergé
de France, en 1611. le P. *Petau*
étant alors à *Reims*. Il est rare qu'une
édition faite en l'absence de l'Auteur
soit bien correcte ; celle-ci l'est très-
peu. L'Epitre Dedicatoire apprend
que l'Ouvrage étoit à peu près fini
huit années auparavant. On voit dans
la Preface que l'édition fut differée,
parce qu'alors on pensoit à imprimer
une Bibliotheque des Peres Grecs,
où *Synesius* devoit être inseré. Le P.
Petau ne fut pas fâché de ce délai,
qui lui donna le loisir de rendre son
édition plus complette. Elle fut réimprimée en 1631. un peu plus cor-
rectement ; mais cependant avec
beaucoup de fautes & sans *Errata*.
L'édition de *Synesius* fit connoître
aux Sçavans ce qu'ils devoient atten-

Tome XXXVII. H

dre du Pere *Petau*. Des traductions exactes, sans être barbares ni gênées, des notes claires & courtes, faites uniquement pour éclaircir le texte, & non pour étaler une érudition déplacée ; sur tout une scrupuleuse fidelité à ne jamais substituer ses conjectures aux paroles des anciens Auteurs, la rendirent recommandable. Dans la suite il retoucha cette édition de *Synesius*, & j'en parlerai plus au long.

Les années suivantes, 1613, 1614. & 1615. il fut Régent de Rhetorique au College de *la Fleche* en Anjou. Dans la premiere de ces trois années il fit imprimer quelques Ouvrages de l'Empereur *Julien*, qui n'avoient pas encore paru, & donna un essai de ce qu'il méditoit sur *Themistius*, ancien Orateur ou Sophiste Grec.

En 1614. le Roi *Louis XIII.* avec la Reine sa mere, & toute la Cour, à l'occasion du Voyage de Bretagne, fit aux Jesuites l'honneur de visiter leur College de *la Fleche*. Ce fut au P. *Petau*, une occasion de faire plusieurs compositions en Vers, qui pa-

rurent alors. Cependant il travailloit DENIS
à une édition de l'Abregé Hiſtorique PETAU.
de *Nicephore*, Patriarche de *Conſtan-*
tinople. Cet abregé, important pour
l'Hiſtoire, n'avoit jamais été imprimé, ni en Grec ni en Latin. Le P.
Sirmond étant à *Rome*, l'avoit copié
ſur un Manuſcrit de la Bibliotheque
du *Vatican*, & avoit remis ſa copie
au P. *Petau*, pour traduire l'Ouvrage & y faire des notes.

Il interrompit pour cela ſes travaux ſur *S. Epiphane*, & fut en état
de donner ſon *Nicephore*, en 1616.
Il porta lui-même ſon Manuſcrit à
Paris. Là il enrichit ſon édition de
quelques morceaux antiques, plus
recherchés alors qu'ils ne ſeroient à
preſent; parce qu'alors on étudioit,
à preſent on s'amuſe. Les notes du
P. *Petau*, ſur *Nicephore*, ſont pour
la plus part Chronologiques, & il s'y
eſt particulierement appliqué à éclaircir l'Hiſtoire du temps de l'Empereur *Heraclius*.

En 1617. le Profeſſeur de l'Ecriture Sainte au College de *la Fleche*,
ayant été tiré de cet emploi, pour en
remplir un autre, le P. *Petau* fut

DENIS envoyé afin d'achever l'année. La
PETAU. harangue qu'il fit au commencement de ses Leçons après les Feries
de Pâques, est d'une grande déli-
catesse.

L'année Scolaire finie, il fut rappellé à *Paris*, & destiné par ses Superieurs, à y professer la Rhetorique.

Jusques-là, si le P. *Petau* n'avoit
jamais eu la santé bien forte, du
moins il l'avoit eu constante. Dans
le temps dont je parle il fut saisi,
pendant l'hyver, d'une fievre ar-
dente, & eut cette grande maladie
qui est si bien décrite dans son Poëme intitulé, *Soteria*. Après avoir
été trois semaines entre la vie & la
mort, sans pouvoir fermer l'œil ni le
jour ni la nuit.

Tunc ego septenos memini ter conde-
  re soles,
Ac totidem immensa duxisse silentia
  noctis,
(Bruma fuit) nullo cum flectere
  lumina somno
Infœlix possem.

Il fit dans cette extremité un vœu

à *Sainte Genevieve*, & la fievre le Denis
quitta. Son vœu l'engageoit à faire Petau.
un remerciment Poëtique à ſa libe-
ratrice. Il attendit que ſa verve ſe
ranimât, & attendit trop long-
temps. Ce délai ne lui coûta pas la
vie, comme l'a prétendu *Baillet* ;
mais l'année à peine révoluë, la fievre lui reprit. *Sainte Genevieve* le
guérit encore. Il ne s'expoſa point à
une ſeconde rechute ; Son action de
grace, *Soteria*, parut en 1619. C'eſt
au jugement des Connoiſſeurs un
chef-d'œuvre en ſon genre. Ce n'eſt
que dans *Virgile*, qu'on peut trouver
des Vers auſſi Virgiliens.

En 1618. les Jeſuites ouvrirent
leur College à *Paris* le 20. Février. Le
Roi *Louis XIII.* leur en avoit accordé la permiſſion le 15. Ce Prince fit
plus : Il fit l'honneur à ces Peres,
dit *M. de Marolles*, de leur donner
pour écoliers M. le Marquis *de Ver-*
neuil, & M. le Comte *de Moret*, ſes
freres naturels. L'ouverture qui ſe
fit le 20. Janvier, ne fut que pour
la forme. Les exercices reglés & jour-
naliers, ne commencerent qu'après
les Feries de Pâques.

DENIS
PETAU.

Le P. *Petau*, qui auroit dû haranguer dans cette occasion, ne le put faire; sa poitrine étoit encore très-foible: Cependant il fit la Classe, à laquelle il étoit destiné, & elle ne l'empêcha pas de donner une seconde édition de *Themistius*, qu'il dédia au Roi.

La même année le 4. de Novembre, il fit sa Profession solemnelle des quatre vœux dans l'Eglise de la Maison Professe.

Il continua la Rhetorique les trois années suivantes 1619. 1620. & 1621. mais les deux dernieres pour le soulager, & lui laisser le loisir de travailler aux Ouvrages qu'il avoit entre les mains, on lui donna un second, & la Classe fut partagée.

Elle l'avoit déja été, & l'Université avoit suivi la pratique des Jesuites; mais *Edmond Richer*, étant Syndic de l'Université en 1601. s'étoit donné tant de mouvemens pour faire remettre les choses sur l'ancien pied, qu'il y avoit réussi. Il prétendoit avoir de bonnes raisons. La meilleure étoit, que si l'on doubloit les Régens, il falloit aussi doubler les sa-

lâires. Les Jefuites en recouvrant leur D E N I S
College, fe conformerent à l'ufage P E T A U.
de l'Univerfité. L'experience leur fit
comprendre, que fi d'un côté il y a
de l'inconvenient à mettre dans une
même Claffe deux Profeffeurs, qui
ne s'accordent pas, d'un autre quand
on partage le travail entre deux perfonnes, que le zele & la pieté réu-
niffent, il en revient un très-grand
avantage, & aux Maîtres qui ont le
loifir de fe rendre plus habiles, &
aux Ecoliers qui profitent toûjours
de l'habilité de leurs Maîtres.

Au mois d'Octobre 1621. le Pere
Petau entra en poffeffion de l'emploi
de Profeffeur de la Théologie Pofitive. Ce pofte lui convenoit parfaitement ; il le remplit avec beaucoup
d'éclat 22. ans & demi,

La même année 1621. il fit mettre fous preffe « les Oeuvres de *Saint*
» *Epiphane* en Grec, avec une nou-
» velle verfion à côté, & des obfer-
» vations très - fçavantes à la fin,
» où l'on trouve, outre les remar-
» ques qui regardent la Critique,
» la Chronologie, l'Hiftoire & l'in-
» terprétation du texte de fon Au-

» teur, des Diſſertations particulie-
» res ſur l'année de la Naiſſance de
» Jeſus-Chriſt, & ſur celle de ſa
» Paſſion, ſur l'année Judaïque, ſur
» l'ancien uſage de la Penitence dans
» l'ancienne Egliſe, ſur les Chorévê-
» ques, ſur les Cycles, ſur les Con-
» ciles & Formules de *Sirmich*, ſur
» le Concile d'*Ancyre*, & l'Hiſtoire
» des demi-Ariens, ſur divers Rites
» de l'ancienne Egliſe, ſur les Mon-
» noyes anciennes, & ſur quelques
» autres matieres, qu'il traite ſça-
» vamment & avec étendue ». C'eſt
ce qu'en dit M. *Dupin*.

L'Auteur du Livre *de la lecture
des Peres* croit que les Obſervations
du P. *Petau* ſur S. *Epiphane* pour-
roient ſervir de regle aux Editeurs
des Ecrivains Eccleſiaſtiques. « Si ce
» ſçavant homme, preſſé par le
» poids d'une infinité de choſes qu'il
» avoit à dire, ne s'étoit point jetté
» dans des digreſſions un peu trop
longues ». Ces digreſſions ont parut
à M. *Dupin* des diſſertations particulieres, courtes & ſçavantes.

Jacques Gretſer, & quelques autres Jeſuites, amis du P. *Petau*,
l'avoient

l'avoient engagé à entreprendre une Denis
édition de *S. Epiphane.* D'abord il Petau.
ne pretendoit s'engager à autre chose, qu'à retoucher la Traduction,
qu'en avoit donné *Janus Cornarius,*
& à y joindre de courtes notes. Dans
la suite il se détermina à traduire de
nouveau tout le texte. Ce travail,
tout rebutant qu'il fut, lui parut plus
supportable que celui de corriger
l'ancienne version.

Les Protestans lui sçurent mauvais gré de la maniere dont il avoit
parlé de la traduction faite par *Ja-*
nus Cornarius, homme de leur parti.
On examina la sienne de près, &
sans ménagement. *Jean Albert Fa-*
bricius dans sa *Bibliotheque Grecque*
(L. v. Ch. 11.)a donné une liste de
ceux qui ont pretendu y avoir trouvé
des fautes.En quel Ouvrage n'en trou-
ve-t-on pas, quand absolument on
en veut trouver ? Quelques-uns se
scandaliserent de l'attention du Pere
Petau, à relever les inexactitudes de
son Auteur, & quelques-unes de
Baronius. Mais après tout, il n'a fait
en cela que ce qu'exige la bonne foi ;
& on doit lui sçavoir gré des'être mis

Tome XXXVII. I

au-deſſus de je ne ſcai quelle ſuperſtition litteraire, qui aveugle la plûpart des Editeurs, & qui les empêchant de relever les fautes des Auteurs anciens qu'ils produiſent, ou même de les appercevoir, reduit les nouvelles éditions à n'être que la propagation des vieilles erreurs.

Le *S. Epiphane* avoit paru au mois de Janvier 1622. Au mois d'Avril ſuivant *Claude Saumaiſe* mit au jour le Livre de *Tertullien*, intitulé *de Pallio*, réformé à ſa façon, & chargé de notes, dans leſquelles p. 446. il attaqua fort vivement un endroit de la Traduction de *S. Epiphane*, & conclut ainſi ſa remarque : *Sed de illius hominis ineptiis & inſcitia nobis alius erit dicendi locus.*

Le P. *Petau* auroit dû négliger cette incartade ; le ſilence auroit déconcerté ſon Adverſaire, qui ne cherchoit que *noiſe*, dit *Sorbiere*, & qui ne pouvoit vivre ſans quelque querelle ſur les bras. S'il vouloit répondre à la critique, & juſtifier ſa maniere de traduire, il pouvoit le faire par un écrit fort court. Mais il ſe trouva que *Saumaiſe* étoit Calvi-

niſte, & ſon parti le regardoit comme un heros naiſſant, & propre à
remplacer un jour *Joſeph Scaliger.*
Dès-là le Pere *Petau* ne fut pas
fâché de ſe voir dans la neceſſité
de ſe défendre, & en droit d'attaquer. Il examina donc le nouvel Ouvrage de *Saumaiſe*; & en peu de jours
il fit paroître un petit Volume de
Remarques, *Animadverſorum*, à la
tête duquel il ſe donna le nom
d'*Antonius Kerkoëtius Aremoricus.*

Il auroit mieux fait de ne prendre
aucun nom, ou d'en prendre un autre que celui-là, qui fournit à *Saumaiſe* une fade & ſale turlupinade,
de laquelle il ſe ſcut ſi bon gré, que
dans ſes réponſes il n'y a preſque point
de pages où elle ne ſe preſente, &
que dans pluſieurs elle revient plus
d'une fois. *Ker-koet*, en bas Breton,
eſt la même choſe que *Ville-Bois*: mais
dans ce nom *Saumaiſe* vit une allu-
ſion avec les mots *Cercops* & *Cercos*,
ſur laquelle il s'egaya.

On ſçait que le P. *Petau* dans ſes
Animadverſa, s'étudia à prendre le
ſtyle & les manieres de *Scaliger*, écrivant ſous le nom d'*Yvo Villiomarus*

DENIS *Aremoricus*, contre *Robert Titi*. Il ne
PETAU. les prit que trop. On peut croire,
que *Saumaise*, ménageant peu la
plûpart des Ecrivains, & se vantant,
comme dit *Sarrau*, de les fouler aux
pieds, & de les traiter à grands coups
de barre, son Antagoniste jugea
qu'il falloit en user de même avec lui.

Saumaise entroit aisément en fu-
rie, ainsi que l'a remarqué *Sorbiere*.
Le Livret du P. *Petau* le jetta dans
des transports bien violens. Il répondit l'année suivante 1623. par un
Livre assez long. Il lui étoit aisé d'en
faire de tels; il n'effaçoit jamais, &
ne relisoit pas même ce qu'il avoit
une fois écrit; mais aussi il étoit
difficile qu'il ne donnât pas prise
très-frequemment. Sa réponse a pour
titre : *Confutatio Animadversionum
Antonii Cercoëtii ad Claudii Salmasii
notas in Tertulianum de Pallio, Autore Francisco Franco Jurisconsulto.*
in-8°. pag. 269.

Sorbiere a remarqué, parlant de
Saumaise : « Il n'y a pas moyen d'être
» tant soit peu dissentant de ses opi-
» nions, sans devenir un ignorant,
» une bête, ou bien un fripon, &

» un méchant homme ; & il faut ſe DＥNＩＳ
» réſoudre , pour peu que l'on oſe PETAU.
» lui réſiſter , à recevoir dix mille
» injures , qui attaquent la perſonne
» plûtôt qu'elles ne défendent la
» matiere dont il eſt queſtion » De-
là on peut conjecturer de quel caractere eſt la réponſe qu'il fit au Pere
Petau.

Celui-ci répliqua par trois écrits,
qu'il fit paroître à peu de diſtance
l'un de l'autre , & qu'il nomma *Maſtigophores.* On m'a aſſuré que *Saumaiſe* ayant coutume de dire , qu'il
étrilloit les Auteurs, le P. *Petau* ,
pour lui rendre ſon expreſſion , intitula ſes Répliques , *Maſtigophores* ,
ou *Etrilleurs.* Quoiqu'il en ſoit de
cette remarque , *Saumaiſe* répondit
aux deux premiers. Voici le titre de
ſa Réponſe : *Refutatio utriuſque Elenchi Cercopetaviani* Autore Franciſco
Franco.* 1623. *in*-8o. Le troiſiéme demeura ſans replique. On ſe laſſoit de-
part & d'autre. Les tréſors d'injures
en Latin & en Grec étoient épuiſés.
Le P. *Petau* en auroit pû dire en Hebreu ; mais c'eût été en pure perte,

son homme n'étant pas en état de les entendre.

Saumaise ayant dit qu'il prétendoit relever son Adverfaire fur la Chronologie, & venger *Jofeph Scaliger*, fort maltraité dans les notes fur *Themiftius*, & fur *S. Epiphane*, le Pere *Petau* profita de cette avance, & déclara en finiffant fon troifiéme *Maftigophore*, qu'il ne répondroit plus à rien, qu'auparavant *Saumaife* n'eût tenu parole fur la Chronologie, & fur la juftification de *Scaliger*. En même temps il fatisfit aux difficultés les plus apparentes qui lui avoient été faites dans le cours de cette difpute, qui finit ainfi après avoir produit fix écrits ; deux de la part de *Saumaife*, & quatre de la part du P. *Petau*.

On ne peut difconvenir que dans tous les fix il n'y ait beaucoup d'érudition & de Litterature, & bien des remarques utiles pour l'éclairciffement de quelques points d'Antiquité, & de divers paffages de *Tertullien* & de *S. Epiphane* ; mais tout cela eft noyé dans des flots de bile, où l'on

n'aime pas l'aller chercher. J'ai été DENIS
dans la nécessité de lire toutes les PETAV.
piéces de ce Procès, (corvée que
je ne conseillerai jamais à personne
de faire.) Ce que j'en puis dire, c'est
que si les plus courtes folies sont les
moins mauvaises, les deux écrits de
Saumaise, sont de la moitié plus
longs que les quatre de son Antagoniste.

A peine le Pere *Petau* avoit-il fini
avec *Saumaise*, qu'il se vit entrepris
par *Mathurin Simon*, Doyen de l'E-
glise d'*Orleans*. L'Ouvrage de celui-
ci est intitulé : *De Pœnitentiæ ritu in*
vetere Ecclesiâ dispunctiunculæ. Paris
1623. *in-8o.* Il y a grande apparence
que le Doyen de l'Eglise d'*Orleans*
ne mit au jour ce Livre, que pour
faire la cour à son Evêque, *Gabriel*
de l'Aubespine, Auteur d'un *in-4o.*
sur l'ancienne Discipline de l'Eglise :
(*De Veteribus Ecclesiæ Ritibus Ob-*
servationum libri duo, Paris 1623.)
achevé d'imprimer le 9. Septembre
1622. Ce Prélat fut piqué de trouver
dans les notes sur S. *Epiphane*, bien
des choses qu'il croyoit n'avoir été
remarquées par autre que par lui, &

DENIS PETAU. quelques observations qui n'étoient pas conformes à ses idées. Il en marqua son mécontentement, & en écrivit au Pere *Petau*, & au Pere *Sirmond*.

J'ai lû la Lettre qu'il écrivit à ce dernier; elle est du 22. May 1622. & commence ainsi. « Mon Pere, » puisque vous me commandez de » vous cotter les raisons de ce que » j'ai écrit au Pere *Petau*, je le ferai, » à condition que vous me renvoirez » ma Lettre, & la lirez *sub sigillo confessionis*. Car j'aime trop ce bon » homme, mon pays, mon ancien » ami, & qui m'a toujours honoré » de ses travaux, & certes ce n'est » que le déplaisir que j'ai qu'un autre le reprenne. Encore que parlant » nettement, je dûsse avoir du ressentiment. » Ici le Prélat expose les deux griefs dont j'ai parlé, & détaille les endroits, qu'il n'approuve pas dans les notes du Pere *Petau*, & finit en disant : « Cela ne fera pas » que je dise un mot violent contre » lui en ce que j'imprime.

On trouve les mêmes reproches dans le Livre du Doyen d'*Orleans*,

& l'on fent qu'il eût bien voulu in- **DENIS**
duire fes Lecteurs à croire, qu'en **PETAU.**
plufieurs endroits le Pere *Petau* n'é-
toit que le copifte de M. *de l'Au-*
befpine. L'Editeur de S. *Epiphane*,
dit-il, en s'adreffant au Prélat, s'eft
preffé de publier bien des chofes que
j'avois lûës dans vos papiers, & fur
lefquelles il vous a fouvent oüi dif-
courir.

Le Pere *Petau* répondit par un petit *in-8°.* intitulé : *Appendix ad Epi-*
phiphanianas Animadverfiones, qu'il
adreffa à l'Evêque d'*Orleans*. Dans
l'Epître qui fert de Préface, il prend
à témoin ce Prélat, que jamais il
n'a eu communication de fes papiers,
que dans les entretiens qu'ils ont eus
fur des points d'antiquité Eccléfiaftique, il n'a pas été fimplement audi-
teur; qu'il peut montrer dans fes Recueils écrits depuis long-temps les
mêmes matieres digerées & prouvées
par les mêmes textes qu'il a employés
dans fes notes; que par la répugnanés
qu'il fe fent à écrire contre des Catholiques, il laifferoit tomber fes reproches; mais qu'il a trouvé dans
l'Ouvrage du Doyen, des fentimens

D E N I S
PETAU.

opposés à ceux de M. *de l'Aubespi-ne*, & même à la doctrine de l'Egli-se, & que cette consideration l'a dé-terminé à répondre.

Sa réponse est moderée, sans être languissante. Dans un Mémoire, que j'ai sous les yeux, écrit de la main du P. *Petau*, après avoir parlé de *Saumai-se*, il poursuit ainsi : *Catholicus quidam ei successit oppugnator dispunctorque meus ; cui propter ad persam obiter no-mini nostro calumniam occurendum pu-tavimus. Præsertim cum non pauca in dispunctiunculis istis contra Catholicæ fi-dei regulam, per imprudentiam magis & inscitiam, quam improbitatem, affirmari ab illo viderem.*

Richard Simon n'étoit pas instruit de tout le détail de cette dispute, lorsqu'il écrivit à un de ses amis. » J'ai appris de M. *Hardy*, que M. » *de l'Aubespine* avoit eu quelques » démêlés avec le Pere *Petau*, & » qu'il l'avoit ménacé de faire con- » damner quelques-unes de ses no- » tes sur S. *Epiphane* ; mais je suis » persuadé que ce Sçavant Jesuite se » seroit bien défendu. » La Lettre au P. *Sirmond*, est une bonne preuve que ce docte Prélat n'eut jamais la DENIS pensée de faire condamner les notes PETAU. de son ancien ami.

M. *du Pin* a remarqué que les observations de M. *de l'Aubespine*, ne font pas toujours juftes ; qu'en général on peut dire, qu'il donnoit trop à ses conjectures ; qu'il concluoit trop facilement, qu'un usage étoit univerfel, de quelques paffages, ou de quelques pratiques obfervées dans certaines Eglifes ; & qu'il se fondoit quelquefois fur des Ouvrager suppofés. Il n'eft donc pas furprenant que le P. *Petau* n'ait pas toujours penfé comme lui. L'Edition de S. *Epiphane* donna dans la suite occafion à quelques écrits, dont je parlerai ci-après.

En 1627. le P. *Petau* mit au jour son grand Ouvrage fur la Chronologie ou la Science des Temps, *De Doctrina Temporum*, dans lequel il s'eft propofé premierement de réfuter *Scaliger* ; en second lieu, d'établir de meilleurs principes ; mais comme *Scaliger* n'a point été méthodique, & ne s'eft pas exprimé affez clairement, ce qui a fait que peu de gens l'ont entendu, son Adverfaire a expliqué fa penfée, avant que de le réfuter, plus clairement que l'Auteur lui-même ne l'avoit fait. Ainfi ceux qui voudront lire *Scaliger*, & le comparer avec le P. *Petau*, pourront tirer cet avantage de ce dernier, que par fon moyen ils entendront plus facilement ce que *Scaliger* a dit. Tel eft le fentiment de *Jean le Clerc*.

Tout l'Ouvrage eft partagé en treize Livres, compris en deux Tomes. Le premier Tome contient les huit-premiers Livres, qui renferment la partie fpeculative de la Chronologie; c'eft-à-dire, la fcience de regler & de difpofer les Temps, felon les régles des Aftronomes, & les Cycles qu'ils ont inventés pour cela. Le fecond Tome regarde l'ufage de la Chronologie à l'égard de l'Hiftoire, & roule tout entier fur les moyens que l'on a de fixer les époques de divers faits importans à certains temps marqués, felon les régles de l'art. Le treiziéme & dernier Livre eft une Chronologie, qui contient l'ufage de tout ce qui a été dit dans les douze Livres precédents.

Elle n'eſt pouſſée que juſqu'à l'an DENIS
533. de *Jeſus-Chriſt.* *Jean-Albert* PETAU.
Fabricius régrettoit que perſonne
n'eût continué cette Chronique, &
ne l'eût conduite juſqu'à nos temps
avec la même exactitude, & en ſuivant la même méthode.

Ce treiziéme Livre n'entroit pas
dans le plan de l'Ouvrage, tel que
l'Auteur le conçut d'abord. Il ne s'é-
toit propoſé que d'expliquer les principes de la Science des Temps, &
de fixer les régles ſur leſquelles on
pourroit éxaminer les Chroniques
déja faites, ou en faire de meilleures.
A la fin du ſecond Tome il avoit
reſolu de mettre quelques pieces anciennes, la plûpart non encore imprimées, & dont il avoit reconnu
l'utilité dans la compoſition de ſon
Ouvrage.

Ses Amis & ſon Imprimeur le
déterminerent à faire cette Chronique, qui eſt admirable, au jugement
de tous les Sçavans. Mais le même
Imprimeur ne lui donna pas le loiſir
de l'achever, par l'impatience où il
étoit de finir l'impreſſion avant la
Foire de *Francfort.* Cette précipita-

D E N I S
Petau.

tion fut cause que les feüilles ne furent pas corrigées avec autant d'exactitude qu'il auroit fallu dans un Livre
plein de supputations & de chiffres.
L'Auteur avoit dessein d'y remedier
dans une nouvelle edition, qu'il
promettoit dès l'an 1634. mais qu'il
n'a pû faire de son vivant. Les corrections qu'il avoit faites à son Ouvrage, ont servi à perfectionner l'é-
dition qui s'en est faite en Hollande.

Avant que les Livres *de la Doctri-*
ne des Temps parussent, on regardoit *Scaliger* comme une espece de
divinité, & comme un génie inca-
pable de se tromper, ou dont les erreurs ne pouvoient être ni corrigées
ni apperçuës que par lui-même. Le
Pere *Petau* dissipa ce préjugé. Ceux
qui lui donnent le moins, disent avec
le Cardinal *Noris* : *Non unum de*
Scaligero triumphum tulit. S'il avoit
moins voulu traiter *Scaliger* comme
celui-ci traitoit tout le reste de l'U-
nivers, on n'auroit rien à lui répro-
cher, & il seroit loüé sans restriction
par les Partisans même de *Scaliger*,

& par toùs les Sçavans. *Multa*, dit D E N I S
J. A. Fabricius, poſt Scaligerum præ- P E T A U.
clare obſervavit acerbus nimis ejus
inſectator Dionyſius Petavius, in im-
mortali de Doctrina Temporum opere.
Un des grands admirateurs de *Scali-*
ger (c'eſt *G. J. Voſſius*,) rend cette
juſtice à ſon rival : *Dionyſius Peta-*
vius permulta poſt Scaligerum, optime
obſervavit. Sed nolim judicium interpo-
nere inter eos, quorum uterque præclarè
adeo de Chronologia meritus eſt, ut
nullis plus hæc ſcientia debeat.......
Qui ſine affectu ac partium ſtudio con-
ferre volet quæ de temporibus ſcripſere,
conſpiciet eſſe ubi Scaligero major laus
debeatur, comperiet quoque ubi longe
Petavio malit aſſentire ; erit etiam ubi
ampliandum videatur ; imo ubi nec fa-
cile veritas à quoquam poſſit indagari.
Dans la Preface du *Theſaurus Tempo-*
rum de Scaliger, *Alexandre Morus*,
qui n'étoit pas grand ami du P. *Petau,*
en parle en ces termes : *Eum inter*
principes Chronologos non illibenter pu-
tamus, & verſatile hominis ingenium,
eruditionem ſanè multijugam, & benè
Latinum ac rotundum eloquii genus
complectimur, eumque adeo magis in-

terdum quam Scaligerum sequimur.

Quelques-uns de ses Confreres voulurent lui faire un scrupule, de ce que sur l'arrivée de la Naissance de *Jesus-Christ*, il avoit abandonné le sentiment de *Baronius*, qu'ils s'imaginoient devoir être regardé comme le sentiment de l'Eglise. Pour se justifier, il fit paroître une Lettre qui se trouve dans le recueil de ses Lettres; c'est la 13.e du 2e. Livre. On y voit combien il craignoit de rien avancer, qui pût le moins du monde interesser la Foy & la Religion. Ce caractere regne dans tous ses écrits, & a regné constamment dans sa conduite. Autant de soumission aux décisions de l'Eglise, que de hauteur contre ses ennemis.

Sur la fin de cette année les Medecins le condamnerent à interrompre ses études, & à changer d'air. Il obéit, & alla passer les vacances, c'est-à-dire, six semaines en Normandie.

L'Ouvrage, dont je viens de parler, fit à son Auteur une très-grande réputation. Elle le fut trop à son gré, & elle lui attira une distinction qui alloit à déranger tout le plan de ses études;

études, & qui en le déroutant au roit privé la République des Lettres de tous les Ouvrages qu'il produisit le reste de sa vie.

Philippe IV. Roy d'Espagne avoit depuis peu fondé à *Madrid* son College Impérial. Pour le rendre florissant, il faisoit inviter les hommes les plus distingués, que les Jesuites eussent dans leurs differentes Provinces, à venir remplir les chaires. On avoit jetté les yeux sur le P. *Sirmond*, pour faire des Leçons de Critique ; le P. *Petau* fut destiné à en faire de Chronologie & d'Histoire. Le P. *Sirmond*, avoit alors 70. ans, il n'étoit pas naturel en 1629. de le faire rentrer dans les Classes, qu'il avoit quittées dès l'an 1596. Le P. *Petau* étoit moins âgé, & il se trouvoit dans l'exercice journalier de la Regence ; aussi fut-il plus pressé. Le Roi d'Espagne en écrivit au Pere Général de la Compagnie, & declara que s'il en étoit besoin, il en écriroit au Roy *Louis XIII.* Le General ne voulut rien décider, qu'il n'eût entendu le P. *Petau.*

Celui-ci, très-disposé d'ailleurs à faire tout ce que son Superieur vou-

Tome XXXVII. K

Denis Petau. droit, lui exposa, que son temperament ne s'accommodoit point d'un air chaud ; que tous les Etés il étoit sujet à des effervescences de bile, qui le tourmentoient beaucoup, & qu'en Espagne toute l'année feroit pour lui un Eté perpetuel ; que depuis 20. ans sa poitrine étoit si foible qu'elle ne pouvoit suffire à parler de suite au-delà d'une demi-heure, & que dans le Collège Imperial les Leçons devoient être d'une heure ; qu'il ne pouvoit voyager ni à cheval, ni en voiture, à raison d'une pierre qu'il avoit dans la Vessie, & qu'une traite un peu longue à pied lui causoit infailliblement la fiévre. Sur cet exposé le General ne crut pas devoir insister.

Si le Père *Petau* avoit eu plus de santé, il étoit perdu pour la France, & pour la Litterature. Qu'auroit-il pû faire dans un Pays où l'on ne trouvoit ni Livres, excepté ceux qu'un Sçavant ne doit pas lire, ni Ouvriers qui sçussent imprimer deux mots de Latin ; & où la formalité soumet les Ecrits à la censure de gens incapables de les entendre, & dès-là

interessés à les supprimer ? Le poste DENI
destiné au Pere *Petau*, fut rempli par PETAU.
François Macedo, Portugais.

Delivré de cet embarras, il se remit
à ses études. En 1630. il donna au
Public les Oeuvres de l'Empereur
Julien, & une suite de l'Ouvrage,
de Doctrina Temporum. L'impression
de *Julien* avoit été commencée deux
années auparavant. Le Pere *Sirmond*
écrivoit à *Holstenius* dès l'an 1628.
Pergit sed lente Julianus sub prælo. La
cause de cette lenteur vint d'un scrupule que l'on fit au Pere *Petau*, sur
ce qu'il autorisoit les Ecrits d'un A-
postat, ennemi declaré de la Religion Chrétienne. Pour le rassurer,
& l'engager à poursuivre l'édition,
il fallut faire agir les Cardinaux *François Barberin* & *de Bagny.* Le premier
lui écrivit *de Rome* ; l'autre, qui
étoit Nonce en France, lui parla à
Paris. L'impression s'acheva ; mais
l'Editeur ne mit point son nom à la
tête du Livre, & la Préface est presque toute employée à justifier son en-
treprise, & à réfuter quelques Editeurs précedens, qui avoient donné
de trop grandes loüanges à *Julien.*

DENIS PETAU. Le Public reçut très-favorablement cette édition, qui est aussi complette qu'elle pouvoit l'être alors. On peut voir la *Bibliotheque Grecque* de *J. A. Fabricius*, l. v. c. 3. *Almeloveen* dans sa *Bibliotheca promissa & latens*, a mis l'édition de *Julien* au nombre des Livres promis & non donnés. C'est un manque d'attention.

A la suite des notes sur les Oeuvres de *Julien*, est un ramas de dissertations mêlées, *Miscellanea exercitationes*, contre *Saumaise*. Depuis 1623. que leur premiere querelle avoit été terminée, le P. *Petau* n'avoit fait aucun acte d'hostilité. *Saumaise* revint le premier à la charge : Dans ses Exercitations sur *Solin*, imprimées à *Paris* en 1629. il fit de frequentes sorties sur le S. *Epiphane*, & sur l'Ouvrage de *Doctrina Temporum*. Dans ces attaques le P. *Petau* est par tout nommé *Fæneus interpres*, *Pecus*, *Asinus*, *Bipedum imperitissimus*, *nequissimus*....

Il s'en faut bien que la Réponse du P. *Petau* soit aussi aigre. Examiner de suite l'Ouvrage de *Saumaise*, eût été un travail infini ; il se contenta

de lui mettre fous les yeux quelques-
unes de fes bevûës, bien capables de
l'humilier. *Saumaife* fentit le coup,
& fe tut. Il eft vrai qu'il écrivit à
quelques-uns de fes amis, que s'il
vouloit, il réfuteroit tout ; mais en
même temps il déclara, qu'il ne le
vouloit pas. *Jean le Clerc* approuve
la Critique du P. *Petau*, quant au
fonds ; mais elle lui paroît trop vive
dans la maniere. Cependant traité
indignement par fon Adverfaire, la
plus groffe injure, (fi c'en eft une,)
qu'il lui ait dit dans ce Livre, c'eft
de l'avoir appellé *Grammairien*.

Au refte dans cet Ouvrage le Pere
Petau a eu occafion d'élaircir divers
endroits de S. *Epiphane*, de *Philon*, de
Jofeph, de *Pline*, &c. & il l'a fait avec
fa précifion & fa netteté ordinaire.
Il avoit pour cela un talent fingulier ;
ainfi que l'a remarqué L. *Allatius*,
dans fon *Exercitatio de Menfura
Temporum*, Ch. 15.

L'autre fruit de fes études, que le
Pere *Petau* donna la même année
1630. peut être régardé comme un
troifième Volume de l'Ouvrage, *de
Doctrina Temporum*, dont il eft une

DENIS
PETAU.

suite. L'agrément avec lequel le Cardinal *de Richelieu* avoit reçu l'Ouvrage *de Doctrina Temporum*, qui lui fut dedié, détermina l'Auteur à lui en dedier aussi la suite. Elle ne contient que des matieres de Chronologie, & elle est divisée en deux Parties.

La premiere, intitulée *Uranologion*, est un ramas d'anciens Astronomes & Computistes, qui n'avoient pas encore paru, ou qui paroissent en meilleur état, traduits, revûs, éclaircis. La 2e. Partie comprend 8. Livres de Dissertations diverses. Je transcrirai ici quelque chose de la *Bibliotheque choisie de J. le Clerc.*

» Dans le premier Livre, l'Auteur
» explique les differens levers &
» couchers des étoiles, & la manie-
» re de les découvrir par Regles &
» par Méthode. Il en donne ensuite
» des Tables.

» Dans la 2e. il traite des sentimens
» des Anciens, touchant les Solstices,
» & les Equinoxes, & touchant le
» lever de diverses étoiles du temps
» de la moisson en Egypte & dans la
» Palestine.

» Le 3e. Livre est opposé à la Dis-

» fertation pofthume de *Jofeph Sca-* Denys
» *liger*, contre l'anticipation des E- Petau.
» quinoxes. L'Auteur explique &
» défend contre lui quantité de paf-
» fages des anciens Aftronomes. On
» ne peut gueres douter que *Scaliger*
» ne fe foit trompé en ceci, & que
» le Pere *Petau* n'ait été beaucoup
« plus habile en Aftronomie, que lui
» & que *Saumaife*.

» Dans le Livre 4e. l'Auteur traite
» de l'année Grecque, & particulie-
» ment de celle des Atheniens, con-
» tre *Alphonfe de Caranza*, Jurif-
» confulte Efpagnol, qui un an après
» que la *Doctrine des Temps* eut pa-
» ru, l'attaqua par une Differtation,
» que l'on réfute ici. Le Pere *Petau*
» le traite, non-feulement avec le
» dernier mépris, mais encore avec
» une indignation terrible. » Ceux
qui ont lû la Differtation de ce Jurifconfulte Efpagnol; *Super primore*
Temporum Doctrina, jugent qu'il ne
méritoit pas d'être traité plus douce-
ment, pour s'être avifé d'écrire fur
des matieres qu'il n'entendoit pas,
& dans une Langue de laquelle il ne
fçavoit pas les premiers élemens. Une

DENIS autre raison anima le zele du Pere
PETAU. Petau ; Le Jurisconsulte *Caranza*
s'étoit lié avec *Gaspar Scioppius*,
François Roales, & *Jean del Espino* ;
tous trois uniquement occupés à
faire & à répandre des satyres contre
les Jésuites.

» Le Livre 5e. traite de l'année
» Judaïque, Egyptienne & Romai-
» ne, contre le même *Caranza*, &
» contre *Saumaise* ; pour ne pas par-
» ler de je ne sçai quel autre Auteur,
» que le P. *Petau* réfute sans le nom-
» mer. » Cet Auteur, que M. *le
Clerc* ne connoissoit pas, est *Samuel
Petit*, Ministre à *Nismes*, qui dans
ses Mélanges, *Miscellaneorum Libri
IX*. imprimés à *Paris* 1630. *in-4°.*
avoit employé tout le Livre huitiéme
à combattre quelques sentimens du
Pere *Petau*, sans le nommer ; d'où
vient que celui-ci ne l'a pas non
plus nommé, & qu'il l'a traité avec
tous les ménagemens qu'il pouvoit
garder avec les Héretiques.

» Dans les Livres 6e. & 7e. il cri-
» tique divers endroits des *Exerci-
» tations* de *Saumaise* sur *Solin*, en
» faisant voir que *Saumaise* s'est con-
» tredit.

» trédit , & ſe trompe entierement. DENIS
» On ne peut pas douter que *Sau-* PETAU.
» *maiſe* n'eût tort d'avoir traité le
» P. *Petau*, d'une maniere injurieuſe,
» qu'il ne ſe trompât dans le fonds ,
» & qu'il n'eût mérité d'être maltrai-
» té à ſon tour ; mais ſi le Pere *Petau*
» avoit eu autant de douceur , qu'il
» fait quelquefois ſemblant d'en
» avoir, il ne lui auroit pas dit tout
» ce qu'il méritoit. »

Ici l'Auteur de la *Bibliotheque choiſie* ſe trompe. Jamais le P. *Petau* ne
fit ſemblant d'avoir de la douceur
à l'égard des Héretiques. Il les regarda toûjours comme Meſſieurs de
Malte regardent les Turcs. *Nullus
amor populis , nec fœdera ſunto.*

» Enfin le huitiéme Livre traite
» des Eres & des Computs , dont
» les Chrétiens Orientaux ſe ſont
» ſervis.

» Parmi tout cela il y a quantité
» de choſes qui regardent les Belles-
» Lettres, & pluſieurs paſſages des
» meilleurs Auteurs de l'antiquité
» Payenne éclaircis. Comme on doit
» rendre juſticc à tout le monde , il
» faut avoüer que le Pere *Petau* s'eſt

Tome XXXVII. L

DENIS
PETAU.

» heureusement servi de la connois-
» sance qu'il avoit de l'Astronomie,
» pour éclaircir quantité de choses,
» que de simples Grammairiens ne
» pouvoient pas bien expliquer.

Il n'eut plus rien à démêler sur la Chronologie avec les trois Ecrivains ausquels il avoit opposé ses Dissertations diverses. *Caranza* ne repliqua rien. *Samuel Petit* persista dans ses mêmes sentimens, & les soutint dans ses *Ecloga Chronologicæ*, imprimées à *Paris* en 1631. *in-*40. qui ne firent qu'augmenter le nombre des Livres que l'on tient pour lûs. *Saumaise* en pensa faire un, où l'on devoit voir avec étonnement, combien le grand homme, c'est-à-dire, *Scaliger*, étoit repréhensible, & combien il avoit été mal repris. Il annonçoit ce Livre à *Vossius*, le Pere, en lui écrivant le 18. Janvier 1633. Le Livre n'a jamais été achevé ; je ne sçai s'il fut même commencé.

Cependant le P. *Petau* ne fut pas long-temps sans être encore assailli sur la Chronologie. L'Auteur de l'*Anti-Babau*, *Jacques d'Auzoles la Peyre*, se mit à ses trousses, & le harcela pendant près de huit ans. DENIS Voici l'origine & le progrès de cette PETAU. querelle.

Dans le Chapitre 20. du 9e. Livre de la Doctrine des Temps , le Pere *Petau* , traitant de la deſcendance de *Job* , avoit refuté les imaginations de *la Peyre* ; c'étoit faire trop d'honneur à cet *Auteur de bale* , comme le qualifie *Baillet* ,) & par conſideration avoit épargné ſon nom. C'eſt ce qui piqua d'*Auzoles.* Ce que le Pere *Petau* avoit fait par ménagement , il le crut fait par mépris de ſa perſonne : il n'auroit eu aucune peine à ſe voir refuté , pourvû qu'il eût été nommé avec un petit mot d'éloge. » J'avois , dit-il , rendu » tant d'honneur au Reverend Pere » *Petau* , Jeſuite , François de Na-» tion , & natif de la Ville d'*Orleans,* » dans mon petit Livre de *Job* , & » avois ſi hautement publié ſon ſça-» voir & ſes merites , que je n'en » attendois rien moins que l'immor-» talité de mon nom dans ſes œu-» vres magnifiques , pour la recon-» noiſſance de mes petits compli-» mens.

L ij

D'Auzoles trompé dans son atten-
te se fâcha. (J'emprunte ici les paroles de *Baillet*) » Il voulut répon-
» dre à ce Pere par un Livre, qu'il
» appella par une prétenduë humi-
» lité, *le Disciple des Temps*, pour
» contrequarrer, disoit-il, le titre
» pompeux *De Doctrina Temporum*
» du bel Ouvrage de ce grand hom-
» me sur la Chronologie; supposant
» impertinemment que le P. *Petau*
» par ce titre s'étoit qualifié *Docteur*
» *des Temps.*

Deux grains d'encens auroient a-
douci le Sieur d'*Auzoles*, qui l'aimoit beaucoup; mais le P. *Petau* ne
crut pas qu'il lui convînt de louer
un Ecrivain si peu louable. Il auroit
dû le laisser pour ce qu'il étoit. Il en
jugea autrement. A la verité, il négligea tout ce que *la Peyre* avoit
mis de choquant & de personnel
dans son *Disciple des Temps*; mais il
employa quelques pages dans son
Rationarium Temporum, à ramener
cet homme à la raison & aux vrais
principes.

Tout ce qu'il y gagna, fut qu'a-
près le *Disciple des Temps*, vint en

1634. *Le Berger Chronologique contre* D **ɪ** **ɴ** **ɪ** **s**
le prétendu Géant de la Science des PETAU.
Temps. L'Ariadne, ou filet fecourable
pour fe développer des embarraffemens
du P. Denis Petau, & de fes La-
byrinthes Chronologiques, à la honte
& confufion du Prince des Temps. Le
corps des Ouvrages répond aux
Titres.

Ce barbouilleur de papier fatigua
tant le P. *Petau*, qu'enfin celui-ci
lâcha fa *Pierre de Touche Chronolo-*
gique. Le but de ce Livre, qui parut en 1636. eft d'expliquer les principes de la Chronologie, & de montrer les erreurs dans lefquelles on
peut tomber, en travaillant fur ces
matieres fans fuivre les bonnes régles, & fans fçavoir les principes.
Les exemples de ces differentes erreurs font tirez des Livres de la
Peyre. Le P. *Petau* jugea bien que
fon Antagonifte repliqueroit ; mais
en finiffant il l'avertit qu'il n'avoit
plus de temps à perdre.

Jacques d'Auzoles fit imprimer en
1638. *in-fol. Le Mercure charitable,*
ou Contre-Touche & fouverain reme-
de pour défempierrer le Pere Petau,

Denis Petau. *Jesuite d'Orleans, depuis peu metamorphosé en fausse pierre de touche.*

Les autres Livres de cet Ecrivain sont détaillés dans le *Supplément de Morery.* 1735. Je ne sçai pourquoi on y lit : *L'Anti-Babau contre le P. Jacques Bolduc, Jésuite.* Le titre de ce Livre original porte : *Contre le R. P. Jacques Bolduc Pr. Capucin.*

Michel de Marolles dans ses *Mémoires* raconte une chose, qui seule peut donner une idée du mérite Chronologique du Sieur *d'Auzoles.* Ce *Prince des Chronologues* (c'est le titre qu'il prenoit dans ses portraits) s'étoit mis en tête, qu'au lieu de donner à l'année 365. jours & quelque chose de plus, on pourroit ne lui en donner que 364. justes ; afin qu'elle commençât toujours par un Dimanche, & finît par un Samedi ; & il ne fut jamais possible de lui faire comprendre, que si l'on vouloit suivre son sentiment, après quelques siecles le mois de Janvier se trouveroit en Eté : il se mettoit même en d'étranges coleres contre ceux qui vouloient le lui faire concevoir.

Cependant il est dit quelque part,

que *la Peyre fut eſtimé des Sçavans ſes*
contemporains , excepté des Jeſuites
Petau , Salian , & quelques autres.
Si cela eſt vrai, il falloit que ces *Sça-*
vans fuſſent bien ignorans ; & l'on
doit ſçavoir gré à ceux qui eurent le
courage de s'oppoſer au mauvais
goût de leurs contemporains , &
que la crainte des injures groſſieres,
ou des fades railleries , n'epêcha pas
de combattre les fauſſes idées que la
préſomption , applaudie par l'igno-
rance , s'efforçoit de faire valoir.

Le ſçavant Cardinal *Noris* , qui
avoit lû le P. *Petau* ſans deſſein formé de le trouver irréprehenſible ,
lui rend juſtice en ces termes. *Peta-*
vius vir omnium diligentiſſimus , cui
in rebus Chronologicis nemo par aut
ſecundus hoc ſæculo opponatur. (Diſ-
ſert. de Vot. Decenn. c. 6.) Ce même Cardinal dans ſes Diſſertations
ſur le Cycle Paſchal des Latins , a
examiné quelques endroits des Livres *de doctrina Temporum.*

En 1632. le P. *Petau* fit imprimer de nouveau les Oeuvres de *Sy-*
neſius , avec quelques augmentations dans les notes. La plus conſi-

DENIS
PETAU.

derable est une Dissertation assez étendue touchant la Penitence & la réconciliation des Pénitens dans les premiers siecles de l'Eglise. Cette Dissertation doit être lûe après tout ce qui se trouve sur le même sujet dans les notes sur *S. Epiphane*, & dans la Réfutation des difficultés proposées par *Mathurin Simon*.

Avec cette édition de *Synesius* parut une Réponse à *Jean Croï*. Ce Ministre avoit mis au jour en 1632. *Specimen Conjecturarum & Observationum in quædam loca Origenis, Irenæi, Tertulliani & Epiphanii. in-8°.* Là pour faire sa cour à *Saumaise*, il avoit attaqué quelques endroits des notes sur *S. Epiphane*, & des *Dissertations mêlées*, imprimées à la suite de *Julien*. *Jean Croï* sçavoit plus d'Hebreu que celui qu'il vouloit venger, & il en fit parade dans son Livre. C'est sur cela particulierement que le P. *Petau* l'entreprit, afin de lui faire sentir qu'il avoit encore bien des choses à apprendre, & qu'il feroit mieux de se rendre habile dans ce qu'il prétendoit enseigner, que d'importuner étourdîment des gens occupés ailleurs , & qui ne ſongeoient point à lui.

Le Miniſtre revint à la charge en 1644. dans la premiere partie de ſes *Obſervations ſacrées ſur le Nouveau Teſtament* ; non pour juſtifier les bévues que le P. *Petau* lui avoit montrées dans ſon *Eſſai de Conjectures* ; mais pour pointiller ſur quelques endroits de la Traduction de *S. Epiphane*. L'Auteur de la Traduction ne voulut point repliquer , parce qu'il avoit appris , que quand on écrit contre les Miniſtres , on eſt cauſe que leurs gages ſont augmentés.

Dans cette ſeconde édition de *Syneſius* , on ne trouve ni Epitre dédicatoire , ni Préface. Celles qui ſont à la tête de la premiere édition , ne pouvoient convenir à la ſeconde. Lors même que dans la ſuite le P. *Petau* fit imprimer ſes Lettres partagées en trois Livres , dans le premier deſquels , à l'exemple de quelques Sçavans , il mit les Epitres dédicatoires de pluſieurs de ſes Ouvrages , celle de *Syneſius* fut laiſſée en arriere. Son goût plus épuré lui

avoit fait fentir que cette piéce ne
méritoit pas d'être confervée.

Je ne dois pas oublier, que dans
cette édition faite en 1632. & marquée au titre 1633. le P. *Petau* déf-
avoua celle qui venoit d'être faite
en 1631. de laquelle j'ai parlé ci-devant. L'interêt de fon Imprimeur
demandoit qu'il en ufât ainfi , in-
dépendemment des autres raifons
qu'il pouvoit avoir , comme font
le peu de correction & le manque
d'*errata*.

L'année fuivante 1633. il donna
au Public fon *Rationarium Tempo-*
rum , qu'il perfectionna en 1634.
C'eft un excellent Abregé des treize
Livres de la *Science des Temps*, &
un Supplement du treiziéme Livre.
On y trouve une explication nette
& fuccinte des principes Chronologiques , qui peut fuffire pour toutes les perfonnes qui ne veulent pas
fe jetter dans la profondeur des
difcuffions , & un raccourci de l'Hiftoire univerfelle depuis les premiers
temps, jufqu'à l'an 1632. *Pierre Gaf-*
fendi écrivoit à *Chriftophe Scheiner*
le 13. Avril 1632. *Oftendi tuas lit-*

teras eruditiſſimo Petavio , quicum DENIS
præclare divinaſti conſuetudinem mihi PETAU.
*intercedere. Offendi illum ad calcem
pene præclaræ cujuſdam Opellæ , cui
titulum facit* Rationarium Chrono-
logicum. *Volumen erit ſatis juſtum
in 12. quo major lux Hiſtoriæ nulla.
Sic enim vir magnus Chronologum
agit , fidem ubique ſibi faciens, & cha-
racteres temporum inſignes paſſim in-
ſerens , ut tamen quaſi ſeriem texat u-
niverſæ Hiſtoriæ.*

En effet dans la premiere édition
de cet abregé , l'Auteur avoit ſuivi
le même ordre que dans ſon grand
Ouvrage. L'explication des regles &
des principes étoit à la tête ; la partie
Hiſtorique étoit accompagnée des
preuves qui fixent les Epoques des
faits. C'eſt l'idée que *Gaſſendi* donne
de cet Ouvrage.

Dans la ſeconde édition , l'Auteur , pour s'accommoder au goût
du Public , diſtribua l'Ouvrage en
deux parties. La premiére purement
hiſtorique contient en deux Tomes
un précis exact de l'Hiſtoire univerſelle depuis la création du monde
juſqu'à la naiſſance de *Jeſus-Chriſt* ,

DENIS.
PETAU.

en quatre Livres , & depuis la naiſſance de J. C. juſqu'à l'an 1632. en
cinq Livres. La ſeconde partie , qu'il
nomme Technique , contient les
principes de la Chronologie.

En faiſant réimprimer le *Rationarium* en 1636. il y joignit une Diſſertation ſçavante ſur l'époque du
Concile de *Sirmich.* Le Cardinal *Baronius* l'avoit fixé à l'an 357. Le P.
Petau dans ſes notes ſur *S. Epiphane* montra qu'il falloit la mettre à
351. Le P. *Sirmond* , ami particulier de *Baronius* , fit en 1634. une
Diſſertation pour ſoutenir le ſentiment de ſon ami. Le P. *Petau* en
ayant eu communication , y répondit par la Diſſertation de laquelle
je rends compte ici. C'eſt à cette
Diſſertation qu'il renvoye dans ſon
Rationarium , lorſqu'à l'endroit où
il parle de l'Hérétique *Photin* , il
marque en marge. *Vide Appendicem
hujus operis.* Les termes de cette ci-
tation auroient dûs être changés dans
les éditions auſquelles la Diſſertation n'eſt pas jointe.

Le P. *Sirmond* repliqua. Le P. *Petau* fit un ſecond Ecrit , où il exami-

na la replique. *Henri Valois*, ami &   D E N I S
éleve de ces deux Sçavans, dit qu'il P ET A U.
faut bien que le P. *Sirmond* ait senti
le foible du sentiment qu'il soutenoit, puisqu'il supprima ses deux
Differtations. Le P. *Petau* ne fit
point paroître son second Ecrit. La
chose en demeura là. Ce n'a été qu'a-
près leur mort, que les Piéces de ce
procès litteraire ont été rendues publiques dans le quatriéme Volume
des Oeuvres diverses du P. *Sirmond.*
Les Sçavans ont absolument abandonné *Baronius*, pour suivre le P.
Petau. On peut voir M. *de Tillemont*
dans ses *Memoires pour servir à l'Hiftoire Ecclesiaftique* (Tom. 5. not. 41.
sur les Ariens) Le P. *Noel Alexandre, sæcul.* IV. c. 3. §. 17. *Baronii Sen-
tentiam egregiè confutavit Petavius,
cùm in Animadverfionibus doctiffimis
ad S. Epiphanium, tùm in Differta-
tione fingulari.*

Depuis quelque temps le P. *Petau* travailloit à son grand Ouvrage
des *Dogmes Theologiques.* En ses mo-
mens de relache il avoit mis la derniere main à une Paraphrase des
Pseaumes en Vers Grecs. Elle parut

DENIS en 1637. & sera toujours admirée
PETAU. par ceux qui entendront *Homere*.
Grotius, bon connoisseur, la vouloit toujours avoir sur sa table. *Sem-*
per juxta me repositum librum eum ha-
beo, ut & sensibus & verbis animam
pascam. Est ipsa Græcitas & Poësis
nativa. Le Livre est dedié au Pape
Urbain VIII. amateur de la Poësie,
& Poëte lui-même, & qui par le
goût qu'il conservoit pour les Sciences, avoit pour le P. *Petau* quelque
chose au-delà de ce que les Princes
les plus declarés en faveur de l'érudition, ont d'ordinaire pour les
Sçavans ; il étoit son ami.

Pour lui donner des marques af-
fectives de son estime & de sa bienveillance, il voulut l'attirer à *Rome*.
Mais il n'usa pas de son autorité, &
le P. *Petau* répondit honnêtement à
la politesse des invitations. En 1639.
le Pape fit agir le General de la
Compagnie, lequel écrivit au P. *Pe-*
tau, pour l'exhorter, mais sans in-
jonction, de se rendre à *Rome*.

L'intention du Pape ne fut pas
long-temps un mystere; l'on sçut qu'il
appelloit le P. *Petau*, pour le faire

Cardinal ; c'eft ce que je trouve DENIS
dans les papiers , qui m'ont été PETAU.
communiqués par M. *Maffuau* ,
Chanoine d'*Orleans* , dans la Bibliotheque de *Sotvvel* , faite & imprimée à *Rome* , & dans les Memoires Mſſ. de M. *de la Mare* , ami
particulier de *Saumaife* , & par là
peu difpofé à écrire une fauſſeté ,
pour faire honneur au Jefuite.

Les raifons , qui avoient empêché
le voyage d'Efpagne , n'étoient plus
de mife. Le Cardinalat n'exige aucune force de poitrine ; & qui ne
peut voyager par terre , peut s'embarquer. Le bon Pere , qui avoit autant de fimplicité que d'érudition ,
fut fi effrayé d'apprendre , que le
Pape vouloit le faire Cardinal , qu'il
en tomba malade très - dangereufe-
ment. Ses amis (il en avoit dans les
conditions les plus relevées) tou-
chés de l'état où il étoit réduit , eurent recours à l'autorité Royale.
Louis XIII. à qui le nom du P. *Petau* n'étoit pas inconnu , declara
qu'il ne vouloit pas qu'un homme ,
qui faifoit tant d'honneur à fon
Royaume , en fût tiré. Cette nou-

DENIS
PETAU.

nouvelle fit ce que les remedes n'avoient pû faire ; le malade guérit.

Peu après le Nonce travailla, par ordre de son maître, à faire lever la défense. Mais les Medecins du Roi, de M. le Duc d'*Orleans*, de M. le Prince de *Condé*, certifierent que s'il entreprenoit le voyage, il mourroit en chemin. Alors les instances cesserent.

Un Jesuite Espagnol, qui a écrit en sa langue un éloge historique du P. *Petau*, dit que ce Pere fit le voyage de *Rome*, pour assister à une Congregation Generale. En cela il s'est trompé. Il est vrai qu'en 1645. le P. *Petau* fut un des trois que la Province de *Paris* nomma pour aller à *Rome*. Mais il ne fit pas le voyage; la députation ne fut qu'honoraire; la Province voulut lui donner cette marque d'estime & de distinction.

Il parut en 1638. deux courtes Dissertations de *Grotius*. 1. *De Cœna administratione, ubi Pastores non sunt.* 2. *An semper communicandum per symbola.* On en a parlé dans ces Memoires, Tom. XIX. p. 371. Le P. *Petau* étoit ami de *Grotius*, mais il voulut

voulut faire voir, qu'il n'étoit ami D E N I S
que juſqu'aux Autels. Il refuta les PETAU.
deux Diſſertations par un Livre qu'il
intitula : *De poteſtate conſecrandi &*
ſacrificandi. S'il étoit à propos, pour
l'interêt de la verité, que l'Ouvrage de *Grotius* fût refuté, il ne le
pouvoit être avec plus de ménagement pour la perſonne de l'Auteur.
L'effet naturel d'une réfutation bien
faite eſt de faire rechercher l'Ouvrage ſur lequel elle tombe. *Grotius* dit
quelque part, en parlant de ſes Diſſertations ; *Exempla magno veneunt*
propter nobilem contradictorem. L'Auteur & ſon Contradicteur n'en furent pas moins bons amis dans la
ſuite ; non qu'il y eût de la collu-
ſion entr'eux ; mais parce que le P.
Petau voyoit dans *Grotius* beaucoup
de franchiſe, & de prochaines diſ-
poſitions à quitter le parti de l'erreur.

 Saumaiſe étoit alors occupé à faire
des Livres en faveur de l'uſure &
des Uſuriers ; & par le talent des
écarts, qu'il poſſedoit au ſouverain
dégré, il alloit ſouvent chercher le
P. *Petau.* Celui-ci le laiſſa aux mains

 Tome XXXVII.   **M**

DENIS avec les Miniſtres & les Juriſconſul-
PETAU. tes ; mais dans une Diſſertation *de
Fœnore Trapezitico* , qui parut en
1640. il trouva quelques digreſſions
contre l'Epiſcopat , & ſur divers
points de Theologie. *Saumaiſe* entendoit encore moins ces matieres
que la Juriſprudence. Son Antago-
niſte l'entreprit , & mit au jour deux
Livres de *Diſſertations Eccleſiaſtiques,*
dans lequel il le mena mal , au jugement de *Grotius* , & de tous les
connoiſſeurs.

Ces deux Livres de *Diſſertations
Eccleſiaſtiques* furent dédiés au Cardinal *de Richelieu.* Il eſt dit dans les
Lettres de *Guy Patin* , qu'elles roulent ſur un paſſage du Traité *de Fœnore Trapezitico.* Il ſuffit d'ouvrir le
Volume *des Diſſertations* pour ſe con-
vaincre que *Patin* en parloit ſans
connoiſſance. L'on y voit par tout
indiqués les endroits du Traité de
Saumaiſe , ſur leſquels elles roulent.
Le premier Livre expoſe & réfute ſes
erreurs ſur l'article de l'Epiſcopat.
Le ſecond eſt employé à le relever
ſur divers autres ſentimens erronés,
répandus dans le même Traité, mais

ſans toucher à la matiere capitale *de* D E N I S
Fœnore Trapezitico, parce que plu- PETAU.
ſieurs autres Ecrivains avoient déja
entrepris ſur cela l'Auteur du Traité.

Guy Patin ajoute, que le Cardinal *de Richelieu* reprit le P. *Petau*,
d'avoir écrit contre un homme que
le Roi aimoit, & qu'il vouloit tâ-
cher de retenir en France. Il eſt vrai
que *Saumaiſe* étant venu de Hollande en France ſur la fin d'Octobre
1640. ſes amis tâcherent de le retenir à *Paris*. La Cour lui promit une
penſion de ſix mille livres ; mais à
trois conditions. 10. Qu'il rentre-
roit dans la communion Romaine,
qu'il avoit quittée. 2°. Qu'il n'écriroit plus ſur les Controverſes. 3°.
Qu'il n'imprimeroit rien qui n'eût
été auparavant bien examiné. Il re-
jetta d'abord ces conditions, & dès-
là le Cardinal Miniſtre ne dut pas
être fâché, que l'on mortifiât un
homme, qui avoit mepriſé ſes offres.

Les Lettres de *Grotius* me four-
niſſent un autre moyen contre le
récit de *Guy Patin*. En parlant des
Diſſertations Eccleſiaſtiques, il eſt dit

DENIS
PETAU.

que *Saumaise* y eft durement traité ;
mais que ce fera encore pis, fi l'Ouvrage qu'il promet contre le Pape
vient à paroître ; que *Petau* l'attend,
bien réfolu de ne le pas épargner,
s'il y trouve matiere à repréhenfion.
*Acerbè tractatur Salmafius, acerbiuf-
que tractabitur, fi liber ille adverfus
Papam prodierit. Petavius librum ejus
de Primatu expectat, non parfurus ei, fi
quid reprehenfioni fit obnoxium ; &
quantum judico, fatis materiæ præbe-
bit Salmafius.*

Si la bonne foi de *Guy Patin* étoit
auffi-bien établie, qu'elle l'eft mal,
on feroit embarraffé. Car comment
accorder ces faits ? Le P. *Petau* entend de la bouche d'un premier Miniftre, que le Roi ne veut pas que
l'on écrive contre *Saumaife*. Nonob-
ftant cela il declare hautement qu'il
écrira, & il écrit en effet. Ignoroit-
il combien il étoit dangereux d'of-
fenfer un Miniftre puiffant, qui vouloit être obéi, & qui ne pardonnoit
pas ? Ou plûtôt ce petit conte ne
doit-il point être mis au nombre
des fauffetés, dont les Lettres de
Guy Patin font remplies ?

Au lieu du Traité promis contre DENIS
la Primauté du Pape, *Saumaise* fit PETAU.
paroître en 1641. un petit Volume
in-12. avec ce titre *Vvallonis Messa-
lini de Episcopis & Presbyteris, contra
Dionysium Petavium Loyolitam Dissertatio prima.* Cette Dissertation
devoit être suivie de deux autres,
qui ne vinrent pas, parce que la
premiere fut mal reçue, & si mal,
que les interessés firent ce qu'ils pu-
rent pour en retirer les exemplaires.
L'Auteur, dit *Joseph Bingham*, avance les Paradoxes comme des verités
historiques, & tout l'ouvrage est
rempli de bévûes & de confusion.

Le P. *Petau* tint parole, & bientôt on eut de lui un Ouvrage partagé en cinq Livres, dans lesquels
est traité avec étendue tout ce qui
concerne la Hierarchie Ecclesiastique, & *Saumaise* fortement refuté.

On sçait assez que *Vvallo Messalinus* est un faux nom que prit *Claude
Saumaise.* On voit sans grande recherche, que *Messalinus* est l'ana-
gramme de *Salmesinus.* L'autre partie de l'énigme présente plus de difficulté, sçavoir, d'où vient ce nom

Vvallo. L'Ecrivain de la vie de *Saumaise*, imprimée avec ses Lettres, & l'Amplificateur du *Menagiana*, nous en découvrent l'origine. *Saumaise* étant en Hollande se nomma *de Saumaise*, en latin *à Salmasia*, du moins dans les Regiſtres de l'Univerſité, & se porta pour deſcendant des anciens Seigneurs de *Saumaise* en Bourgogne. On fit une Généalogie, à la tête de laquelle on mit *Vvallo de Salmasia* ou *Salmesia*. Et c'eſt pour conserver le souvenir de cette illuſtre deſcendance que l'Auteur de la Diſſertation *de Episcopis & Presbyteris* prit le nom de *Vvallo.* Il devoit être le premier à se moquer de la ſimplicité de ceux, qui trompez par cette fable, le regardoient comme parent des Ducs & des Comtes de Bourgonne; ſçachan mieux que personne, que le nom originaire de sa famille étoit *Saumaire*, qui fût inſenſiblement changé en *Saumaize*, & enfin en *Saumaise*.

Je reviens au P. *Petau.* Après les cinq Livres sur la *Hierarchie Eccleſiaſtique*, il donna un Volume ren-

fermant trois Livres fur le *libre Ar-* D E N I S
bitre , & un Livre contre les erreurs P E T A U.
des *Pélagiens* , & des *Sémipélagiens.*
Dans un court Avertiffement l'Auteur dit qu'il s'eft abftenu de toucher
le point de l'accord de la liberté
avec la grace , par refpect pour la
défenfe portée par le S. Siege de traiter cette queftion. Que de fcandales
épargnés à l'Eglife , fi tous les Theologiens avoient eu la même retenue !

Cet Ouvrage fut combattu par
Alexandre Morus , Miniftre à *Ge-*
nêve , & par *Libert Fromond* , Docteur de *Louvain.* Le Livre du Miniftre a pour titre : *Victoria gratiæ.*
Alexandri Mori de Gratia & libero
Arbitrio Difputationes Genevenfes ,
adverfus Dionyfium Petavium, Jefui-
tam. Il fut réimprimé à Middel-
bourg en 1652. L'Auteur en promit
une nouvelle édition en 1658. Je ne
fçache pas qu'elle ait été faite. *Ale-*
xandre Morus reconnoît que le P.
Petau n'a écrit que ce qui eft enfeigné par les Theologiens de la Communion Romaine, & défini par le
Concile de *Trente.*

Bayle dans l'article de ce Miniftre,

**DENIS
PETAU.** dit qu'il ne sçait comment il se procura les bonnes graces de *Saumaise*. Ce fut par le Livre dont je parle. *Daniel Heinsius*, & *Frederic Spanheim*, que *Saumaise* n'aimoit pas, y sont fort maltraités ; quant à *Saumaise*, il y est loué, comme il vouloit l'être ; c'est le Dictateur de la Republique des Lettres, & le Juge souverain de toutes les controverses.

Dans le cours de l'année 1643. parut le Livre *de la frequente Communion*. Le P. Petau crut devoir le réfuter, & pour cela il fit imprimer son Ouvrage *de la Pénitence publique, & de la préparation à la Communion*, dans lequel toutes les questions qui regardent l'ancienne discipline de l'Eglise sur cette matiere, sont traitées sçavamment. Comme le P. *Petau* n'écrivoit pas si bien en François qu'en Latin, son Ouvrage ne fut pas reçu dans le monde avec autant d'agrément que l'avoit été le Livre de la fréquente Communion.

Godefroy Hermant, Chanoine de *Beauvais*, ayant fait paroître sous le nom du Sieur *du Bois*, Docteur, des *Refléxions sur divers endroits du Livre*

Livre du P. Petau , dans lesquels il **DENIS**
approuve la doctrine du Livre de la **PETAU.**
fréquente Communion : Ce Pére répondit à ces *Réfléxions* , & à tout ce
qu'on avoit écrit contre lui , par
une troisiéme édition de son Ouvrage , augmenté du quart. Les deux
éditions précédentes n'avoient que
six Livres , la troisiéme en a huit.
Le 7. contient un Abregé du Livre
de la fréquente Communion , & de la
réfutation comprise dans les six Livres *de la Pénitence publique.* Le 8.
refute les repliques & les réproches
faits à l'Auteur.

Dans l'Avis au Lecteur à la tête
de cette troisiéme édition , il est dit :
» Ceux qui avoient eu charge de la
» seconde , ayant été priés de revoir
» l'autre , & de corriger quelques
» fautes legeres qui s'y étoient glis-
» sées , excederent leur commission,
» y faisant un notable changement ,
» non dans les choses , mais dans la
» diction. « Dans la troisiéme édition on avoit commencé à suivre la
seconde ; l'Auteur s'en apperçut a-
près quelques feuilles tirées , & vou-

Tome XXXVII. N

DENIS lut que dans le reste on suivît la pre-
PETAU. miere.

Quelques Sçavans veulent se persuader que cet Ouvrage est un Ouvrage de commande ; d'où ils con-
cluent qu'il ne vaut rien. D'autres
raisonnent autrement, & disent :
l'Ouvrage est bon ; donc il n'est pas
de commande. Il me paroît que ces
derniers ont raison. Voici ce qu'en
a écrit *Jean-Pierre Camus*, Evêque
de *Belley*, dans la Préface de son
Livre de *l'Usage de la Pénitence*, p.
33. » Si mon Livre n'eût été achevé
» avant que celui *de la Pénitence pu-*
» *blique, & de la préparation à la Com-*
» *munion* fût venu entre mes mains,
» je n'eusse pas manqué de marquer
» en la marge les lieux d'où j'aurois
» tiré des connoissances & des lu-
» mieres ; comme je n'ai pas oublié
» de cotter les endroits qui m'en
» ont fourni dans les doctes animad-
» versions sur *S. Epiphane* de son
» sçavant Auteur, où il traite très-
» dignement de l'ancien usage de la
» Pénitence publique. «

Le reproche le plus apparent que
l'on ait fait au P. *Petau*, c'est qu'en

réfutant le Livre *de la fréquente Com-* DENIS
munion, il a abandonné quelques- PETAU.
uns des ſentimens, qu'il avoit établis dans ſes notes ſur S. *Epiphane.*
Quand le fait ſeroit vrai, il auroit
pû dire avec un très-illuſtre Docteur:
Je fais profeſſion d'être de ceux qui
profitent en écrivant, & qui écrivent
en profitant. Mais il n'eut pas beſoin
de recourir à cette réponſe ; le reproche étoit ſans fondement. Dans
ſes Diſſertations antérieures, il avoit
expoſé quelle étoit durant les premiers ſiecles la diſcipline de l'Egliſe ; dans ſes Livres *de la Pénitence*
publique il montre que l'Egliſe a jugé à propos de changer ſon ancienne diſcipline : il n'y a point en cela
de contradiction.

Tandis qu'à *Paris* le P. *Petau* étoit
aux priſes avec l'Auteur & les Défenſeurs du Livre *de la fréquente*
Communion, on publioit à *Rome* qu'il
s'accordoit avec eux ſur la fameuſe
Propoſition des deux Chefs de l'E-
gliſe, qui n'en font qu'un. Comme
la Propoſition s'examinoit alors à
l'Inquiſition, il fut obligé de ſe juſtifier. Il le fit ſans peine, & il ne

N ij

DENIS lui en coûta qu'une Lettre écrite à
PETAU. un des Qualificateurs du S. Office;
c'est la 62. du 3e Livre de ses Lettres.

En 1644. parurent les trois premiers Tomes des *Dogmes Theologiques*; c'est-à-dire, de la Theologie
des Peres & des Conciles. Ouvrage
dans lequel il y a une érudition &
une recherche prodigieuse, dit M.
du Pin; mais où l'on trouvera toujours le défaut attaché aux Ouvrages excellens; c'est que l'Auteur n'a
pas assez vêcu pour l'achever.

Dans le temps qu'il parut, bien
des gens étoient interessés à le faire
tomber. Ils y travaillerent avec vivacité, & ils y réüssirent d'abord. Le
Libraire voyant que les exemplaires
ne se débitoient pas assez vîte à son
gré, en mit un grand nombre en
carton. Les Sçavans & les Curieux
ont regretté cette perte, que l'on a
tâché de reparer par de nouvelles
éditions faites en Hollande & en
Italie. Le mauvais goût ne prévalut
pas long-temps, puisque quatre ans
après le même Libraire se chargea
de l'impression de deux autres Vo-

lumes , qui font le quatriéme Tome de l'Ouvrage. La perfécution cependant duroit encore en 1653.
Mais dès-lors *Henri Valois* annonçoit, que l'équitable & incorrupti-
ble jugement de la Poſtérité venge-
roit l'Auteur, & rendroit juſtice à
l'Ouvrage. *Hi Libri, ut quidem au-*
guror, magis ac magis ſplendeſcent in
dies, & quantum iis nunc detrahere
conatur obtrectatorum quorumdam in-
vidia, tanto plus laudis judicio incor-
ruptæ Poſteritatis iiſdem accedet.

Dans le premier Tome, partagé
en dix Livres, il eſt traité de Dieu,
& de ſes Attributs. Le neuviéme Livre eſt employé à expliquer le Myſtere de la Prédeſtination. L'Auteur,
après avoir declaré, que pour le
préſent il ne parle point de la Grace,
& que cette matiere viendra en ſon
lieu, rapporte d'abord, dit M. *du*
Pin, les differens ſentimens des anciens & nouveaux Theologiens ſur
la Prédeſtination, & la Réprobation;
il montre que les Peres Grecs ont
cru que la Prédeſtination à la gloire
ſe faiſoit en vûe des mérites; il prouve qu'ils n'ont point penſé comme

N iij

les Pélagiens , & établit quatre regles pour les expliquer. Venant ensuite à *S. Augustin* , il fait voir quel
est le systême de ce S. Docteur sur
la Prédestination & la Réprobation.

Il traite encore dans le dixiéme Livre du sentiment de *S. Augustin* sur
la Prédestination à la gloire , & prétend qu'il n'est pas de foi. Le P. *Petau* , ajoute M. *du Pin* , abandonne
donc dans ce Livre le sentiment de
S. Augustin , qu'il sembloit avoir suivi
dans le précedent , & soutient que
Dieu prédestine & réprouve les
hommes en vûe de leurs actions mé-
ritoires & déméritoires. D'où M. *du
Pin* conclut qu'on voit bien que ce
Livre a été ajouté après coup par le
P. *Petau*.

Ce que dit ici M. *du Pin* avec quelque ménagement , d'autres avoient
affecté de le dire bien haut. Le premier que je connoisse , fut l'Abbé
Bourzeys. Il voulut persuader que le
P. *Petau* ayant consideré que son
neuviéme Livre pouvoit favoriser la
doctrine de l'Evêque d'*Ypres* , se ré-
solut de faire le dixiéme , afin d'ôter
cet avantage aux Partisans de *Jan-*

ſenius. Ceux qui vinrent après l'Ab- DENIS
bé de *Bourzeys* s'apperçurent aiſé- PETAU.
ment que le feu , avec lequel il écrivoit, l'avoit empêché de faire attention , que ſa petite hiſtoriette
manquoit de vraiſemblance , & qu'il
auroit été plus naturel de refondre
le neuviéme Livre , qui n'étoit encore ni publié, ni même imprimé.
On trouva donc qu'il étoit mieux
de dire , qu'*il fut obligé par ordre de
ſes Superieurs de rétracter la doctrine
très-Auguſtinienne ſur la Grace & ſur
la Prédeſtination , qu'il avoit embraſ-
ſée & ſoutenue comme la doctrine de
l'Egliſe dans ſon neuviéme Livre ; &
cela ſous peine d'être mis hors de la
Compagnie.* On ajouta que pour ex-
cuſer ſa variation, il diſoit à ſes amis:
Je ſuis trop vieux pour déménager.

L'Hiſtoire ainſi réformée parut en
1691. dans un Livre ſans aveu , &
depuis elle a ſervi de décoration à
divers Ecrits du même genre. Ceux
qui l'ont inventée, ou qui la font
valoir , appuyent beaucoup ſur le
titre du premier Chapitre du dixiéme Livre , où l'on lit : *Retractatur
Auguſtini ſententia de Prædeſtinatione*

N iiij

DENIS PETAU. *& Reprobatione superiore Libro decla-rata.* Ces faits demandent quelque discuffion ; elle fera courte.

Eft-il vrai que dans le neuviéme Livre le Pere *Petau* embraffe & foutient le fentiment de S. *Auguftin* fur la Grace & fur la Prédeftination ? Preuve que cela eft faux, c'eft qu'au chapitre 3. nº. 2. il déclare précisé-ment, que dans ce Livre il ne parle point de la Grace, & qu'il en parlera ailleurs. Cette matiere devoit être traitée dans la huitiéme Partie de fon Ouvrage. Sur la Prédeftination à la gloire, de laquelle il traite, il expo-fe nettement le fyftême des Peres Grecs, & celui de S. *Auguftin* avec toutes leurs preuves, mais fans pren-dre parti, ni pour l'un , ni pour l'autre.

Eft-il vrai que dans le dixiéme Li-vre il fe retracte ? Non , cela n'eft point vrai. Au commencement de ce Livre *il retâte* (comme parle l'Evê-que de *Belley* dans fes *Epitres Theo-logiques*) le Syftême de S. *Auguftin* ; il examine s'il y a obligation de le fuivre ; il prouve que l'Eglife laiffe à fes Theologiens pleine liberté de

s'attacher à l'autre systême, il prend D E N I S
son parti, & se declare pour le sen-PETAU.
timent des Peres Grecs. Il l'avoit appris en Sorbonne de MM. *Gamache*,
& *Yfambert*, qui ont enseigné cette
doctrine, & de vive voix, & dans
leurs Livres imprimés.

De ce que je viens de dire, il s'ensuit, 10. Que le dixiéme Livre n'a
point été ajouté après coup ; mais
qu'il entroit dans le premier plan de
l'Ouvrage, puisque c'est là que l'Auteur prend parti, & qu'il découvre
son sentiment. Personne n'a jamais
dit que dans le Plaidoyé d'un Avocat General, la conclusion soit une
piéce ajoutée après coup, & qu'il y
rétracte ou abandonne le sentiment
qu'il avoit paru suivre d'abord, parce que d'ordinaire il donne plus
de relief au Parti contre lequel il se
declare à la fin. Le neuviéme Livre
est à l'égard du dixiéme, ce qu'est
dans les Questions de *S. Thomas*, le
Videtur quod sic, à l'égard du corps
de l'Article.

Il s'ensuit 2°. Que le Pere *Petau* ne
fut point obligé par ses Superieurs à
se retracter, qu'il ne se dédit point,

DENIS PETAU. & qu'il n'y a aucune contradiction entre le neuviéme & le dixiéme Livre ; mais que l'on a entendu son titre *Retractatur Augustini sententia* ; comme les gens qui ne sçavent que le François, entendent le Latin. M. *de Tillemont* , ou ses Continuateurs, Tome XIII. *Vie de S. Augustin* , art. 335. ont observé que *Retractare* » ne » doit pas être pris selon que nous » l'entendons en François pour se » corriger de ce qu'on a dit. *S. Augustin* l'employe toujours pour si-» gnifier *revoir & retoucher* « Il est rare que les bons Auteurs prennent ce terme Latin dans un autre sens ; & c'est d'après eux que le P. *Petau* l'a employé, non seulement à l'endroit dont il est ici question, mais aussi dans sa Réponse à *Mathurin Simon* , ch. 3. au L. 3. de la *Hierarchie Ecclesiastique*, c. 11. &c.

Au reste il est vrai que dans une occasion le Pere *Petau* dit, *Je suis trop vieux pour déménager.* C'est lors qu'il fut appellé à *Rome.* Mais que les Superieurs, ou du College de Paris, ou la Province de France, ou de la Compagnie entiere, ayent menacé

d'expulfion un homme que le Pape D E N ?
vouloit faire Cardinal, & un homme P E T A U.
tel que le P. *Petau* ; pour le croire ,
il faudroit avoir de la crédulité de
refte.

Le fecond Tome des *Dogmes Theologiques* traite du Myftere de la Trinité. Quand il ne feroit pas prefcrit
de commencer la lecture de quelque Livre que ce foit par la Préface,
il faudroit le faire ici. » La fçavante
» Préface du Pere *Petau* , dit l'illuf-
» tre M. Boffuet , eft le dénoüement
» de toute fa doctrine fur cette ma-
» tiere. »

Cette Préface eft relative aux chap.
3 , 4 & 5. du premier Livre, aufquels
l'Auteur n'avoit pas donné l'étendue néceffaire , pour mettre dans
tout fon jour la doctrine des anciens
Peres. *George Bullus* attaqua ces trois
chapitres dans fon Livre intitulé :
Defenfio fidei Nicana , imprimé en
1685. L'équité demandoit qu'il fît
mention de la Préface , & qu'il a-
voüât même qu'il en avoit tiré une
partie de ce qu'il y a de bon dans
fon Livre. Mais l'intention de *Bullus*
n'étoit pas de faire honneur au Pere

DENIS PETAU. *Petau*, au contraire il se faisoit un mérite, dit *Jean le Clerc*, de dire du mal d'un Jesuite. La remarque qui suit est de M. *Simon*.

» Peu de gens sçavent que le des-
» sein de *Bullus* n'a pas tant été de
» justifier les Peres de *Nicée*, que
» de combattre la doctrine de la
» Transubstantiation. Quand on op-
» pose aux Catholiques, que le Con-
» cile de *Latran* sous le Pape *Inno-*
» *cent III.* n'a pas eu des preuves
» suffisantes pour établir ce Dogme,
» les Catholiques répondent que la
» consubstantialité du Verbe, qui a
» été définie dans le Concile de *Ni-*
» *cée*, n'a pas des preuves plus clai-
» res dans l'Antiquité; que cepen-
» dant les Protestans, qui font cette
» objection, reconnoissent pour or-
» todoxe la Foi du Concile de *Nicée*.
» *Bullus*, qui avoit senti la force de
» ce raisonnement, jugea, que pour
» y répondre, il étoit absolument
» nécessaire de réfuter le P. *Petau*;
» & c'est à quoi n'ont pas pris garde
» la plûpart des Catholiques, qui ne
» connoissant point le dessein de
» *Bullus*, donnent à cet Auteur des
» loüanges excessives. »

Il est vrai que *Bullus*, au com- D E N I S
mencement de son Livre, suppose P E T A U.
que le P. *Petau* a donné moins de
force aux preuves par écrit de la
Tradition, dans la vûe de relever
d'autant l'autorité des Conciles. L'on
s'est moqué avec raison de la folle
imagination de *Sandius*, lequel a mis
cet habile Jesuite au rang des Uni-
taires. C'étoit la marotte de *Sandius*,
comme l'a remarqué J. *le Clerc*, de
trouver des Ariens par-tout. L'esprit
de Secte conduit assez naturellement
à cette manie.

Le troisiéme Tome des Dogmes
Theologiques contient trois Livres
sur les Anges, deux sur l'Ouvrage
de la Création; les Livres du libre
Arbitre, des erreurs des Pélagiens
& des Sémipélagiens, de la Hierarchie Ecclesiastique, remplissent le reste du Volume.

Cette année 1644. le Pere *Petau*
quitta la Regence de la Theologie
positive, & resta au College de Paris, avec l'emploi de Bibliothecaire,
dans lequel il avoit succedé au Pere
Fronton du Duc en 1623. Le Pere
Vavasseur fut tiré du College de

DENIS
PETAU.

Bourges, où il enseignoit la positive, & prit la place du Pere *Petau*. Le changement se fit à Pâques. Il est dit dans le *Parnasse François*, que le P. *Petau* fut Regent d'Eloquence & de Philosophie (il falloit dire de Theologie) l'espace de 48. ans (c'est trop dit.) Jusqu'ici j'ai marqué exactement ses emplois & ses occupations.

En 1645. *Pierre du Puy* écrivoit à *Saumaise* le 22. Juillet : » Le Pere » *Petau* fait réimprimer *Themistius* » augmenté de plusieurs Piéces tirées » de la Bibliotheque de *Milan*. « La nouvelle se trouva fausse ; elle marque du moins que les Sçavans parloient de cette édition, & qu'ils la souhaitoient. Le P. *Petau* n'avoit jamais perdu *Themistius* de vûe depuis l'édition qu'il en avoit donnée en 1618. il n'avoit cessé de chercher, & de faire chercher dans les Mss. ce qui restoit de cet Auteur. Il réüssit & trouva treize Discours, qui auroient enrichi la nouvelle édition qu'il préparoit. Mais ces découvertes ne se firent que successivement. Les papiers du P. *Petau* furent après sa mort confiés au P. *Cossart*, qui

n'eut pas le loifir de les faire impri- DENIS
mer. En 1684. le P. *Hardoüin*, à la PETAU.
follicitation du fçavant P. *Garnier*,
mit au jour l'édition complette de
Themiftius. De trente-trois Difcours
qu'elle renferme, il y en a 28. de la
Traduction du P. *Petau*. Depuis lui
on n'a trouvé aucun Difcours de cet
ancien Orateur.

Le 28. Août de la même année
1645. mourut *Hugues Grotius*. On
trouve dans le *Menagiana*, que
» quand on fçut à *Paris*, que *Gro-*
» *tius* étoit mort à *Roftock*, le Pere
» *Petau* perfuadé qu'il étoit Catholi-
» que dans l'ame, dit la Meffe pour
» lui. On difoit même en ce tems-là
» que *Grotius* avoit voulu fe declarer
» Catholique, avant que d'aller en
» Suede rendre compte de fon Am-
» baffade, mais qu'il avoit fuivi le
» confeil du P. *Petau*, qui étoit de
» faire ce voyage de Suede, & de
» retourner enfuite à *Paris* pour s'y
» établir & exécuter la réfolution
» qu'il avoit prife. Quoiqu'il en foit,
» il eft conftant que le P. *Petau* dit
» la Meffe pour lui. « Cet endroit
du *Menagiana* eft tiré & traduit

de la Vie de *Claude Saumaiſe*, écrite en Latin par M. *Philibert de la Mare*, duquel j'ai ci-devant cité les Memoires écrits en François. La tradition du fait de la Meſſe dite pour *Grotius*, s'eſt conſervée dans le College des Jeſuites de *Paris*. Le P. *Philippe Briet* dans ſes *Annales du monde*, dit ſous l'année 1645. *Obiit hoc anno Litteratorum decus & gloria, Hugo Grotius, cui inter Catholicos moriendi voluntas non defuit, ſed facultas. Is enim illam ipſam quam tenemus, animo (ut mihi faſſus eſt) profitebatur fidem.*

Avant ſon départ *Grotius* avoit donné la même parole à M. *Bignon*, & il eſt ſûr que, quand il mourut, il y avoit long-temps qu'il s'étoit ſéparé de la Communion des Prétendus Réformés. Dès l'an 1641. dans ſon Livre *de Antichriſto*, il leur avoit enlevé leur *Palladium* ; c'eſt ainſi que *Saumaiſe* appelloit la folle idée, où ils ſont, du moins où ils font ſemblant d'être, que le Pape eſt l'Antechriſt. *Palladium prius noſtrum ante aliquot annos nobis eripere tentaverat... efficere voluit ne Papa Antichriſtus eſſet, & perſuadere Orbi Chriſtiano.*   Pour

Pour juftifier la bonne opinion D E N I S
du P. *Petau* fur la Religion de fon P E T A U.
ami, je tranfcrirai quelques lignes
de la Lettre 432. de M. *Ant. Arnauld*
au fujet de *Grotius.* » Il paroît claire-
» ment par fes derniers Livres, qu'il
» étoit tout-à-fait entré à la fin de fa
» vie dans les fentimens de l'Eglife
» Catholique. Il établit très-forte-
» ment dans fon Livre pofthume,
» que les Dogmes de la Foi fe doi-
» vent décider par la Tradition &
» l'autorité de l'Eglife, & non par la
» feule Ecriture; ce qui rénverfe
» toutes les héréfies. »

Le Livre pofthume indiqué dans
cette Lettre, eft intitulé : *Rivetiani*
Apologetici Difcuffio. On y lit effecti-
vement ces paroles : *Cum longè late-*
que disjecti effent Apoftoli ad fpargen-
dum femen Evangelii, fi quid incidiffet
dubii, ut de Apoftolatu Pauli, quo iri
poterat, nifi ad Petrum? ... fine tali
primatu exiri è controverfiis non pote-
rat: ficut hodie apud Proteftantes nulla
eft ratio, quâ ortarum inter ipfos con-
troverfiarum reperiatur finis. Et hic
Primatus poft Apoftolos manfit in Sede
Romana.

Tome XXXVII. O

Denis Petau.

Pour empêcher, dit M. *de la Mare*, que ce Livre ne produisît l'effet que *Grotius* en esperoit, & qu'il n'inspirât aux Protestans des pensées de réunion, *Saumaise* déguisé sous le nom de *Simplicius Verinus* y opposa deux Volumes, l'un intitulé : *Judicium de Libro posthumo H. Grotii,* l'autre, *De Transubstantiatione contra H. Grotium.* M. l'Abbé *Renaudot* assure dans une Lettre imprimée, que dans ces deux Livres il a trouvé des falsifications de passages, qui marquent une mauvaise foi, indigne d'un honnête homme. Ce sont ses termes.

J'ai dit plus haut que les trois Livres sur le libre Arbitre furent combattus par *Libert Fromond*, ou *Froidmond.* Ce fut en 1647. que ce Docteur de *Louvain* produisit un Volume *in-4°.* portant ce titre : *Vincentii Lenis, Theologi Arausicani, Theriaca adversus Dion. Petavii & Ant. Richardi de libero Arbitrio Libros.* Cet *Antonius Richardus* est *Estienne Dechamps*, Jesuite.

La même année le P. *Petau* fit imprimer deux *in-4°.* Par l'un il répon-

dit, par l'autre il attaqua. Le premier DENIS
est *Elenchus Theriacæ Vincentii Lenis*; PETAU.
le second, *de Lege & Gratia Libri*
duo. Celui-ci fut imprimé avec trop
de précipitation de la part des ouvriers, & les feuilles ne furent pas
corrigées avec autant de soin qu'il
auroit fallu.

Les Curieux & les gens d'étude se
plaignoient depuis long-temps, que
les exemplaires du S. *Epiphane* é-
toient fort rares & à un prix excessif.
Le Libraire voulut en faire une nouvelle édition, & engager l'Editeur à
retoucher son Ouvrage. Il ne s'en
défendit pas ; mais la continuation
de ses Dogmes l'occupoit ; la révi-
sion du S. *Epiphane* fut remise à un
autre temps, & ce temps ne vint jamais. Neanmoins comme il lui falloit toujours quelques compositions
légeres, qui le délassassent des plus
importantes, il saisit l'occasion qui
se présenta de faire une Dissertation
sur une question agitée alors ; sçavoir
si dans les matieres de la Grace, il
faut expliquer le Concile de *Trente*
par S. *Augustin*, ou S. *Augustin* par
le Concile de *Trente*.

DENIS PETAU. L'Abbé de *Bourzeys*, qui soutenoit avec vivacité les sentimens qu'il abandonna en 1655. ne trouva pas d'autre voye pour se débarrasser des objections que les Theologiens lui faisoient, & qu'ils tiroient des décisions du Concile, qu'en disant que les endroits où le Concile parle de la Grace, doivent être expliqués par *Saint Augustin*. Il exposa son sentiment dans sa *Lettre d'un Abbé à un Evéque*, publiée sans nom d'Auteur en 1649. Le P. *Petau* réfuta la Lettre Françoise par une Dissertation Latine, à laquelle il ne mit pas son nom. On trouve un Abregé fort exact de cette Dissertation dans les *Observations sur une Lettre d'un Abbé à un Evêque, ou à l'occasion de ce Problême, si en la matiere de la Grace les lieux du Concile, &c. par Nicolas Dolebeau, Prêtre, Chanoine de Langres. Paris 1651. in-8°.*

L'Abbé de *Bourzeys*, qui n'aimoit pas à être en reste, fit en réponse quelques *in-4°.* dont les Titres ont été apportés, Tome XXIV. de ces Memoires. p. 363. n. 5. 6. 7.

Le Pere *Petau* donna une seconde

Diſſertation encore anonyme, com-D E N I S
me la premiere, parce que ſon Ad-Petau.
verſaire ne ſe nommoit pas, & au 4ᵉ
Tome de ſes *Dogmes* il joignit un
hors d'œuvre, qui contient le précis
de toute la conteſtation, & une réfutation exacte de diverſes Propoſi-
tions ſoutenues ou avancées par l'Abbé *de Bourzeys.*

Le quatriéme Tome des *Dogmes*
fut livré au Public en 1650. Il eſt diviſé en deux parties, dont chacune
fait un Volume fort chaigé. Il y eſt
traité de tout ce qui concerne le Myſtere de l'Incarnation, & de toutes
les matieres que les Theologiens ont
coutume de traiter à l'occaſion de ce
Myſtere. Le hors d'œuvre, duquel
j'ai parlé, a pour titre : *Appendix ad*
Librum XIII. de Incarnatione, in qua
Catholica Doctrina in eo Libro tradita,
ab Heterodoxi cujuſdam oppugnatione
deffenditur. Le 13ᵉ Livre traite des
fruits de la mort de *Jeſus-Chriſt.*

Ce titre d'Heterodoxe échauffa
beaucoup l'Abbé de *Bourzeys* : mais
le 4. Novembre 1661 il juſtifia plei-
nement celui qui le lui avoit donné.

L'édition des *Dogmes* faite en

DENIS PETAU. Hollande ne convient point en tout avec celle de *Paris*. Celle-ci comprend quatre Tomes en cinq Volumes ; l'autre est partagée en six Tomes, qui peuvent ne faire que trois Volumes. Les deux premiers Tomes sont les mêmes dans l'une & l'autre édition. Le cinquiéme & le sixiéme de Hollande, répondent au cinquiéme de *Paris*. Le troisiéme de Hollande contient les Traités des Anges, de la création du Monde, du libre Arbitre, l'Histoire dogmatique du Pélagianisme, & la premiére Dissertation sur l'interprétation du Concile de *Trente* par *S. Augustin*. Dans le quatriéme Tome de Hollande on trouve les cinq Livres de la Hierarchie Ecclesiastique, les Dissertations Ecclesiastiques, la Dissertation sur le pouvoir de consacrer, & les huit Livres de la Pénitence publique, traduits en Latin par *J. le Clerc*. L'édition seroit plus satisfaisante, si après les Livres du libre Arbitre, & l'Histoire Pélagienne, on avoit placé, 1°. l'*Elenchus Theriaca*, 2°. les Livres *de Lege & Gratia*, 3°. une Dissertation *de Adjutorio sine quo*, impri-

mée en 1651. ſi à la premiere Diſ-
ſertation ſur le Concile , on avoit
joint la ſeconde ; ſi l'on avoit mis les
deux Livres des Diſſertations Ecclé-
ſiaſtiques avant ceux de la Hierar-
chie ; ſi avant les huit Livres de la
Pénitence publique , on avoit placé
1°. La Diſſertation ſur la Pénitence ,
inſerée dans les Remarques ſur *S.*
Epiphane. 2°. La Réponſe à *Mathu-*
rin Simon. 3°. La Diſſertation ſur le
même ſujet , imprimée dans les Re-
marques ſur *Syneſius.*

Le Libraire de Hollande n'a pas
été bien ſervi par les perſonnes char-
gées de corriger les fautes des Ou-
vriers. Au reſte, ſon édition a cela
de commode, que les *Addenda* ,
qui dans celle de *Paris* ſont à la fin
des Tomes , ont été placés dans le
texte. Au bas des pages on trouve
quelques notes marquées *Th. Ale-*
thinus , qui doivent être lues , com-
me étant de *Jean le Clerc.* Il y en a de
bonnes & de mauvaiſes. Je ne dois
pas entrer ici dans le détail ; cepen-
dant en voici une , que je puis , ce
me ſemble , relever , parce qu'elle
eſt purement hiſtorique.

DENIS
PETAU.

Dans le Tome VI. p. 159. col. 1.
la note de *Th. Alethin* sur ce mot
Armachano, dit : *Intelligendus est Petrus Lombardus in Hibernia Archiepiscopus Catholicus , qui initio sæculi 17. Romæ floruit.* Ce Prélat mourut à Rome vers l'an 1624. On a de lui un *in-40. De Regno Hiberniæ Sanctorum insula,* qui n'a jamais fait de bruit dans l'Eglise. Le P. *Petau* écrivant en 1650. désigne par le nom *Armachanus ,* ou comme il écrit ailleurs, *Armacanus ,* un Ecrivain, qui dix ans auparavant avoit fait revivre la contestation mue autrefois par *Gotescalc* sur la mort de *J. C.* pour tous les hommes. En 1640. parut l'*Augustinus* de l'Evêque d'Ypres , lequel avant son Episcopat , s'étoit nommé *Alexander Patricius Armacanus ,* à la tête de son *Mars Gallicus.* Plusieurs Bibliothecaires écrivent *Armachanus ,* & le P. *Petau* a écrit assez souvent de cette maniere ; & par ce nom il a désigné *Jansenius ,* & non pas *Pierre Lombard ,* Archevêque d'*Armagh.* Le Sçavant *G. Vendelin ,* qui avoit été long-temps ami de l'Auteur du *Mars Gallicus,* explique dans une

une Lettre écrite le 16. Juillet 1652. DENIS
pourquoi il voulut ſe nommer *Ale-* PETAU.
xander Patricius Armacanus.

Le vaſte & ſçavant Traité de l'Incarnation eſt le dernier Ouvrage con-
ſiderable, que le P. *Petau* ait publié.
Il continuoit ſes Dogmes, & il avoit
déja fini ce qui regarde les Sacremens
en general, lorſqu'en 1651. au mois
de Mai, il tomba dans une langueur
& une défaillance totale, accompagnée de violens & continuels maux
de tête. Le chagrin de ne pouvoir
travailler à ſon ordinaire, & achever
ſon grand Ouvrage, lui rendoit in-
finiment vif le ſentiment de ſes
maux. L'état douloureux où il étoit
réduit, eſt pathétiquement décrit
dans une de ſes Lettres; c'eſt la 95e
du troiſiéme Livre; & dans un Poëme qu'il fit le dixiéme mois de ſa
maladie, & qui fut imprimé en
1652. ſous ce titre : *Ad ſanctam Ge-*
novefam Urbis Patronam ſaturum Car-
men.

Un Ecrivain d'alors, qui n'aimoit
pas le P. *Petau*, ſuppoſa que *ſatu-*
rum Carmen ſignifie une Satyre, &
mit *in S. Genovefam*, au lieu que le

Tome XXXVII. P

DENIS
PETAU.

titre porte *ad S.* A la faveur de ce
changement, & de cette fausse sup-
position, il publia contre le vieil-
lard malade une de ces invectives,
qui ne deshonorent que ceux qui les
font; ce n'étoit plus le temps de l'attaquer, n'étant plus en état ni de re-
pousser, ni même de recevoir les
coups qu'on lui portoit. Cependant
il fut accablé de Livrets & de Lettres
anonymes, qu'il ne lisoit pas. Mais
ayant sçu par un de ses amis, que
dans quelques-unes de ces Piéces,
on rappelloit l'ancien reproche sur
la Prédestination, & que l'on y en
ajoutoit un nouveau sur quelques expressions employées en réponse &
justification dans le *saturum Carmen,*
il publia une Lettre datée d'*Orleans*
le 8. Septembre 1652. c'est la derniere du 3e Livre.

Les Medecins ne voyant point de
remede à sa maladie, l'avoient envoyé prendre son air natal; mais il
n'étoit plus temps; le malade se
trouva encore plus mal à *Orleans.* Il
retourna à *Paris,* & ne pensa plus
qu'à la mort, qu'il souhaitoit depuis
long-temps, & qu'il envisageoit

comme la fin de fes douleurs.   DENIS

La veille de fa mort il fut vifité PETAU. par *Guy Patin.* Celui-ci lui ayant dit qu'il n'avoit plus que quelques heu-res à vivre, la joye que cette nou-velle caufa au malade, fembla le ra-nimer ; il fe leva fur fon féant, fe fit apporter un exemplaire de la pe-tite édition du *Rationarium Tempo-rum*, faite récemment, demanda une plume, écrivit fur la premiere page, *Guidoni Patino, Medico cariffimo*, & le pria de recevoir le Livre, en lui difant : *Debeo evangeliæ.* (Je vous dois un préfent, pour la bonne nou-velle que vous venez de m'appren-dre.) Je tiens ce fait d'un fort hon-nête homme, qui avoit connu par-ticulierement *Guy Patin.*

Le Pere *Petau*, après avoir reçu les derniers Sacremens de l'Eglife, mou-rut dans le College de fa Compa-gnie à *Paris* l'onziéme de Decembre 1652. à onze heures & demie de nuit, âgé de 69. ans, trois mois & vingt jours. Il n'eft pas furprenant, que quelques-uns mettent fa mort le 12. mais c'eft une très-grande inexactitude à *Bayle* d'avoir écrit,

DENIS PETAU. qu'il mourut treize semaines après son Antagoniste *Saumaise*, celui-ci n'étant mort qu'en 1653. le 3. Septembre. *Germain Brice* dans sa *Description de Paris*, dit que ce Pere mourut à l'âge de 92. ans, le premier de Decembre. Ce font deux fauſſes dates.

Le Pere *Petau* étoit regardé dans le College de *Paris*, comme un modele de la plus exacte régularité, & de toutes les vertus qui entrent dans le caractere d'un parfait Religieux; mais ces Memoires n'en comportent pas le détail.

J'ai lû dans quelque *Ana*, ou autre Livre de même nature, que » le » Pere *Petau* a manqué de fortir deux » fois des Jefuites, parce qu'on le » faifoit enfeigner trop long-temps » la Rethorique; qu'il avoit de gran- » des jaloufies contre le P. *Sirmond*, » parce que le Pere *Sirmond* étoit » plus vifité & avoit la converfation » plus agréable que lui.

On a dit pareillement, que le P. *Mabillon* auroit bien voulu pouvoir déménager. Je le crois auſſi faux de l'un que de l'autre. Mais enfin fi le

Jéfuite l'avoit voulu , il auroit pû le Denis
faire , d'abord fans difficulté trop Petau.
grande , & dans la fuite même avec
honneur. Lorfqu'il fut remis en Rethorique , après avoir enfeigné la
Theologie pofitive , il n'avoit pas encore pris fon dernier engagement.
Quelques années après le Pape *Urbain VIII.* lui ouvrit une belle porte:
le Cardinalat peut tenter un Religieux , qui n'eft que médiocrement
attaché à fon état. La Regence de
Rhetorique étoit un emploi pour lequel le P. *Petau* n'avoit aucune répugnance , qu'il faifoit avec une très-
grande facilité , & le feul qui lui con-
vint , en attendant que fon Maître &
fon ami le P. *Fronton du Duc* quittât
la Chaire de Pofitive qu'il rempliffoit
très-dignement.

 Dire que le P. *Petau* étoit chagrin
de ne pas recevoir autant de vifites
que le P. *Sirmond* , c'eft connoître
peu le caractere des gens d'étude , &
l'Hiftoire particuliere de ces deux il-
luftres Sçavans. Les amis de l'un é-
toient les amis de l'autre ; & fi le P.
Petau s'eft plaint de quelque chofe

DENIS en ce point , c'est d'être obligé de
PETAU. recevoir trop de visites & trop de
Lettres.

S'il n'étoit pas à l'égard de tout le
monde , d'un abord aussi aisé que le
P. *Sirmond*, il sçavoit bien se dérider
quand il le vouloit. Voici à ce sujet ce
que je trouve dans une Lettre de feu
M. *Huet*, Evêque d'*Avranches*. » Il
» me souvient que comme *Isaac Vos-*
» *sius* me faisoit le dénombrement
» des gens Sçavans qu'il avoit con-
» nus en France , je fus étonné qu'il
» ne me parlât pas du P. *Petau*. Je
» lui en demandai la raison. Il me ré-
» pondit en son langage Wallon,
» qu'il ne l'avoit pas cultivé , parce
» qu'il étoit trop *morose*. Il est vrai
» que le Pere *Petau* ne se rendoit pas
» gracieux à ces Protestans étrangers,
» qui le venoient voir , parce que ,
» à ce que je lui ai souvent oüi dire ,
» il ne vouloit point de commerce
» avec les Heretiques. Il faut avoüer
» neanmoins qu'il étoit naturelle-
» ment austere. Pour moi je n'ai trou-
» vé que facilité & affabilité en lui.
» Car quoique je fusse dans une très-
» grande jeunesse , il sembloit qu'il

» se rajeunissoit avec moi, & il quit-　DENIS
» toit sans peine ses grands travaux,　PETAU.
» pour venir lire *Thucydide* avec un
» marmot, tel que j'étois alorss. »

M. *du Pin* a ramassé en peu de mots
tous les traits qui caractérisent le P.
Petau : » On ne peut nier, dit-il,
» que ce sçavant Jesuite n'eût un
» génie très-étendu & très-vaste, une
» lecture surprenante, une facilité
» merveilleuse à écrire, particulière-
» ment en Latin. Il a excellé égale-
» ment dans les belles Lettres, dans
» la science des Langues, dans la
» Poësie, dans l'Astronomie, dans
» la Geographie, dans la Chronolo-
» gie, dans l'Histoire, & dans la
» Théologie. Il est rare de trouver
» un Auteur, qui ait tant sçu de
» choses, qui ait tant travaillé sur
» differentes matieres, & qui ait
» réussi en tout genre. Il avoit joint
» à cette profonde science une gran-
» de simplicité, un travail assidu, un
» grand éloignement du commerce
» du monde, beaucoup de désinté-
» ressement & de mépris pour les
» honneurs & les charges. Il étoit
» doux & honnête, mais peu poli

DENIS
PETAU.

» dans son extérieur ; & quoiqu'il
» fût éloquent, il n'étoit pas propre
» à la prédication, ni aux actions pu-
» bliques. Il avoit commerce avec les
» plus habiles gens de son temps, &
» étoit ami particulier de M. *Bignon*
» & de *Grotius*, pour lequel il avoit
» une estime particuliere. Il l'avoit
» déterminé, à ce qu'on croit, d'em-
» brasser la Communion catholique.
» Il étoit un peu aigre en ses écrits. »

A ce sujet M. *Huet* dans ses *Pensées diverses* raconte, qu'ayant autrefois reproché au P. *Petau* son a-
charnement contre *Scaliger*, il s'ex-
cusoit sur ce que *Scaliger* s'étoit re-
volté contre la Religion catholique,
dans laquelle il étoit né, & que les
Héretiques tiroient trop d'avantage
de sa revolte, & lui donnoient des
louanges outrées, fort au delà de son
mérite. Il est vrai, ajoute M. *Huet*,
que les Peres de l'Eglise ne traitoient
pas plus humainement les ennemis
de la Religion chrétienne.

Guy Patin racontoit, que le Pere
Petau au lit de la mort, lui avoit declaré, que s'il eût vû, avant que
d'écrire contre *Scaliger*, ses *divines*

Epîtres, il ne l'auroit jamais atta-DENIS
qué. J'ai peine à croire que l'épithe-PETAU.
te ait été employée. Je doute même
que le fait soit vrai ; ou, pour tout
dire, je le crois absolument faux ;
& je suis persuadé que la lecture des
divines Epîtres auroit présenté au Ré-
futateur de *Scaliger* bien des choses
capables d'animer son zele, & de lui
donner une nouvelle pointe. Quelque bien écrites qu'elles soient, il
n'est pas vraisemblable qu'elles eussent enchanté le P. *Petau* jusqu'à lui
faire oublier les motifs d'attaquer
Scaliger, rapportés par M. *Huet*.

Au caractere du P. *Petau*, M. *du
Pin* ajoute, qu'il souffroit impatiem-
ment que l'on ne fût pas de son avis,
& qu'il ne raisonnoit pas toujours
juste ; c'est-à-dire, qu'il étoit homme. Mais il arrive très-souvent que
nous accusons les autres de ne pas rai-
sonner juste, parce qu'ils ne raisonnent pas comme nous ; ou parce que
la prévention, l'envie de reprendre,
le défaut d'attention, ou de lumiere,
quelquefois la haine, nous empê-
chent d'entrer dans leur pensée. Ainsi
le P. *Petau* (*Append. ad l.* 13 *de Incar.*

DENIS *nat. c. xj. n. 4.*) montre, que ses ac-
PETAU. cusateurs, pour avoir lieu de lui im-
puter des contradictions & de mauvais raisonnemens, supposoient mal
à propos, qu'il établissoit son sentiment, dans les endroits où il ne
faisoit qu'exposer celui d'autrui.

On voit dans les Lettres de M.
Simon, qu'un de ses amis l'avoit as-
suré, que » le P. *Petau* ne passoit
» point parmi les Jesuites pour un
» habile Théologien, & qu'il avoit
,, été obligé souvent d'avoir recours
,, à d'autres Peres de sa Maison, lors-
» qu'il s'agissoit d'un raisonnement
» de Théologie. « Il y a bien des raisonnemens Théologiques dans les
Ouvrages du P. *Petau* : si sur chacun
il a été obligé d'avoir recours à d'autres Peres de sa Maison, il faut qu'il
ait perdu bien du temps ; néanmoins
à voir la liste de ses Ouvrages, on
ne s'apperçoit gueres qu'il en ait perdu. J'avoue au surplus, que j'ai ouï
quelques Jesuites parler comme ceux
qu'avoit rencontré l'ami de M. *Simon*. Mais je dois ajoûter qu'ils
avoient peu lû le P. *Petau*, & qu'ils
n'étoient que médiocrement capa-

bles de l'entendre. Un homme qui
sçait la Scolastique, & rien au-delà,
s'imagine aisément que la Théologie
est inalliable avec tout ce que sçavoit
le P. *Petau*, & ne voit de Théologie
que dans des Syllogismes en forme;
comme il y a des gens qui ne trouvent ni esprit ni pensées dans *Ciceron*
& dans *Virgile*, parce qu'ils n'y
voyent ni l'affectation de *Seneque*, ni
l'enflure de *Lucain*.

A ces Jesuites dégoûtés, on peut
opposer le Cardinal *Noris*, Juge
éclairé, & peu prévenu en faveur
du P. *Petau*. *Dionysius Petavius in
doctrina Patrum versatissimus, insignis
Theologus.* Le Cardinal *Joseph Marie
Tommasi* : *Petavius optime de Patrum
est Theologia meritus grandi illo opere
Dogmatum Theologicorum.* Le P. *Michel Lequien* : *Vir priscorum Ecclesiæ
Patrum Theologiæ Studiosus quam qui
maxime . . . Fulgentissimum sæculi nuper elapsi lumen.* L'Auteur du Livre
de la *Lecture des Peres.* » Nous avons
» dans les Dogmes du P. *Petau* de
» très-bonnes regles, sans le secours
» desquelles il seroit bien difficile de
» pénétrer dans le fond de la doc-

D E N I S
P E T A U.

» trine des Peres , & de se tirer des
» difficultés qui les environnent.
Le sçavant M. *Huet* : » Toutes les
» écoles de Théologie de la Chré-
» tienté retentissent du nom du P.
» *Petau*, écoutent & profitent de ses
» leçons , & il continuera d'éclai-
» rer l'Eglise jusqu'à la consomma-
» tion des siécles «. Un homme d'esprit , qui d'ailleurs n'eût pas été très-
habile Théologien , n'eût pas fondé
un nouveau genre de Théologie,
comme celui ci l'a fait.

M. *Simon* , dans sa critique de *du*
Pin , dit : » Le Bibliothecaire a ren-
» du justice au Docte P. *Petau*, quand
» il lui a donné un des premiers
» rangs parmi les Auteurs illustres du
» XVII siécle ; j'ose même dire qu'il
» est au-dessus de tout, tant pour sa
» rare érudition , que pour le choix
» des Ouvrages qu'il a composés. Il
» entendoit très-bien la Langue Gre-
» que, & la Langue Latine, & il
» écrivoit poliment dans l'une &
» dans l'autre. S'il n'a pas lû tant de
» Rabbins que le P. *Morin* , ce n'est
» pas qu'il ne sçût très-bien la Lan-
» gue Hebraïque ; mais il a sçu faire

» un meilleur choix dans fes études, D E N I S
» & dans les Ouvrages qu'il a donnés Petau.
» au Public. Le P. *Petau* a laiffé le
» plan qu'il avoit lui-même dreffé
» du refte de fes Dogmes fur les au-
» tres matieres de Théologie. Je l'ai
» vû, ce plan, écrit de fa main, en-
» tre les mains du P. *Quentel*, qui
» avoit été nommé pour achever ce
» grand ouvrage, conformément
» aux idées & aux Memoires de l'Au-
» teur. Je conviens avec le Biblio-
» thecaire que le P. *Petau* avoit une
» facilité merveilleufe à écrire, par-
» ticulierement en Latin ; mais il de-
» voit ajouter que le ftyle de fes Dog-
» mes Théologiques, qui eft trop
» diffus & trop periodique, ne con-
» venoit gueres à un ouvrage de cette
» nature. Auffi le P. *Quentel*, qui
» devoit travailler conformément au
» plan que le P. *Petau* avoit tracé,
» s'eloignoit entierement de fon
» ftyle.

C'eft du P. *Pierre Jofeph Cantel*
qu'il eft ici parlé, de même qu'à la
p. 22. du 1. Tome des Lettres de
R. Simon, édition de 1730. Le P.
Cantel n'avoit pas un fonds de fanté

DENIS PETAU. qui pût fuffire à l'ouvrage qu'il avoit entrepris. Il fuccomba bientôt & mourut. On a de lui quelques Ouvrages eftimés.

Il eft dit dans les *Nouvelles de la Republique des Lettres*, Decembre 1684. art. 1. que le P. *Hardouin* devoit être affocié au P. *Cantel.* Ce projet n'eut point de fuite. On devoit bien s'y attendre. Le P. *Hardouin* n'étoit pas de caractere à travailler avec un autre, ou fur le plan d'autrui.

Ces deux Jefuites ne font pas les premiers fur lefquels on ait jetté les yeux pour cette continuation. Dès le 20. Decembre 1652. *Guy Patin* écrivoit : » Le 12. de ce mois mourut » ici le P. *Petau*, le plus fçavant de la » Société. Il avoit dans la tête divers » deffeins de Livres, qu'il avoit mê- » me commencés. On m'a dit qu'il » avoit laiffé tous fes papiers & fes » deffeins à un de fes difciples, nom- » mé le P. *Coffart*, qui aura foin de » continuer le grand travail de fon » Maître, de la Théologie desPeres.» C'eft le plus fçavant Jefuite d'aujour- d'hui. Il ne vécut pas affez pour mettre la main à l'œuvre : La Collection des Conciles l'épuiſa. Au reſte, la diſpoſition comme teſtamentaire du P. *Petau* à l'égard de ſes papiers, eſt marquée dans une de ſes lettres écrite d'Orleans au P. *Gabriel Coſſart.* C'eſt la 101e du 3e Livre. Je crois que chacun de ces Continuateurs des Dogmes auroit ſuivi ſon génie, & employé ſon propre ſtyle. Sçavoir ſi un ſtyle concis & court convient mieux à une compoſition de la nature de celle-ci, c'eſt un probleme : bien des gens penſent que le ſtyle ſoutenu & périodique du P. *Petau* aſſortit mieux un grand ouvrage.

L'inutilité de toutes les meſures priſes juſques-ici pour la continuation des *Dogmes*, juſtifie ce qu'a écrit le ſçavant P. *Louis Thomaſſin* dans la Preface de ſon Tome ſur l'Incarnation ; que le P. *Petau* étoit le ſeul homme capable de former un ſi grand deſſein, & de l'exécuter. *Tanta molis operi excogitando, adoriundo, perpoliendo, profligando unus par erat Petavius.* Elle découvre auſſi combien eſt fauſſe une idée, qui ne devoit venir à perſonne, & que ce-

DENIS PETAU.

DENIS
PETAU.

pendant on a perpetuée, en l'infe-rant dans un *Voyage Litteraire* im-primé à *Paris* en 1717. chez *Florentin Delaune in-40.* On y raconte p. 147. que dans une Bibliotheque de *Dijon,* " celui qui la faisoit voir montra " quelques Traités de Théologie Po-" sitive (il falloit dire Scholastique) " par le Cardinal *Augustinus Oregius,* " duquel il prétendoit, que le P. " *Petau* a tiré ses Dogmes Théolo-" giques; dans lesquels il a mis tout " au long les passages des Peres, des " Conciles, & des Auteurs Eccle-" siastiques, que ce Cardinal s'étoit " contenté d'indiquer dans les mar-" ges de son Ouvrage.

Cet endroit du Voyage fut exami-né, & cette prétention réfutée dans un Memoire, dont on trouvera le titre à la fin de cet Article. J'ajoûte que le Bibliothecaire, qui est un homme d'honneur, & qui vit en-core, protesta en 1718. à l'Auteur du Memoire, que jamais il n'avoit comparé les deux Ouvrages, & qu'il avoit parlé comme on parle en conversation, où l'on dit bien des choses, qu'on ne voudroit pas écrire,

encore

encore moins rendre publiques.
Combien de prétenduës Anecdotes, D E N I S
P E T A U.
qui font les délices des curieux,
n'eurent jamais d'autre origine , que
cette démangeaifon d'imprimer tout
ce que l'on entend dire !

Cafimir Oudin a écrit que le P. *Pe-*
tau difoit, que s'il en étoit befoin ,
il montreroit fans peine jufqu'à huit
mille fautes ou bévûës dans les Annales de *Baronius.* M. Larroque dans
la vie de *Mezeray* rapporte un fait
à peu près pareil. » *Mezeray* deman-
» dant un jour au P. *Petau* (que l'on
» confultoit comme un oracle fur
» tous les points d'érudition) ce
» qu'il penfoit en general de la nou-
» velle Hiftoire de France , celui-ci
» lui répondit durement , *qu'il y*
» *avoit découvert mille fautes groffieres.*
» Un autre que *Mezeray* fe feroit dé-
» concerté d'une repartie fi impre-
» vûë; mais il n'en fit que rire , &
» dit d'un ton ironique : J'ai été plus
» fevére obfervateur que vous ; car
» j'en ai trouvé deux mille.

Baillet auroit fouhaité » pour
» l'utilité des enfans deftinés aux
» étudees , que le P. *Petau* eût laiffé à

Tome XXXVII. Q

DENIS,
PETAU.

,, la posterité le plan de la méthode
,, qu'il a suivie dans les siennes ; ou
,, que ceux qui ont entrepris de par-
,, ler de lui , nous eussent donné un
,, détail bien circonstancié de l'édu-
,, cation qu'il avoit reçuë dans son
,, enfance. On auroit , dit-il , par ce
,, moyen un modele , qui ne feroit
,, peut-être pas entiérement inimi-
,, table ; & quand il ne se trouveroit
,, pas d'esprits capables de le suivre ,
,, & d'arriver au terme d'érudition
,, où il s'est vû , on n'auroit pas su-
,, jet de s'excuser , sur ce que les che-
,, mins & les ponts par où il a passé ,
,, ont été rompus après lui. Il en est
,, donc maintenant , conclut-il , de
,, la vaste érudition du P. *Petau* ,
,, comme d'un bâtiment superbe &
,, très-élevé , dont nous ne voyons
,, pas les fondemens, quoique nous
,, soyons persuadés , qu'ils doivent
,, être bien profonds & fort solides.

J'ai détaillé le progrès de l'éducation & des études du P. *Petau* , les
réflexions que je pourrois ajoûter ,
ne vaudroient pas celles des Lecteurs.
Je dois remarquer au surplus , que
dans ses recueils il digeroit telle-

ment fes lectures & fes penfées fur D E N I S
chaque fujet, que quand il s'agiſſoit PETAU.
de faire un Livre, il en trouvoit la
matiere toute préparée. Cette remarque fe trouve dans une des Lettres du P. *Vavaſſeur*, écrites au P.
Petau, où à l'occaſion du Livre *de
la Pénitence publique*, il lui dit : *Hunc
librum rivuli inſtar puto unius de mil-
libus, quos ex fonte illo tuo excerp-
torum derivare, dum lubeat, liceat.*
Ces Lettres du P. *Vavaſſeur* auroient
dû étre inſerées dans l'édition de fes
Ouvrages faite en Hollande en
1709. Mais alors les originaux, dont
je ne penfe pas que l'on ait tiré de
copie, étoient entre les mains du
P. *Jacques de la Baune*, qui méditoit
une édition des Lettres & autres
Opuſcules du P. *Petau*.

Je finirai par quelques morceaux
d'une Lettre de feu M. *Guillaume
Prouſteau*, celebre Profeſſeur en
Droit à *Orleans*, où il mourut le 15.
de Mars 1715. Voici ce qu'il m'é-
crivoit le 17. Octobre 1713. ,, J'é-
,, tois penfionnaire au College de
,, *Clermont* en 1649. durant & après
,, le blocus de *Paris*, & j'étois de la

DENIS,, Congregation des Penſionnaires,
PETAU. ,, dont le P. *Petau* avoit la conduite;
,, cela me donnoit lieu de le voir
,, quelquefois, & d'être preſent aux
,, exhortations, qu'il faiſoit aux Pen-
,, ſionnaires Congreganiſtes. Ce ſaint
,, homme (on peut le qualifier ainſi)
,, nous recommandoit toûjours la
,, lecture de *Grenade*; c'étoit ſon
,, Pere favori, où il avoit puiſé une
,, dévotion angelique. Il n'y eut peut-
,, être jamais d'homme ſi ſçavant ni ſi
,, ſimple tout enſemble, on eût dit
,, qu'il ſçavoit tout le bien, & qu'il
,, ne ſçavoit point de mal. On diſoit
,, que ſa ſimplicité & ſa modeſtie
,, parurent admirables en 1645. lors
,, que le Roi de Pologne envoya
,, cette Ambaſſade ſi ſolemnelle pour
,, demander en mariage la Princeſſe
,, *Marie* de la Maiſon de *Mantouë*.
,, Comme s'il n'y avoit point eu
,, pour eux rien de plus digne d'être
,, vû en France, que le P. *Petau*,
,, tous ces Ambaſſadeurs, gens des
,, plus illuſtres pour leur naiſſance
,, & pour leur doctrine, vinrent
,, au College de *Clermont*, & en en-
,, trant dans la cour, criérent: *Vo-*

„ *lumus videre clariſſimum Peavium.* DENIS

„ Le P. *Petau* enſeignoit lors une le- PETAU.

„ con de Theologie : il parut avec

„ ſon porte-feuille ſous ſon bras, &

„ répondit à leurs complimens Latins

„ avec ſon éloquence ordinaire.

„ Le P. *Petau* eſt encore preſent

„ à mon eſprit ; j'en ai une ſi vive

„ idée, que ſi j'étois bon peintre,

„ il me ſemble qu'il ne m'échaperoit

„ pas. Il avoit un front fort grand

„ & large, qui avançoit ſur le vi-

„ ſage, & qui montroit contenir

„ deux fois plus de cervelle qu'un

„ autre. Je le ſuis allé voir quelque-

„ fois, & il avoit la complaiſance

„ de deſcendre pour un écolier ; mais

„ il eût fait deux tours de ſale ſans

„ parler, après le bon-jour donné,

„ ſi on ne le mettoit ſur quelque ma-

„ tiere de ſcience ou de dévotion.

„ Feu M. *Thoynard*, ſi ſçavant en

„ l'Ecriture & en la Chronologie,

„ diſoit du P. *Petau* qu'il étoit ca-

„ pable de remplir le monde de Li-

„ vres originaux en toutes Sciences.

„ Les portraits du P. *Petau* lui don-

nent aſſez le front, tel que M. *Prou-*

ſteau le décrit ; mais pour le reſte du

DENIS. visage, voici ce que je trouve dans
PETAU. les Memoires de M. *Maſſuau.* ,, Je
,, crois devoir mettre ici ce que mon
,, pere m'a dit pluſieurs fois, que le
,, portrait que nous avons de lui (du
,, P. *Petau*) n'eſt point du tout reſ-
,, ſemblant. Auſſi ne fut-il tiré qu'a-
,, près ſa mort, car il ne l'avoit ja-
,, mais voulu permettre pendant ſa
,, vie.

Pour achever le portrait de ce
grand homme, je dois ajoûter qu'il
avoit autant de facilité à bien parler
ſur le champ, qu'à bien écrire en
Latin; une prononciation nette, le
ſon de voix agréable; ce qui joint à
l'érudition choiſie qu'il répandoit
dans ſes leçons, y attiroit un grand
nombre d'auditeurs, bien capables
d'animer un homme qui parle en
public.

Ajoûtons encore qu'il avoit un
goût & un talent ſingulier pour ex-
citer à l'étude les jeunes gens, qu'il
voyoit propre à y réuſſir. Auſſi a-t-il
laiſſé des éleves, qui lui ont fait honneur, & par les marques publiques
de reconnoiſſance, qu'ils ont données à leur maître, & par les progrès

qu'ils ont faits dans les Sciences. On DENYS
doit mettre en ce nombre les deux PETAU.
doctes freres *Henri* & *Adrien de Va-*
lois, *Gabriel Coſſart*, *Pierre Pouſſine*,
Jean Garnier, & *François Vavaſſeur*,
Jeſuites.

Sur ce dernier il eſt dit dans la
premiere note jointe à la *Bibliotheque*
choiſie de Paul Colomiez, édition de
1731. qu'il étoit *Secretaire* & *Lecteur*
du P. *Petau*. Il eſt ſûr, que le P. *Pe-*
tau n'eut jamais ni Secretaire, ni Lecteur, ni Copiſte, & qu'il tranſcri-
voit de ſa main tout ce qu'il en-
voyoit à ſon Imprimeur, & les morceaux de ſes Ouvrages non imprimés, que ſes amis lui demandoient
quelquefois. C'eſt un fait atteſté par
ſes Lettres & par le témoignage de
Henri de Valois, qui le voyoit ſouvent: *Omnia ſua ipſius manu exarata*
ad Typographorum præla mittebat. Le
ſecours des Lecteurs & des Copiſtes
auroit ſoulagé le P. *Petau*; mais ſes
Ouvrages n'en ſeroient pas meilleurs;
& s'il avoit écrit & lû par les mains
d'autrui, je doute que ſes Livres euſ-
ſent le prix & le mérite que leur
donne la juſteſſe & l'exactitude de
ſes citations.

DENIS PETAU. Entreprendre de rapporter les éloges, que les sçavans les plus distingués ont donné dans leurs Livres au P. *Petau*, ce seroit m'engager à ne pas finir si-tôt, & après tout ce soin seroit fort inutile. Il est à present un de ces hommes dont le nom seul dit plus que tous les Panegyriques. Cependant je ne dois pas omettre que le Cardinal *François Barberin*, héritier des sentimens d'*Urbain VIII.* son oncle, & plein d'estime lui-même pour le P. *Petau*, engagea les Sçavans de *Rome*, desquels il étoit le Mecene, à consacrer par leurs vers la memoire du docte François. L'invitation produisit plusieurs pieces de Poësie, dont la plus considerable est celle que fit L. *Allatius*, intitulée *Melissolyra de laudibus Dionysii Petavii, carmine ambico Græco. Romæ* 1651. in-8°.

Catalogue de ses Ouvrages.

1. *Synesii Dio, vel de ipsius vitæ instituto, interprete Dionysio Pæto.* A la tête des Ouvrages de *Dion Chrysostome* de l'édition de *Federic Morel. Dionis Chrysostomi Orationes LXXX. Lutetiæ, Claud. Morel* 1604. *in-*

in-fol. Jean Albert Fabricius dans ſa D E N I S
Bibliotheque Grecque Tom. V I I I. Petau.
p. 223. met ce changement de nom
ſur le compte de *Morel. Morellus*
Dionyſium Patum appellat pro Petavio.
Mais j'ai déja remarqué, que *Petau*
dans ſa jeuneſſe avoit ainſi latiniſé
ſon nom. Il retoucha dans la ſuite
cette traduction, avant que de l'in-
ſerer dans l'édition qu'il donna des
Oeuvres de *Syneſius.*

2. *Panegyricus Ludovico XIII.*
Franciæ & Navarræ Regi Chriſtia-
niſſimo in Natalem ejus Imperii diem
dictus in Collegio S. J. Remis, Simon
de Foigny. 1610. *in-12.* C'eſt un Poëme avec quelques Epigrammes ſur le
Sacre, le tout dédié au Roi par les
écoliers du College de *Reims.* Le P.
Petau avoit ſans doute fait l'Epitre
dédicatoire. Il a dans la ſuite négligé
cette Epitre, & a bien fait. Les vers
ſont imprimés à la p. 41. du Recueil
intitulé *Palma Regia Ludovico XIII.*
à præcipuis noſtri ævi Poëtis in tro-
phæum erecta. Pariſ. Sebaſt. Cramoiſy.
1634. *in-4°.*

3 *De laudibus Henrici Magni*
Carmen, in anniverſario illius obitûs die
Tome XXXVII. R

DENIS
PETAU.

dictum Remis. 1610. *in-4°.* Ce Panegyrique & le précédent furent dans
la suite remaniés par l'Auteur , & ne
font plus qu'un seul Panegyrique ;
c'est le 16e. dans l'édition de 1642.

4. *Oratio de Laudibus Henrici Ma-*
gni. Remis 1611. *in-4°.* Cette harangue se trouve dans un Recueil
intitulé : *Selectæ Orationes Panegy-*
ricæ Patrum Soc. Jesu. Paris. Benard.
1668. *in-12.* deux Volumes. Elle est
à la tête du premier.

5. *Synesii Episcopi Cyrenes Opera*
quæ extant omnia , interprete Dionysio
Petavio ex veterum , præsertim Chri-
tianissimi Regis , Codicum fide recen-
sita ; ac notis illustrata. Paris. Claud.
Morel. 1612. *in-fol.* It. *Paris. Carol.*
Morel. 1631. *in fol.* It. *Paris. Sebast.*
Cramoisy 1633. *in-fol.* L'Auteur avertit que cette derniere édition est
beaucoup plus exacte que la premiere , & qu'il y a des additions considerables ; ce qui ne peut s'entendre
que des notes. L'on a suivi cette derniere édition , en réimprimant les
Oeuvres de *Synesius* en Latin seulement & sans notes dans le sixiéme
Volume (p. 67. 163.) de la *Biblio-*

theque des Peres à *Lyon* 1677. *in-fol.* DENI

M. *Dupin* dit dans fa *Bibliotheque* PETAU
des Auteurs Ecclefiaftiques Tom. 3.

„ Le P. *Petau* ayant traduit de nou-
» veau & revû toutes les Oeuvres
» de *Synefius*, les fit imprimer en
„ Grec & en Latin à *Paris* chez *Mo-*
„ *rel* en 1612. avec des notes, & le
„ Commentaire de *Nicephore* fur le
„ Livre des Songes. Cette édition a
„ été refaite & augmentée en 1640.
„ où les Oeuvres de Synefius ont été
„ jointes aux Catechefes de *S. Cy-*
» *rille.*

C'eft apparamment cette remarque de M. *du Pin*, qui a induit en
erreur *Guillaume Cave* & *Cafimir Ou-*
din, & qui leur a fait penfer & dire,
que le P. *Petau* a donné une édition
des Catechefes de *S. Cyrille*. Il eft
vrai, que l'on trouve le *Synefius* du
P. *Petau. Lutetiæ Parifiorum*, *fump-*
tibus Dionyfii Bechet. 1640. *in-fol.*
en un même Volume avec *S. Cyrille*,
avec un titre commun qui réunit ces
deux Peres : *S. Patri noftri Cyrilli*
Hierofolimitani, & *Synefii Cyrenenfis*
Epifcoporum Opera, *Grecè* & *La-*
tinè. Mais dans le fond cette édition

R ij

DENIS
PETAU.

prétenduë de *Synesius* en 1640. est
précisément celle de 1633. dont on
a changé la page qui porte le titre.
Ainsi M. *du Pin* n'a pas dû dire que
l'édition de 1612. a été refaite &
augmentée en 1640.

Il ne devoit pas dire non plus : *Le*
P. Petau ayant traduit de nouveau
toutes les Oeuvres de Synesius. Il y en
a quelques unes dont la traduction
n'est pas de lui. En particulier il
n'a pas traduit les Hymnes ; il a mis
à côté du texte la version de *François*
Portus. Ce n'est donc pas sur *Petau*
seul , ce n'est peut-être pas même
sur lui , que tombe la censure de
Jacques *Windet* (*De vita functorum*
Statu p. 42.) *Infinita sunt quæ peccat*
Petavius in hoc Autore vertendo , præ-
sertim in Hymnis. On sçait ce que
signifie ce terme *infinita* , dans les
critiques & dans les éloges.

Dans une Lettre de *Synesius à Hy-*
patia , c'est la quinziéme , il y a un
endroit fort difficile , où il est parlé
d'un instrument dont les Anciens se
servoient pour examiner le poids
des differentes eaux à l'usage des malades. Le P. *Petau* avouë dans sa note

qu'il ne ſçavoit ce que c'étoit. M. **D E N I S**
de Fermat, Conſeiller au Parlement **P E T A U.**
de *Toulouſe*, l'éclaircit. L'on trouve
ſon explication à la fin de la traduction du Livre *De la meſure des eaux
courantes de Benedetto Caſtelli*, par
le Sʳ. *Saporta*, imprimée à *Caſtres* en
1664. *in-4°.* & à la tête de *Diophanti
Alexandrini Arithmeticorum libri ſex.*
Toloſæ, *Bernard. Boſc.* 1670. *in-fol.*

6. *Juliani Imperatoris Orationes tres
Panegyricæ, Priores duæ numquam antehac editæ ; poſtrema fere tertia parte
auctior, cum notis & emendationibus.
Flexiæ.* 1613. *in-8°.*

7. *Themiſtii Orationes XVII. Græc.
Lat. Cum notis & emendationibus. Flexiæ.* Jac. *Rezé* 1613. *in-8o.* Cette
édition, de même que celle de *Julien*, n'eſt qu'une ébauche.

8. *Tragædia. Carthaginenſes. Flexiæ*, *Jacob. Rezé.* 1614. *in-8°.* Cette
Tragedie eſt dans le goût de *Seneque*,
comme ſont preſque toutes celles
qui ont paru en Latin, juſqu'en
1654. que le P. *Adrien Jourdan*,
Jeſuite, donna ſa *Suſanna Chriſtiana*,
& changea le goût des Tragiques Latins, retrancha les chœurs, & s'ap-

D E N I S
PETAU.

procha de *Corneille*. L'Epitre dédicatoire est plus longue à la tête de
cette édition que dans le premierLi-
vre des Epîtres, où elle se trouve n°.
VII. Les retranchemens que l'Auteur y a fait, marquent son bon goût.

9. *Pompa Regia Ludovici XIII.*
Franciæ & Navarræ Regis à Flexien-
sibus Musis in Henriceo S. J. Gymna-
sio vario carmine decantata.Flexiæ, Ja-
cob Rezé 1614. *in* 4°.C'est un recueil
de tous les vers faits sur le voyage du
Roy au College de *la Fleche*. Le Recueil est divisé en trois parties. La
premiere & la troisiéme sont du P.
Petau. La seconde est de *Nicolas*
Caussin. Quelques unes des pieces qui
s'y trouvent, ont été inserées dans le
Recueil intitulé *Palmæ Regia* pp. 17.
& 34.

10. *S. Nicephori Patriarchæ Con-*
stantinopolitani, Breviarium Histori-
cum de rebus gestis ab obitu Mauri-
tii, ad Constantinum usque Coprony-
mum; Græc. Lat. cum notis. Paris. Se-
bast. Chappelet 1616. *in* 8o. It. *Pa-*
ris. è Typopraphia Regia 1648. *in-*
fol. It. *Venetiis, Giavarina.* 17.. *in-fol.*
Ces deux dernieres éditions entrent

dans le corps de l'HiſtoireByzantine. D E N I S
Dans les notes p. 55. de l'Edition du Pe tau
Louvre & 21. de l'Edition *in-8°.*
il eſt parlé du Carême des Grecs. Sur
quoi il ne ſera pas inutile de voir les
notes du P. *Goar* ſur Theophane
p. 594. & deux lettres de *Maurice*
David à M. D. C. c'eſt-à-dire , Mr.
de Chevanes , ſçavant Dijonnois ,
imprimées à la ſuite de ſes *Animad-*
verſiones in obſervationes chronologicas
R. P. P. Poſſini S. J. ad Pachymerem.
Divione Petr. Palliot 1679. *in-* 4°.
p. 70. livre rare , qui merite d'être
réimprimé & mis à la ſuite de *Pa-*
chymere. Jean-Henri Boëcler , trompé
par la reſſemblance du nom , attribue
au P. *Petau* l'Edition de *Nicephore*
Calixte à *Paris* 1630. deux Volumes
in-fol. Elle eſt de *Fronton du Duc.*

11. *Themiſtii , cognomento Suadæ*
Orationes XIX. græcè ac latinè con-
junctim editæ. Dionyſius Petavius è
Soc. J. magnam illarum partem la-
tinè reddidit , reliquarum interpreta-
tionem recenſuit , notis univerſas at-
que emendationibus illuſtravit. Pariſ.
Michel Sonnius. 1618. *in-* 4°. Quoique le titre ne promette que 19.

DENIS
PETAU.

Discours, on en trouve 20. dans ce Volume. Le dernier n'a pas été mis en ligne de compte, parce que l'Original Grec n'ayant pû être retrouvé, on n'en a qu'une Traduction. *André Dudith* en avoit donné une Version Latine, sur laquelle le P. *Petau* l'a remise en Grec, en imitant le style & la maniere de *Themistius*. S'il avoit voulu faire comme quelques Sçavans modernes, qui ont pris plaisir à mettre de leurs ouvrages sous le nom d'Auteurs anciens, il auroit pû faire passer sa Traduction pour l'Original même.

Des 19. Discours de *Themistius*, qu'il fit alors imprimer, quinze sont traduits de sa façon. Les notes qui accompagnent tout l'ouvrage, sont en grand nombre, courtes, & faites seulement pour l'intelligence du Texte. Elles présentent tant de belles choses, & sont de si bon goût, qu'un Critique a dit que le P. *Petau* s'y étoit surpassé.

Cette Edition a été fondue dans la belle & magnifique, donnée par le P. *Jean Hardouin* sous ce titre: *Themistii Orationes XXXIII. è quibus*

tredecim nunc primum in lucem edita. DENIS
Dionyſius Petavius è Soc. J. latinè PETAU.
*pleraſque reddidit , ac fere Vicenas
notis illuſtravit. Acceſſerunt ad eaſ-
dem XX. Orationes notæ alternæ , ad
reliquas tredecim perpetuæ Obſervationes Joannis Harduini , ex eadem Soc.
Pariſ. Ex Typog. Regia. 1684. in-fol.*
Il eût été à ſouhaiter qu'en réimprimant les notes du P. *Petau ,* on n'eût
pas omis ſix lignes qui ſe trouvoient
p. 557. de l'Edition 1618. Les Curieux s'apperçurent de cette omiſſion
& en firent une groſſe affaire au P.
Hardoüin , qui s'en tira de ſon mieux.
On peut voir la 2. Edition de ſon
Pline , tom. 1. p. 647. n. 25.

12. *Soteria ad S. Genovefam , Pariſiorum Patronam. Pariſ. Sebaſt. Cramoiſy* 1619. *in*-4°. C'eſt un remerciment de la guériſon qu'il avoit ob-
tenue , en conſequence d'un vœu
fait à *Ste. Geneviéve.* Cette piéce ſe
trouve p. 389. du Recueil intitulé
*Heroica Poëſeos Deliciæ. Pariſ. Gaſp.
Meturas.* 1646. *in*-12. It. à la ſuite
du Recueil intitulé : *Carmina de Bea-
tiſſima Virgine , &c. Pariſ. Lambin.*
1700. *in*-12.

DENIS PETAU.

13. *Panegyricus in S. Genovefam graco carmine. Parif. Sebaft. Cramoify.* 1619. *in-4°.* Ces deux pièces furent dédiées par l'Auteur à *Henri de Bourbon* Evêque de *Metz*, dit le Marquis de *Verneuil*, fils naturel du Roi *Henri IV.* né en Octobre 1601. légitimé en Janvier 1603. Il fut postulé pour l'Evêché de *Metz* en 1607. & eut des Bulles d'accès au mois d'Octobre 1608. Il entra en poſſeſſion de l'Evêché en 1612. aprés la mort du Cardinal *de Givry.* En 1619. il étudioît dans le College des Jeſuites à *Paris*, ſous le P. *Petau.* En 1652. il renonça à ſes benefices, & quitta l'Etat Ecclefiaftique.

14. *Dionyſii Petavii Orationes. Parif. Ex Officina Nivelliana, ſumptibus Sebaft. Cramoify.* 1620. 1622. 1624. *in-8°.* It. *Colonia* 1622. *in-12.* Ce Volume contient 20. Harangues; il eſt dédié à *Henri de Bourbon*, Evêque de *Metz.*

15. *Dion. Petavii Opera Poëtica. Parif. Ex Officina Nivelliana, ſumptibus Seb. Cramoify.* 1620. 1622. 1624. *in-8°.* It. *Colonia* 1621. *in-12.* Ce Volume contient toutes les Poëſies

que le P. *Petau* avoit faites jusqu'a-

lors. Il fut dédié à *Antoine de Bour-*
bon, Comte de *Moret.* Sur ce que dit
le P. *Petau* , on peut croire que ce
jeune Prince avoit du goût pour les
belles Lettres , & en particulier pour
la Poësie.

16. *Office de Ste. Geneviéve* , *Pa-*
trone de Paris , *le tout selon qu'il se*
chante maintenant en ladite Eglise ,
nouvellement recueilli par le Comman-
dement de M. le Cardinal de la Roche-
foucault , *Abbé de ladite Abbaye de*
Ste. Geneviéve. Paris. Sebast. Cramoi-
sy. 1621. *in* 16. Le P. *Petau* réüssit
mieux dans la Messe qu'il composa
pour la Fête de *St. Ignace* , Fonda-
teur de la Compagnie de *Jesus* , que
dans cet Office de *Ste. Geneviéve.*
De trois Hymnes , qui y sont , deux
ont été inserées dans le Breviaire de
Paris. A la tête de cet Office est une
Epître dédicatoire au Cardinal de *la*
Rochefoucault, sous le nom de l'Imprimeur , & de la façon du P. *Petau.*

17. *Sancti Patris nostri Epiphanii*
Constantiæ sive Salaminis in Cypro, E-

DENIS PETAU.

piscopi *Opera omnia*, *in duos tomos distributa.* Dion. Petavius, *Aurelianensis*, S. J. *Theologus*, *ex veteribus libris recensuit*, *latinè vertit*, & *animadversionibus illustravit.* Paris. *sumptibus Michaëlis Sonnii*, *Claudii Morelli*, & *Sebastiani Cramoisy* 1622. *in-fol.* Deux Vol. **It.** *Editio nova juxta Parisinam anni* 1622. *adornata*, *cui accessit vita Dionysii Petavii ab Henrico Valesio oratione descripta*, & *Appendices geminæ pro vindicandis animadversionibus*; *altera adversus Mathurinum Simonium*, *altera adversus Claudium Salmasium ab ipso Petavio antehac emissa in publicum. Coloniæ sumptibus Jeremiæ Schrey*, & *Heinr. Joh. Meieri.* 1682. *in-fol.* 2. Volumes.

Antoine *Teissier* dans son *Auctarium*, dit que cette Edition fut faite *Coloniæ Brandeburgicæ*, c'est à dire, à *Coln*, ou plûtôt à *Berlin*, dont *Coln* fait partie. L'*Auctarium* fut fait à *Berlin*, où *Teissier* arriva en 1692. dix ans après l'Edition de *St. Epiphane.* D'autre part les sçavans Journalistes de *Leipsic* 1682. p. 93. assurent que cette Edition a été faite à

Leipfic. Teiffier eft fi peu exact, que D E N I S
fon témoignage ne peut en cette cir- P E T A U.
conftance être d'aucun poids.

Au commencement du premier
Tome on trouve, outre l'Eloge du
P. *Petau*, par *H. Valois*, l'article qui
concerne ce Pere dans la Bibliotheque de *Sotwel*, & un Catalogue
de fes ouvrages, que l'on auroit pû
rendre plus exact. Les fçavans Journaliftes de *Leipfic* ont obfervé que
les deux Editions fe rapportent fort
exactement l'une à l'autre, page pour
page, ce que l'on a fait fans doute
en vûë des Tables.

18. *Antonii Kerkoetii Aremorici ani-*
madverfionum Liber ad Claudii Sal-
mafii notas in Tertullianum de Pallio.
Rhedonis apud Yvonem Halecium.
(c'eft-à-dire, *Parifiis apud Sebaft.*
Cramoify) 1622. *in-*80.

19. *Antonii Kerkoetii Aremorici*
Maftigophorus primus, five Elenchus
confutationis, quam Claudius Salma-
fius fub ementito nomine Animadverfis
Kerkoetianis oppofuit. Parif. 1623.
*in-*80.

20. *Antonii Kerkoetii Aremorici*
Maftigophorus fecundus, five Elenchi,

DENIS
PETAU.

&c. Pars secunda. Paris. 1623. in-8o.

21. *Antonii Kerkoetii Aremorici Mastigophorus tertius, sive Elenchi, &c. Pars tertia. Paris. 1623. in-8o.*

22. *Appendix ad Epiphanianas Animadversiones, sive Elenchus Dispunctiuncularum Maturini Simonii de Pœnitentiæ ritu veteri in Ecclesia. Paris. Sebast. Cramoisy. 1624. in-8o.* It. Colo-niæ (c'est-à-dire, *Lipsiæ.*) 1682. *in-fol.*

23. *Opus de Doctrina Temporum, divisum in duas partes. Lutetiæ Parisiorum, sumptibus Sebast. Cramoisy. 1627. in fol.* deux Volumes. *It. Auctius in hac nova editione notis & emendationibus quàm plurimis, quas manu sua Codici adscripserat Petavius. Amstelodami. Georg. Gallet. 1703. in fol.* deux Volumes.

24. *Ludovici XIII. Triumphus de Rupella capta ab Alumnis Claromontani Collegii S. J. vario carminum genere celebratus. Paris. Sebast. Cramoisy. 1628. in fol.* It. *Ibid. 1629. in-4o.* Les vers latins se trouvent dans *Palma Regiæ.* p. 68. 93.

25. *Uranologion, sive systema variorum Authorum, qui de Sphæra ac si-*

deribus , eorumque motibus gracè com- D E N I S
mentati ſunt ; quod eſſe poteſt luculen- PETAU.
tiſſimum Auctarium operis de Doctrina
Temporum. Lutetiæ Pariſ. Sebaſt. Cra-
moiſy. 1630. *in-fol.*

26. *Variarum diſſertationum ad Ura-*
nologion , ſive Auctarium operis de
Doctrina Temporum Libri octo , qui-
bus ad cæleſtium rerum ac temporum
ſcientiam neceſſaria tractantur. Cet
Ouvrage accompagne toujours l'U-
ranologion. It. *Dionyſii PetaviiOpus de*
Doctrina Temporum. Tomus III. in
quo Uranologion , ſive ſyſtema vario-
rum. . . . Item variarum diſſertationum
libri VIII. *Acceſſerunt in hac nova*
editione ejuſdem Petavii & Jac. Sir-
mondi Diſſertationes de anno Synodi
Sirmienſis , & Fidei formulis in ea edi-
tis , Petavii libri duo de lege & gra-
tiâ , Elenchus Theriaca Vincentii Le-
nis , diſſertatio de adjutorio ſine quo non,
& adjutorio quo , quæ in dogmatibus
Theologicis omiſſa fuerant , ac denique
Epiſtolarum libri III. Amſtelodami.
Georg. Gallet. 1703. *in-fol.* Quelques
Nouvelles Litteraires portent qu'en
1734. *Pierre-Antoine Berno* faiſoit
à Verone une Edition de l'Ouvrage

DENIS PETAU.

du P. *Petau de Doctrina Temporum*; trois volumes *in-folio.*; le troisiéme contenant des Supplemens, des O-puscules, des Lettres tendantes à même fin; c'est-à-dire qu'il réimprimoit l'Edition d'*Amsterdam.*

27. *Juliani Imperatoris Opera*, *quæ quidem reperiri potuerunt omnia. Ea verò, partim antehac edita, partim nunc primum è Manuscriptis eruta, & ad horum fidem accuratissimè casti-gata, græcè latinèque prodeunt cum notis. Paris. Sebast. Cramoisy.* 1630. *in-*4°. *It. Lipsiæ, Joann. Lud. Gleditsch* 1696. *in-fol.* L'Edition du P. *Petau* est toute entiere dans celle-ci, que le sçavant *Ezechiel Spanheim* a rendu meilleure que la précedente. Quelques Lecteurs seroient plus contens de son travail, si ses notes étoient plus concises, & moins chargées d'inutilités.

28. *Miscellaneæ Exercitationes*, *in quibus ad Solinianos Commentarios Claudii Salmasii, quædam scitu non indigna disputantur. Parif. Sebast. Cramoisy.* 1630. *in*-4°. A la suite de l'Edition de *Julien.* Les six premiers Chapitres de cet Ouvrage, sont inserés,

ſerés dans l'*Appendix altera ad Ani-* D E N I S
madverſiones Epiphanianas. Edition PETAU.
de *Leipſic.*

29. *Appendix ad Syneſianas notas,*
ſive adverſus Joannis Croii *ſpecimen*
conjecturarum & obſervationum veli-
tatio. A la ſuite des notes ſur *Sineſius*
dans l'Edition de 1633.

30. *Tabulæ Chronologicæ Regum,*
Dynaſtarum, Urbium, rerum, Viro-
rumque illuſtrium à mundo condito,
ad annum 4000. *Tabula Chronolo-*
gica ſummorum Pontificum, Impera-
torum, Regum, Dynaſtarum à Chri-
ſto nato ad annum 1628. *Pariſ. Cra-*
moiſy. 1628. 1633. 1657. It. *Muſſi-*
ponti. 1629. It. *Veſaliæ.* 1702. It. *Pa-*
riſ. de Laulne. 1708. Ces Tables ſont
imprimées en grandes feuilles éten-
dues. M. *Lenglet du Freſnoy* a obſer-
vé que l'Edition de *Veſel* 1702. eſt
préferable à celle de *Paris,* de *Pont-*
à-Mouſſon, d'*Anvers* & d'*Amſter-*
dam.

31. *Rationarium Temporum in par-*
tes duas, libros decem tributum, in
quo ætatum omnium ſacra profanaque
Hiſtoria Chronologicis probationibus
munita ſummatim traditur. Pariſ. Se-
Tome XXXVII. S

DENIS
PETAU.

baft. Cramoify. 1633. *in-12.* It. *In partes duas, libros tredecim tributum. Editio secunda, novo ordine digesta, ac multis accessionibus auctior facta, & ab Auctore recognita. Parif. Sebaft. Cramoify.* 1634. *in-12.* It. *Coloniæ.* 1635. *in-12.* It. *Tertia Editio. Parif. Sebaft. Cramoify.* 1636. *in-8°.* It. *Parif. Id.* 1641. *in-8°.* It. *Moguntiæ.* 1646. *in-8°.* It. *Editio ultima, nonnullis accessionibus auctior facta, & ab Authore recognita. Parif. Sebaft. & Gabr. Cramoify.* 1652. *in-12.* It. *Ibid. Cramoify.* 1663. *in-12.* It. *Francofurti* 1665. *in-8°.* It. *Parif. Cramoify.* 1673. *in-12.* It. *Editio novissima in tres partes divisa, & ad hæc tempora perducta, nec non Tabulis Geographicis, & notis historicis, dissertationibusque auctior. Parif.* 1703. *in-12.* quatre Tomes qui peuvent être reliés en deux Volumes. It. *Editio ultima cùm continuatione & Tabulis Geographicis. Lugd. Bat.* 1710. *in-8°.* deux volumes. De toutes ces Editions, » dit M. *Lenglet du Fresnoy,* » celle de *Paris* de 1703. est la plus » ample & la moins estimée. Le tex- » te du P. *Petau* y est rempli de fau-

DENIS
PETAU.

» tes , & les additions qu'on y a join-
» tes , ne méritent pas d'accompa-
» gner un ouvrage aussi exact que
« celui de ce Jesuite. Ce sont de pu-
» res compilations , dont le système
» ne se rapporte point à celui de ce
» Pere. « Il avoit dit ailleurs : » Cet-
» te Edition est pleine de fautes con-
» siderables. La continuation , qu'on
» y a jointe , est peu exacte pour
» l'Histoire , & d'une médiocre la-
» tinité. Quoique l'Edition d'Hol-
» lande ne contienne pas un si grand
» nombre d'additions , elle a au
» moins l'avantage de l'exactitude ,
» & la beauté de l'Impression ....
» L'Edition de *Paris* de 1652. est
» belle & portative , mais je préfe-
» rerois celle de *Leyde* 1710. laquel-
» le , outre la beauté du caractere ,
» contient encore une continuation
» fort estimée ,, Cette continuation
est de la façon de *Jacques Perizonius*,
connu par d'autres Ouvrages , dont
on a donné la liste dans le premier
volume de ces Mémoires. It. *Venetiis*
1719. *in-*8°. trois volumes. La continuation est poussée jusqu'à 1718. It.
Coloniæ 1720. *in-*8°. deux volumes.

S ij

D E N I S It. *Lugduni Bat.* 1724. *in-8o.* deux
PETAU.   vol. It. *Venetiis* 1733. *in-8°.* deux
volumes.

Le *Rationarium* a été traduit en
Anglois avec une continuation jusqu'à 1659. *History of the world, by
others continued to the year* 1659.
London 1659. *in-8o.*

Il a été traduit plus d'une fois en
François.

*Abregé Chronologique de l'Histoire
universelle sacrée & profane, depuis
la création du monde jusqu'en* 1632.
traduit du latin du Pere Petau, avec
un Supplement jusqu'en 1682. par le
Sieur A. Collin. Paris, Claude Barbin.
1682. in-12. trois volumes. » C'est
» plûtôt ici une paraphrase qu'une
» version ; l'Auteur a augmenté &
» retranché ce qu'il a jugé à propos.
» Le style n'en est pas exact, & la
» continuation est médiocre. " C'est
le jugement de M *Lenglet du Fresnoy.*

*Abregé Chronologique de l'Histoire
universelle du P. Petau,* mis en François par M. *Maucroix. Paris. A.
Pralard.* 1683. & *Bruxelles.* 1690.
in-12. deux volumes. M. *Jean-Jacques de Mesme*, Comte d'Avaux,

engagea M. *Maucroix* à faire cette DENIS
Traduction. Elle eſt toute ſimple, PETAU.
dit un Critique, mais fidelle &
exacte. Elle eſt fort litterale, dit un
autre Critique, mais il y a quantité
d'endroits tronqués, ſur-tout ceux
qui contiennent quelque diſcuſſion
Chronologique, que le Traducteur
ſemble avoir omis exprès, pour ne
pas interrompre le fil de l'Hiſtoire.
M. *Lenglet du Freſnoy* juge que cette
Traduction ne ſe ſent point de l'é-
xactitude & de l'élegance de M. *Mau-*
croix. Celui-ci étoit le premier à n'en
être pas content. C'eſt le ſort des ouvrages de Commande.

Hiſtoire univerſelle du P. Petau,
traduite ſur la nouvelle Edition Latine.
*in-*12. cinq volumes. *Paris* 1704.
1708. 1715. " Cette verſion eſt exac-
" te & judicieuſe, dit M. l'Abbé
" *Lenglet,* & peut faire honneur à
" l'ouvrage du P. *Petau.* Les deux
" premiers volumes ont été traduits
" par M. *Moreau de Mautour* ; le
" troiſiéme, dit-on, eſt de la ver-
" ſion de M. l'Abbé *du Pin,* qui a
" joint à cet Ouvrage une Chroni-
" que tirée de la Doctrine des Temps.

DENIS PETAU.

» du P. *Petau.* C'est ce qui est con-
» tenu dans le quatriéme & le cin-
» quiéme volume de cette version.»
Il faut avouer cependant que les trois
derniers volumes n'ont pas réüni en
leur faveur tous les suffrages. On
convient assez que la continuation
est défectueuse, en ce qu'elle s'étend
beaucoup sur l'Histoire de France,
& ne parle presque point des autres
Nations ; ce qui est absolument contraire au dessein du P. *Petau.* Un Mémoire inferé dans le *Journal Litteraire de la Haye,* tom. 5. p. 453. dit
que celui qui a travaillé à cet Ouvrage, est M. *Jean le Cointe*, mais
qu'il a été révû exactement par M.
l'Abbé *du Pin*, qui certifie le Mémoire véritable.

*Abregé Chronologique de l'Histoire
universelle sacrée & profane. Traduction nouvelle suivant la derniere Edition latine du P. Petau, par M. Maucroix, & continuée jusqu'en 1701.
avec un Traité de Chronologie par
M. de Lisle. Paris, de Laulne. 1730.
in-8°. trois volumes.* Le Traité de
M. *De Lisle* est à la tête du premier
volume. Quoique le titre porte *par*

M. Maucroix, ce n'eſt pas ſa verſion pure, mais retouchée.

32. *Epitome Hiſtoriæ Regum Franciæ ex Dionyſio Petavio excerpta. Cla-
romonti. Nicol. Jacquard. 1672. in-4°.*
Le P. *Gilles Lacarry* a réuni dans cet
Abregé tous les endroits du *Rationarium*, qui regardent l'Hiſtoire de
France.

33. *De Photino hæretico, ejuſque dam-
natione in quinque Synodis facta, ac
de duplici Sirmienſi contra illum Synodo, & formulis in poſteriore editis,
Diſſertatio, in qua nova quædam vulgò haud ſatis comperta Eccleſiaſticæ
Hiſtoriæ capita produntur. Pariſ. Seb.
Cramoiſy. 1636. in-8°.* A la ſuite du
Rationarium réimprimé cette même
année. It. Dans le ſecond tome des
Conciles du P. *Labbe* p. 730. It. *Pa-
riſiis Franc. Muguet* 1681. *in-8°.* p.
463. du Livre intitulé *Opuſcula Petri
de Marca, Archiep. Pariſienſis, nunc
primum in lucem edita à Stephano Ba-
luzio.* It. *Pariſ. è Typographia Regia*
1696. *in-fol.* dans le quatriéme tome des *Opera varia* du P. *Jacques
Sirmond.* Col. 539. It. *Amſtelodami,
Georg. Gallet.* 1703. *in-fol.* dans le

DENIS troisième tome de l'Ouvrage de *Doc*-
PETAU. *trina Temporum.*

34. *Elenchus Diatribæ utriusque de Photino & Sirmiensi Synodo.* Dans le tome IV. des *Opera varia* du Pere *Sirmond*, & dans le tome III. *De Doctrina Temporum*, Edition d'Amsterdam.

35. *La Pierre de Touche Chronologique*, contenant la méthode d'examiner la Chronologie & en reconnoître les défauts, verifiée par pratique & exemples; où font traités les principaux points de cette Science. Paris. *Sebast. Cramoisy.* 1636. *in-8°*.

36. *Paraphrasis Psalmorum omnium, nec non Canticorum, quæ sparsim in Bibliis occurrunt, græcis versibus edita, cum latina interpretatione, quæ ipsa per se, græcè nescientibus, Commentarii instar esse possit. Paris. Sebast. Cramoisy.* 1637. *in-12.*

37. *Hymni quidam, qui in Romana Ecclesia canuntur, eodem genere versuum græcè redditi, & ad recentem correctionem exacti. Paris. Sebast. Cramoisy.* 1637. *in-12.*

38. *S. Genovefa, Parisiorum Patrona, latino græcoque carmine celebrata*

brata ad Urbanum VIII. Pontificem DENIS *maximum. Pariſ. Sebaſt. Cramoiſy.* PETAU. 1638. *in-*40.

39. *In ſanctiſſimum D. N. Urbanum VIII. S. P. Hymnus. Ibid.* 1638. *in-*4°. C'eſt un panegyrique du Pape *Urbain VIII.* en vers Grecs , accompagné d'une traduction proſaïque & litterale.

40. *Delphini (Ludovici* XIII. *Chriſt. Regis filii) Genethliacum fatum. Pariſ. Cramoiſy.* 1638. *in-fol.*

41· *De poteſtate conſecrandi & ſacrificandi Sacerdotibus à Deo conceſſa , deque Communione uſurpanda , diatriba , adverſus novam diſſertationem Anonymi cujuſdam, qui Chriſtiani Sacrificii conſecrandi, offerendique poteſtatem etiam Laicis attribuit. Pariſ. Seb. Cramoiſy* 1639. *in-*8°. *It. Londini.* 1685. *in-*8°. Cette Edition de *Londres* comprend les deux diſſertations de *Grotius* , avec la réfutation qu'en ont faite le P. *Petau* , *J. Cloppenburgius* , & It. *Dodwel. H. Antuerpiæ (Amſtelodami) Georg. Gallet.* 1700. *in-fol.* dans le Tome 4ᵉ. des *Dogmes Théologiques* p. 203.

42. *Diſſertationum Eccleſiaſticarum*

Tome XXXVII. T

DENIS
PETAU.

libri duo; in quibus de Episcoporum dig-
nitate ac potestate; deque aliis Eccle-
siasticis Dogmatibus disputatur. Paris.
Seb. Cramoisy. 1641. *in-*8o. It. Dans
le Tome 4e. des Dogmes. *Amsterdam.*
1700. pag. 165. Ces dissertations,
que le P. *Petau* a faites contre *Sau-*
maise, sont sçavantes, dit M. *Lenglet*
du Fresnoy, exactes, judicieuses;
elles se trouvent difficilement.

43. *Opera Poëtica; Ultima Editio*
plerisque Carminibus aucta. Paris. Seb.
Cramoisy. 1642. *in-*8o. Ce Volume
ne contient que les Poësies Latines.
Elles sont divisées en quatre parties.
Dans la premiere sont neuf Panegyriques sacrés; deux sur la Conception immaculée de la Ste. Vierge;
deux sur l'Annonciation; deux sur la
Purification; un sur la dévotion à la
Ste. Vierge; deux sur *Ste. Genevieve.*
Ils ont été réimprimés dans le Recueil intitulé : *Carmina de Beatissima*
Virgine Matre. Paris. Lambin. 1700.
*in-*12.

La Seconde contient un Panegyrique du Pape *Urbain VIII.* & ceux
qui regardent differentes actions du
Roi *Louis XIII.* déja imprimés & détaillés ci-devant

Dans la troisiéme partie, font trois Tragedies. *Carthaginenfes*, imprimée feparément, & réimprimée dans les *Selecta Patrum S. J. Tragædia. Antuerpiæ Joan. Cnobbat. 1634. in-16.* Deux Tomes. Elle eft la premiere du fecond Tome. *Uftbazanez*; réimprimée dans le même Tome. *Sifara*, réimprimée dans le même Recueil, Tome premier, p. 327.

Dans la quatriéme partie font, des *Odes* fur divers fujets; des *Epigrammes*, & autres piéces courtes. Enfin trois Hymnes fur *Ste. Geneviéve*, imprimées déja avec l'Office de cette Sainte, & réimprimées à la fuite des *Carmina de B. Virgine Maria*.

Le Volume comprend toutes les Poëfies Latines, faites par le P. *Petau*, à l'exception de deux piéces en ce genre, dont je parlerai dans la fuite. A la tête du Volume eft un Bref d'*Urbain VIII*. en date du 19. Décembre 1637.

44. *Græca varii generis Carmina, cum Latina interpretatione; inter quæ primo loco pofita eft Ecclefiaftæ Salomonis Paraphrafis, cujus verfio ipfa Commentarii loco effe poteft Græci fer-*

T ij

monis imperitis. Parif. Seb. Cramoify
1641. *in*-8°. On trouve à la fin de ce
Volume quelques Poëfies Hebraï-
ques. Le tout eft dédié à *Urbain
VIII.* par une longue Epître écrite
en Grec, avec le Latin à côté. It. *Pa-
negyrici Latini & Græci.* p. 604. 703.
du *Parnaffus Societatis Jefu. Francofurti*, Joh. Godofr. *Schonwetter* 1654.
in-4°.

45. *Euchariftïcon ob Bafilicam ex-
tructam.* A la tête d'un Recueil de
Poëfies Latines intitulé : *Bafilica in
honorem S. Francifci Xaverii à funda-
mentis extructa, munificentia Francifci
Sublet de Noyers, à Collegii Claromontani Alumnis S. J. laudata &
defcripta. Parif. Cramoify* 1642. It.
1664. *in*-12.

46. *De libero Arbitrio libri tres. Parif. Cramoify.* 1643. *in-fol.*

47. *De Pelagianorum & Semipela-
gianorum Dogmatum Hiftoria liber
unus. Ibid.* 1643. *in-fol.*

48. *De Ecclefiaftica Hierarchia libri
quinque, in quibus potiffimum de Epif-
copus & Presbyteris, deque eorum dif-
ferentia difputatur. Parif. Sebaft. Cramoify.* 1643. *infol.* On trouve un ex-

trait de cet Ouvrage dans le Tome D E N I S
V I I I. pag. 279 . . . . 307. de *Biblio-* P E T A U.
theca Maxima Pontificia, compilée
par *Jean Thomas de Roccaberti* & imprimée à *Rome* 1695 . . . . 1699. *in-*
fol. 21. Volumes.

49. *De la Pénitence publique,* & de
la *préparation à la Communion. Paris,*
Cramoify. 1644. *in-*4°. It. 2e *Edition.*
Paris, Cramoify. 1644. *in-*4°. Ces
deux éditions ne comprennent que
fix Livres. It. *Troifiéme édition, Paris,*
Cramoify 1645. *in-*4°. Cette édition
eft augmentée d'un 7. & 8e Livre. It.
Paris, Cramoify 1658. *in-*4°. C'eft
précifément l'édition de 1645. Le
Catalogue de la Bibliothéque Barberine, énonce comme un Ouvrage
féparé. *Abbregé de la Doctrine du Li-*
vre de la fréquente Communion, & de
fa réfutation, comprife dans les Livres
de la Pénitence publique & *de la pré-*
paration à la Communion. Ce ne font
que les deux Livres ajoutés dans la
3e. édition.

50. *Gaftoni Regis Patruo, Aurelia-*
nenfium Duci. Cette Epitre dédicatoire écrite au nom de *Sebaftien* &
Gabriel Cramoify, eft à la tête de l'Ar-

T iij

DENIS rianus *de Venatione*, *Luca Holstenio*
PETAU. *Interprete.* Parif. *Cramoify* 1644, *in-*
4°. Une ligne de cette Epître piqua
fort *Saumaise. Id agant septentrionis
filii*, *queis librum ex Epistolis facere
licet.* Il prit cela pour lui, parce que
quelques-uns de fes Livres, d'ailleurs très-longs, ont pour titre
Epistola. Il foupçonna *Gilbert Gaul-
min* de lui avoir fait cette incartade.
Claude Sarrau lui écrivoit (*Epist.*
80) *Vix credam Gaulminum auctorem
esse Epistolæ dedicatoriæ ..... sectatur
enim Condæi*, *non Aurelianensis au-
lam. De Holstenio adduci non possum
ut existimem.* Je ne fçai pourquoi ils
ne jetterent pas les yeux fur le P.
Petau. Rien n'étoit plus naturel, ce
Pere étant ami d'*Holstenius* & de
Cramoify.

51. *Theologicorum Dogmatum Tó-
mus primus*, *de Deo uno*, *Deique pro-
prietatibus. Tomus fecundus de Sanctis-
fima Trinitate. Tomus tertius de An-
gelis*, *Mundi Opificio*, & *Ecclesiaf-
tica Hierarchia. Parif. Seb. Cramoify.*
1644. *in-fol.* trois Volumes. *Tomus
quartus de Incarnatione Verbi*, *in
duas partes. Ibid.* 1650. *in-fol.* deux

Volumes. It. *Opus de Theologicis Dog-* DE NIS
matibus, auctius in hac nova editione. PETAU.
Antuerpiæ (*Amstelodami*) *Georg.*
Gallet 1700. *in-fol.* six Tomes reliés
ordinairement en trois Volumes. It.
Florentiæ 1722. *in-fol.* six Tomes.

52. *De Lege & Gratia libri duo. Parif. Cramoify.* 1648. *in-4°.* It. Dans
le 3ᵉ Tome *de Doctrina temporum,*
édition *d'Amsterdam* 1703. *in fol.*

53. *Elenchus Theriacæ Vincentii Lenis. Parif. Cramoify* 1648. *in-4°.* It.
Dans le 3e Tome *de Doctrina Temporum* 1703.

54. *De Tridentini Concilii interpretatione & S. Augustini Doctrina Dif-
fertatio. Parif. Cramoify,* 1649. *in-8°.*
It. dans le 3e Tome des *Dogmes,* édition d'*Amsterdam* 1700.

55. *Parerga quædam, hoc est, Ciceronis Paradoxa, & ejufdem alia (Pro-
œmium libri primi de Officiis, Antonii
& Ciceronis Epistolæ ex libro* XIV.
*Epistolarum ad Atticum) Græce red-
dita, ad ufum & exemplum Tyronum,
Græce difcentium. Parif. Cramoify.*
1649. *in-8°.*

56. *In Obitum Nicolai Borbonii,
Viri eruditiffimi & Poëtarum fui tem-*

T iiij

DENIS
PETAU.

poris principis. A la fin du volume précédent. Ce font deux piéces en vers Grecs, avec le Latin à côté, une Elegie & une Epigramme. It. p. 53. de *Nicolai Borbonii Tumulus. Parif. Rob. Sara*, 1649. *in-12.*

57. *De Augustini Doctrina & Tridentina Synodo Dissertatio posterior. Parif. Cramoify.* 1650. *in-8°.*

58. *De adjutorio fine quo non, & Adjutorio quo brevis Dissertatio. Parif. Cramoify.* 1651. *in-8°.*

59. *Ad S. Genovefam Urbis Patronam faturum Carmen. Parif. Cramoify.* 1652. *in-4°.* It. A la fuite des *Carmina de Beatif. Virgine.*

60. *Ad amicum quemdam Epistola. Parif. Cramoify.* 1652. *in-4°.* It. Dans le 3ᵉ Livre de fes Lettres, *Epist.* 102.

61. *Orationes. Editio ultima auctior & castigatior. Parif. Cramoify.* 1653. *in-8°.* Ce dernier Récueil comprend 35. Oraifons, eftimables au jugement de ceux qui eftiment *Ciceron.*

62. *Epistolarum libri tres. Parif. Cramoify*, 1652. *in-8°.* It. Dans le tome 3. de *Doctrina Temporum,* édition d'*Amsterdam.* Il s'en conferve

beaucoup de manufcrites dans le D E N I S
College des Jefuites de *Paris.* P E T A U,

63. *M. T. Ciceronis Lælius five de
Amicitia, Grace redditus.* Parif. *Cramoify.* 1653. *in-*8°. Les Sçavans du
Nort euffent fouhaité que le P. *Petau*
eût fait ou mis au jour un plus grand
nombre de pareilles traductions.

64. *Nota & Emendationes in Hefy-
chii Lexicon.* Imprimées dans l'édition de ce Livre, faite par *Corneille
Schrevelius.* Ex *Officina Hackiana*
1668. *in-*4°.

65. *Epiftola ad Petrum Poffinum.*
Dans le *Gloffarium Annæum* du P.
Pierre Pouffine à la tête de fes notes
fur l'*Alexias* d'*Anne Comnene*, dans
le premier article de ce gloffaire.

66. Il avoit compofé une *Geographie*, de laquelle il eft fait mention
dans une Lettre du P. *Vavaffeur* du
24. Novembre 1629.

67. Il avoit commencé une Paraphrafe en vers Grecs fur les Lamen-
tations de *Jeremie.* Il en parle dans
la Lettre 33. du Livre 3. *Threnos Jeremiæ Iambicis trimetris Græcis nuper
inftitui reddere.* Peut être cet Ouvrage n'a-t-il jamais été achevé. Il

DENIS PETAU. ne regardoit pas la composition des vers comme une occupation. Il marque dans sa Lettre 31. du 3e Livre, de quelle maniere il a fait les Poësies que l'on a de lui. *Ego nullam in istis serii temporis particulam colloco, sed eundo, redeundo, ambulando per urbem, per ædes inter cœnandum, noctu, reliquis subcesivis horarum momentis, raptim illa meditari soleo.*

68. Il avoit beaucoup travaillé sur l'Histoire naturelle de *Pline*, & il en a laissé un exemplaire tout couvert de notes & de corrections.

69. *Ad M. Hardivillerii dictionem Responsio pro Societate Jesu.* MS.

70. *De Jure & Auctoritate Regum Dissertatio.* MS.

71. Outre ce qu'il a laissé sur les Dogmes, l'on a bien des choses qu'il a dictées en classe.

Guillaume Leonard, petit-neveu du P. *Petau*, dans un Livre assez rare, intitulé *Geographia nova versibus thechnicis & notis Historicis explicata à G. L. Paris.* 1655. *in-*12. assure que son grand-oncle avoit laissé bien d'autres Ouvrages digerés & achevés » dont il ne me paroît pas (dit

» le P. *de Vitry,* dans une Lettre écrite D E N I S
» de Rome le 17. de Mars 1722.) PETAU.
» qu'on ait connoiffance au College
» de *Paris* ∝.

Les Mémoires de M. *Maffuau*
éclairciront l'endroit de la *Geogra-*
phia nova, que j'ai indiqué. » Dans
» ma jeuneffe, dit-il, j'ai entendu
» faire des plaintes affez améres par
» le P. *Leonard,* qui étoit auffi ne-
» veu du P. *Petau,* de ce que quel-
» ques particuliers fe faifoient feuls
» honneur d'un grand Ouvrage, où
» fon Oncle avoit eu bonne part: il
» me femble qu'il parloit de la Col-
» lection des Conciles.

Il y a environ dix ans, qu'ayant
interrogé par Lettres le P. *Hardouin*
fur ce fait, il me répondit en ces
termes. » L'édition des Conciles,
» commencée par le P. *Labbe,* &
» achevée par le P. *Coffart,* eft l'ou-
» vrage du P. *Petau,* comme il eft le
» vôtre.

M. *Maffuau* affure qu'il a fait cette
remarque par le plaifir fi naturel
qu'il auroit, que le Public fût informé, que fon grand-oncle, qui
fait tant d'honneur à la Ville d'Or-

DENIS
PETAU.

leans, & en particulier à sa famille,
eût travaillé à un si bel ouvrage,
c'est-à-dire à la Collection des Conciles.

Mais en verité les neveux du P. *Petau* pouvoient bien être contens de l'honneur que leur faisoient les autres Ouvrages de leur Oncle, & de l'usage qu'il avoit fait de son tems. Ses années sont tellement remplies, que je ne vois pas quand il auroit pû travailler à la Collection des Conciles. De plus, dans ses lettres, il parle de ses autres Ouvrages, & ne dit nulle part, qu'il ait jamais pensé à celui-ci. Il est bien vrai qu'en qualité de Bibliothécaire du Collège, il avoit ramassé & mis en ordre plusieurs manuscrits que le P. *Labbe* a fait entrer dans sa Collection; qu'il l'exhorta à l'entreprendre, & qu'il le dirigea en quelque chose; mais c'est tout ce qu'il fit.

Liste alphabetique de quelques piéces anciennes, inserées dans les Ouvrages du P. *Petau.*

Archillis Tatii Isagoge ad Arati Phænomena Gr. L. Dans l'*Uranologion.*

Ejusdem Fragmentum Isagoges ad DENIS *Arati Phænomena. Græcè.* Dans le PETAU. même Livre.

Aetii Fragmentum de significationibus stellarum. Græc. Lat. Ibid.

Andreæ Episcopi Cretensis Methodus investigandi Cycli Solaris & Lunaris, nec-non Paschatis. Græc. Lat. Ibid.

Anonymi Fragmentum de Paschate. Græcè. Ibid.

Arati Genus & Vita. Græc. Lat. Ibid.

Calendarium vetus Romanum, cum ortu occasuque Stellarum, ex Ovidii Fastis, Calumella, Plinio.... Ibid. & dans le *Thesaurus Antiquitatum Romanarum de Grævius,* tom. VIII. p. 125. Ce Calendrier a été dressé & rangé par le P. *Petau.*

Calendarium Romanum anno Christi 325. *confectum.* Dans l'*Uranologion.*

Cyrilli Alexandrini Prologus de S. Pascha. Item Epistola de eodem argumento ad Aurelium & Synodum Carthaginensem. Lat. A la fin du second tome *de Doctrina Temporum.*

Dionysii Exigui de ratione Paschæ Epistola ad Petronium Episcopum.

DENIS PETAU. *Ejusdem Epistola altera ad Bonifacium & Bonum.* A la fin du second tome *de Doctrina Temporum.*

Epitome Temporum ab Adamo ad initium Alexii Comneni. Græc. Lat. Dans l'édition de *Nicephore.* 1616. p. 286.

Eratosthenis, aliàs Hipparchi, revera Achillis Tatii, ad Arati Phænomena liber. Græc. Lat. Dans l'*Uranologion.*

Gemini Elementa Astronomiæ. Græc. Lat. Ibid.

Georgii Pachymerii Fragmenta quædam Historica. Græcè. Dans l'édition de *Nicephore* 1616. p. 315.

Gregorii, Cognomento Figuli, Homilia in principium Indictionis, sive Anni. Græc. Lat. Ibid. p. 258.

Hilarii Archidiaconi Urbis Romæ ad Victorium Epistola de ratione Paschali. A la fin du second tome *de Doctrina Temporum.*

Hipparchi ad Arati & Eudoxi Phænomena Enarrationum libri tres. Græc. Lat. Dans l'*Uranologion.*

Hippocratis libellus de Medicamentis purgantibus. Græcè. C'est uniquement pour conserver cet Ouvrage,

que le P. *Petau* le ſoignit à ſon édi-DENIS
tion de *Nicephore* 1616. p. 408. Il PETAU.
l'avoit tiré d'un manuſcrit qui avoit
appartenu au célèbre *Cujas.*

*Indiculus Metropolitanarum ſedium
Conſtantinopolitano Patriarcha ſubjec-
tarum.* Dans l'édition de *Nicephore*
1616. p. 310.

*Iſaaci Monachi Argyri Computus.
Græc. Lat.* Dans l'*Uranologion.*

*Ejuſdem, ut videtur, Computus alter.
Græc. Lat.* Ibid.

*Maximi Monachi & Martyris bre-
vis narratio Chriſtiani Paſchatis. Græc.
Lat.* Ibid.

*Nicephori Fragmentum de vita &
exitu Conſtantini Copronymi, Græc.
Lat.* A la ſuite des notes ſur le *Breviarium Hiſtoricum* de *Nicephore.*

*Nicephori Gregoræ explicatio in li-
brum Syneſii de Inſomnibus. Græc. Lat.*
Avec *Syneſius.*

*Nicephori Gregoræ Fragmenta Hiſ-
torica. Græc. Lat.* Dans l'édition du
Breviarium Hiſtoricum de *Nicephore.*
1616. p. 240.

*Proterii Alexandrini Epiſcopi ad
Leonem Romanæ Urbis Epiſcopum de
ratione Paſchali Epiſtola.* A la fin du

DENIS PETAU.

second tome *de Doctrina Temporum.*

Ptolemæi Canon Mathematicus Regum Assyriorum & Medorum, Persarum, Græcorum, Romanorum. Græc. Lat. A la suite de la seconde partie du *Rationarium,* seconde édition & suivantes.

Ptolemæi libellus de apparentiis Inerrantium, & significationibus. Græc. Lat. Dans l'*Uranologion.*

Ejusdem Inerrantium significationes. Ibid.

Theodori Gazæi Liber de Mensibus. Græc. Lat. Ibid.

Theophanis Fragmentum de Bulgarorum originibus. Græcè. Dans les notes sur *Nicephore* p. 143. de l'édition de 1616. & p. 75. de l'édition du Louvre.

Theophili Alexandrini Prologus ad Theodosium Imperatorem de Sancto Pascha. Græc. Lat. A la fin du second tome *de Doctrina Temporum.*

Victorii Epistola ad Hilarium Papam, & Præfatio Paschalis Festi. A la suite du second tome *de Doctrina Temporum.*

V. *Henrici Valesii Oratio in Obitu*

D.

D. Petavii. Sotuel Bibliotheca scripto- D E N I S
rum Societatis Jesu. Baillet, enfans PETAU.
célebres, n° 701. Jugemens des Sça-
vans sur les Poëtes, n° 1474. Satires
personelles, n° 155. Jean le Clerc,
Bibliothéque choisie, tom. 2. art. 4.
Paul Colomiez, Gallia Orientalis, &
Bibliothéque choisie. Journaux de Tre-
voux 1718. Juillet, art. 9. Bayle, Dic-
tionnaire. Du Pin, XVII. siécle, tome.
2. R. Simon. Critique de la Biblio-
théque, Liv. 5. c. 11. & 12. Mémoire
concernant les Traités Theologiques du
Cardinal Augustin Oregius, où l'on
examine si le P. Petau en a tiré ses
Dogmes, inseré dans les Mémoires
de Trevoux du mois de Juillet 1718.
p. 109.

On ne cite pas ici la vie de *Petau*,
ni celle de *Saumaise*, énoncées dans
la *Bibliothéque Historique* du *P. le*
Long. n° 6105. & 17319. comme
imprimées à *Dijon*, la 1e. en 1716.
& la 2e. en 1717. Celui à qui on les
attribuë, a declaré que jamais il n'a
eu la pensée d'écrire la vie de *Sau-*
maise, & qu'il n'a jamais commencé
à écrire celle du P. *Petau.* Les Recueils qu'il avoit faits, ont servi à

Tome XXXVII. V

DENIS
PETAU.

compoſer cet article. Il avoit eu la commodité de lire pluſieurs volumes de Lettres Originales, qui ſont à preſent parmi les manuſcrits de la Bibliothéque du Roi.

M. *Maſſuau*, duquel les Mémoires ſont cités, & ont été de grand uſage, étoit petit-fils d'un des freres du P. *Petau*. Il avoit recueilli & commencé les traditions domeſtiques. Des quatre autres freres du P. *Petau*, un fut Chartreux (il en eſt fait mention dans les Mémoires de M. *de Marolles*) un Capucin, un Curé de *Pithuiers*, un Docteur de Sorbonne, & Chanoine à *Orleans*; l'une de ſes ſœurs ſe fit Carmélite ; l'autre fut mariée à *Guillaume Leonard*, Marchand à Orleans.

Comme cet article vient de bonne main, ce qu'il eſt facile de connoître par l'érudition & les recherches dont il eſt rempli, je le donne tel que je l'ai reçu.

GAUTIER DE COSTES
DE LA CALPRENEDE.

GAUTIER *de Coſtes*, Chevalier, G. DE LA
Seigneur de *la Calprenede*, de CALPRE-
Tolgou & de *Vatimeny*, naquit au NEDÉ.
Château de *Tolgou*, dans le Dioceſe
de *Cahors*, à deux lieuës de *Sarlat*,
de *Pierre de Coſtes* & de *Catherine du
Verdier-Genoüillac*.

Après avoir fait ſes études à *Toulouſe*, il vint à *Paris* vers l'an 1632.
& entra en qualité de Cadet dans le
Régiment des Gardes, où il fut enſuite Officier. Depuis, & peu après
l'an 1650. il fut fait Gentilhomme
Ordinaire de la Chambre du Roy.

On dit qu'étant Cadet, il compoſa
ſon *Silvandre*, que de l'argent qu'il
en eut, il s'habilla d'une maniere bi-
zarre, & que comme on lui demandoit le nom de ſon étoffe, il répon-
doit que c'étoit du *Silvandre*. Si ce
fait étoit vrai, ſon *Silvandre* auroit
été imprimé; cependant on ne ſçait
ce que c'eſt.

On ajoute qu'étant de ſervice, ou

V ij

G. DE LA CALPRE- NEDE. de garde, il montoit assez volontiers dans la Salle de l'appartement de la Reine, où il débitoit plusieurs petites histoires agréables, qui attiroient du monde auprès de lui, & que les Femmes de Chambre de la Reine, & même les Dames de la Cour, s'y arrêtoient pour l'écouter. La Reine se plaignant un jour à ses Femmes de Chambre de ce qu'elles ne se rendoient pas exactement à leur devoir, elles lui répondirent, qu'il y avoit dans la premiere Salle de son appartement un jeune homme qui contoit les histoires du monde les plus amusantes, & qu'on ne pouvoit s'empêcher de l'écouter. Cela donna à la Reine la curiosité de le voir & de l'entendre; & elle en fut si contente, qu'elle lui donna une pension.

En 1648. il épousa *Madeleine de Lyée*, Dame de *S. Jean de Livet* & *du Coudray*, d'une ancienne Maison de Normandie, veuve en premieres nôces de *Jean de Vieuxpont*, Chevalier, Seigneur de *Compant*, & en secondes & dernieres d'*Arnoul de Braque*, Chevalier, Seigneur de *Vau-*

lart, & de *Château-vert*, comme on G. DE LA
voit par le Contrat de Mariage paſſé CALPRE-
à *Paris* le 6. Décembre 1648. & il NEDE.
eut de cette femme une fille nommée *Jeanne*, mariée en 1669. à *Ar-
mand de Couſtin de Bourzolles de Cau-
mont*, Vicomte de *Beaurepos*.

On apprend par les Regiſtres de la
Paroiſſe de *S. Sulpice*, que cette Dame étant venuë à *Paris* en 1668. y
mourut, & fut enterrée le 14. Mars
de cette année dans l'Egliſe des Freres de la Charité, où elle fut tranſ-
portée de l'Egliſe de *S. Sulpice*; &
les mêmes Regiſtres la diſent veuve
en dernieres noces de M. *Gautier de
Coſtes*, Seigneur *de la Calprenede*.

Toutes ces particularités détrui-
ſent les contes que *Richelet* & *Patin* ont debités au ſujet de cette
Dame.

Richelet avoit avancé que *la Calprenede* avoit épouſé une femme qui
avoit cinq maris, & qu'il en avoit
été ſeparé par Arrêt du Parlement.

Guy Patin accoutumé à remplir
ſes Lettres de tout ce qu'il entendoit
dire, vrai ou faux, écrivoit ainſi à
un de ſes amis le 8. Décembre 1665.

G. DE LA CALPRE-NEDE. *Les grands jours d'Auvergne ont fait couper la tête à une certaine Madame la Calprenede, qui avoit eu en sa vie divers maris, mais accusée d'avoir empoisonné le dernier, qui étoit un Gentilhomme Gascon, qui parloit bien, & qui avoit fait divers Romans, & entre autres le Pharamond.*

La Calprenede étant au Château de *Monflaine* en 1663. y voulut faire voir aux Dames des marques de son adresse; mais soit que le fusil dont il se servit pour cela eût crevé, soit par quelqu'autre accident, la poudre emflammée lui sauta au visage & le défigura extraordinairement; c'est ce que nous apprenons par une Gazette de *Loret* du 31. Mars de cette année, & non point du 21. Février comme M. *de Beauchamps* le marque dans ses *Recherches sur les Théâtres.*

Il ne survecut pas long-tems à cet accident, qui fut suivi d'un autre plus fâcheux. Revenant de Normandie, il fut blessé au front d'un coup de tête, que lui donna son cheval, qu'il avoit relevé trop vivement dans un faux pas; & il en mourut peu de jours apres dans la maison

d'un de ſes amis au grand *Andely* ſur **G. DE LA**
Seine. *Loret* annonça ſa mort dans ſa **CALPRE-**
Gazette du 20. Octobre de la même **NEDE.**
année 1663. ainſi il devoit être mort
quelques jours auparavant, & M. *de*
Beauchamps a eu tort de le faire
mourir ce jour là même.

Auſſi-tôt après ſa mort on publia
la *Pompe funebre de l'Auteur du Fara-*
mond. Paris, 1663. *in-*12. p. 86. C'eſt
un Ouvrage en proſe, dans lequel
il n'y a rien à apprendre.

Il a fait pluſieurs piéces de Théâtre, qui ont pû avoir quelque ſuccès dans ſon temps, mais dont on ne
tient plus aucun compte à preſent.
On rapporte que le Cardinal *de Ri-*
chelieu s'en étant fait lire une, dit,
que la piéce étoit bonne, mais que les
vers en étoient lâches. Cela fut rapporté à l'Auteur, qui repliqua par
une ſaillie digne d'un Gaſcon : *Com-*
ment lâche, dit-il, *Cadedis, il n'y a*
rien de lâche dans la maiſon de la Cal-
prenede.

Deſpreaux le regarde auſſi comme
un vrai Gaſcon, qui s'eſt peint lui-
même dans les Héros de ſes Tragedies, lorſqu'il dit de lui, dans le 3e.

G. DE LA chant de son *Art Poëtique.*
CALPRE- *Tout à l'humeur Gasconne en un Auteur*
NEDE.   *Gascon ;*
Calprenede & Juba parlent du même
ton.

Ses Romans lui ont fait plus de réputation , & ce qu'il a composé en
cette matiére , tout frivole qu'il est ,
& ennuyeux par une longueur ex-
cessive , a trouvé des Lecteurs , qui
y ont donné leur approbation.

Catalogue de ses Ouvrages.

1. *La mort de Mithridate. Trage-*
die dediée à la Reine , avec un Avis
au Lecteur. *Paris.* 1637. *in* 4°. Cette
piéce est son coup d'essai. Il étoit
Cadet au Régiment des Gardes , lorfqu'il la composa , & n'étoit sorti de
son pais que depuis quinze jours. C'est
en vertu de ces deux considerations,
qu'il attend de l'indulgence pour les
fautes que peut avoir commises en
poësie un jeune Soldat , qui attend
plus sa réputation de son épée que
de ses vers , & pour celles que peut
avoir faites par rapport à la Langue ,
un Gascon , qui ne sçavoit de François que ce qu'il en avoit lû en Pe-
rigord dans les *Amadis de Gaule.* Il
aimoit

aimoit chérement cette Tragedie ; G. DE LA
mais par malheur elle fut jouée & CALPRE-
imprimée en son absence , & l'Impri- NEDE.
meur , sur quelques legéres appa-
rences , le fit passer pour mort dans
une Epître , quoiqu'il ne se fût jamais
mieux porté qu'alors. Il y a , dit-il ,
dans cette édition autant de fautes
que de mots , sur-tout dans les quatre premiers Actes, & il n'a pû corriger que la fin du cinquiéme. Cette
Piéce fut représentée pour la premiere fois le jour des Rois , ce qui donna occasion à une plaisanterie. A la
fin *Mithridate* prend une coupe em-
poisonnée , & après avoir déliberé
quelque tems , il dit en avalant le
poison : *Mais c'est trop differer.* Un
plaisant du Parterre acheva le vers
en disant : *Le Roi boit , le Roi boit.*

2. *Bradamante, Tragi-Comedie. Paris,* 1637. *in-*4°.

3. *Jeanne d'Angleterre , Tragedie. Paris,* 1637. *in-*4°.

4. *Le Clarionte , ou le Sacrifice san-
glant. Tragi-Comedie. Paris,* 1637.
*in-*4°.

5. *Le Comte d'Essex , Tragedie. Paris,* 1639. *in-*4°. Cette piéce eut un

Tome XXXVII. X

G. DE LA grand succès. *Thomas Corneille* en a
CALPRE- depuis faite une autre sur le même
NEDE. sujet, qui seule est restée en posses-
sion du Théâtre.

6. *La Mort des Enfans d'Herode,
ou Suite de la Mariane, Tragedie.
Paris*, 1639. *in*-4o.

7. *Edoüard, Roi d'Angleterre, Tragedie. Paris*, 1640. *in*-4°.

8. *Phalante, Tragedie. Paris*,
1642. *in*-4°.

9. *Hermenegilde, Tragedie en prose.
Paris*, 1643. *in*-4°. Ce sont là toutes ses pièces de Théâtre. Il faut
maintenant parler de ses Romans.

10. *Cassandre. Paris*, 1642. *in*-8°.
dix vol. Il s'est fait depuis differentes
éditions de ce Roman, en la mê-
me forme & en même nombre de
volumes, en 1648. 1654. 1660. Il
le commença, lorsqu'il n'étoit encore que Cadet dans les Gardes.

11. *La Cleopatre. Paris*, 1647.
in-8°. It. *Hollande*, 1648. *in*-8°. It.
Paris, 1656. & 1662. *in*-8o. Toutes
ces éditions sont en douze volumes.

12. *Faramond, ou l'Histoire de
France. Paris*, 1661. *in*-8°. sept volumes. L'Auteur n'ayant pû achever

cet ouvrage, M. *de Vaumoriere* l'a G. DE LA
continué, & a ajouté cinq nouveaux CALPRE-
volumes aux fept de *la Calprenede.* NEDE.
Ce dernier Roman a été compofé
avec moins de précipitation & plus
d'art que le précédent. Il a été réimprimé plufieurs fois.

13. Je crois qu'on peut mettre au
nombre de fes Ouvrages un petit
Roman qui a paru fous le nom de fa
femme: *Les nouvelles, ou les divertiffe-*
mens de la Princeffe Alcidiane, par
Madame de la Calprenede. Paris,
1661. in-8.

V. *Le Dictionnaire de Morery de*
1725. & 1732. où il y a un fort bon
article fur lui au mot *Coftes.* On s'y
eft trompé cependant fur le tems de
fa mort, qu'on a mife vers l'an 1661.
Le Parnaffe François de M. Titon du
Tillet. Recherches fur les Théâtres de
France de M. de Beauchamps, tome
2e. *p.* 171. Il y a quelques fautes
dans ce qu'il en dit.

LOUIS DE CAMOENS.

L. DE CA-
MOENS.
Louis de Camoens naquit à Lisbonne l'an 1517. ou selon quelques-uns en 1524. de *Simon Vaz de Camoens*, Capitaine de Vaisseau, qui mourut à Goa en 1556. & de *Marie de Macedo*, tous deux de Familles nobles du pays.

La Maison *de Camoens* est ancienne, puisque *Vasco Perez de Camoens* passa en 1370. de Galice en Portugal, lors que *Ferdinand* faisoit la guerre à *Henri III*. Roi de Castille. Ce Prince, dont il embrassa alors le parti, lui donna plusieurs Seigneuries d'un revenu considerable, pour le dedommager de ce qu'il perdoit par là dans son pays. Mais ces bienfaits de son nouveau Maître ne subsisterent pas long-tems ; tout lui fut confisqué, lorsqu'àprès la mort de *Ferdinand* il prit le parti de la Reine *Eleonor Tellez de Menesés*, sa veuve, qui vouloit faire valoir les droits de sa fille *Marie*, épouse du Roi de Castille. Deux garçons que *Vasquo Perez* eut

de *Marianne Tenreiro*, diviferent la L. DE CA-
famille des *Camoens* en deux bran- MOENS.
ches, dont il ne refte plus de defcen-
dans, que du côté des femmes. *Louis*
de Camoens fortoit de la cadette, qui
étoit dans un état moins brillant que
l'aînée.

Après avoir étudie à *Coimbre*, il
retourna à *Lifbonne*, où il fe livra au
penchant qu'il avoit pour la Poëfie
& pour l'amour. Mais cette derniere
paffion lui fit des affaires, & fut
caufe qu'on l'envoya en éxil à *San-*
taren, où il fit fa 3e Elegie, dans laquelle il compare fa deftinée à celle
d'*Ovide*.

Préferant dans la fuite les travaux
& les fatigues de la guerre aux plai-
firs & à la tranquillité de la paix
dont le Portugal jouiffoit en Europe,
il s'embarqua en qualité de Volontaire pour aller fervir à *Ceuta* en
Afrique; mais il eut le malheur de
perdre un œil dans un rude Combat
que le Vaiffeau, fur lequel il étoit,
eut à foutenir contre les Maures,
comme il nous l'apprend dans fa
chanfon 10. ftance 9e.

Après avoir fervi avec diftinction

en Afrique, il retourna à *Lisbonne*, où il lui arriva une facheuse affaire, dont il ne nous apprend point le sujet, mais qu'on croit avoir été causée par l'amour.

Ferdinand Alvarez Cabral avoit été alors nommé Commandant de quatre Vaisseaux destinés pour les Indes Orientales. *Camoens* prit le parti de s'y embarquer pour aller servir dans ce pays-là, & partit au mois de Mars de l'an 1553. Résolu à ne plus retourner dans sa patrie, il s'appliqua à lui-même l'inscription sepulchrale de *Scipion* l'Africain: *Ingrata patria non possidebis ossa mea.*

Heureusement pour lui il s'étoit embarqué sur le Vaisseau du Commandant, qui fut le seul qui arriva à *Goa*; les trois autres ayant péri dans le trajet. Il débarqua au mois de Septembre de la même année 1553. & un mois après il se rembarqua en qualité de Volontaire sur la Flotte, que *Don Alphonse de Noronha*, Viceroi des Indes pour le Roi de Portugal, mena au secours des Rois de *Cochin* & de *Porca*, Alliez des Portugais, contre le Roi de *Chembé*;

& il parle de cette expedition dans
ſa premiere Elegie.

De retour à *Goa* , au commence-ment de l'année 1555. il apprit la nouvelle de la mort de *Jean*, Prince de Portugal , arrivée le 2. Janvier 1554. & en même tems celle de *Don Antoine de Noronha*, fils du Comte de *Linhares*, tué en combattant à *Ceuta*, contre les Maures le 18. Avril 1553. L'amitié qu'il y avoit entre ce Sei-gneur & *Camoens* , & la perte que faiſoit le Portugal à la mort de ſon Prince , le toucherent extrêmement, & il dépeint vivement ſa douleur dans cette belle Eglogue , qui eſt la premiere des ſiennes.

Don Pierre Maſcarenhas ayant ſuccedé quelque tems après à *No-ronha* dans la Viceroyauté des Indes, fit partir au mois de Février 1555. une Flotte ſous le commandement d'*Emmanuel de Vaſconcéllos* , pour aller dans le détroit de la Mer rou-ge arrêter les Vaiſſeaux des Arabes , qui empêchoient le Commerce des Portugais. *Camoens* s'y embarqua, & retourna avec elle à *Goa* , après avoir hiverné à *Ormuz.* Il a décrit

X iiij

cette expedition dans sa Chanson 9 qui est une de ses plus belles.

A son arrivée à *Goa*, il apprit que le Viceroy *Mascarenhas* étoit mort le 16. Juin 1555. & que *François Barreto* lui avoit succedé, suivant les intentions de la Cour de Portugal. Il fit à cette occasion des vers fort satyriques, qu'il intitula *Disparates da India*, ou Sotises des Indes ; & les accompagna d'un Ouvrage en prose, où il tournoit en ridicule les personnes les plus considerables de *Goa*, qui avoient fait des réjouissances à l'installation du nouveau Viceroy.

Ce Viceroy, irrité de sa hardiesse, l'éxila à la Chine ; & *Camoens* s'embarqua l'année suivante 1556. sur un des Vaisseaux destinés pour *Macao.* Mais ce Vaisseau ayant fait naufrage, & s'étant brisé contre des écueils à l'embouchure de la riviere de *Mecon,* sur la côte du Royaume de Camboye, *Camoens* se sauva à la nage avec bien de la peine, tenant de la main droite son Poëme de la Lusiade, & nageant avec la gauche. Ce fut tout ce qu'il sauva de ce naufrage , avec un efclave né à *Java* , nommé *Jean* , qui l'a fervi jufqu'à fa mort.

Ce fut à la côte de Camboye, qu'il compofa ces Redondilles, fi vantées par le célébre *Lope de Vega Carpio* , qui font une paraphrafe du Pfeaume 130. *Super flumina Babylonis. Camoens* parle de fon naufrage dans la ftrophe 128. du Chant x. de la Lufiade.

Dès que *Camoens* fut arrivé à *Macao* , on lui donna la charge de Provediteur des deniers appartenans aux morts & aux abfens. Comme elle eft affez lucrative , il trouva moyen de réparer fes pertes précédentes. Il demeura dans cette Ville l'efpace de cinq années , pendant lefquelles il paroît avoir fait un voyage à *Tidor* & à *Ternate* dans les Móluques, puifqu'il décrit comme témoin oculaire les fingularités de ces deux Ifles dans le Chant x. de fon Poëme , qu'il a revû & retouché pendant fon féjour à *Macao*.

La Viceroyauté des Indes ayant paffé de *Barreto* à *Don Conftantin de Bragance* , frere puifné du Duc de

Bragance Theodose I. qui arriva de Portugal à *Goa* le 3. Septembre 1558. *Camoens* retourna dans cette Ville, & composa de fort belles Stances à la loüange du nouveau Viceroy. L'estime que ce Prince conçut pour lui, lui donna lieu de former de grandes espérances ; mais elles s'évanouirent par l'arrivée de *Don François Coutinho*, qui se rendit à *Goa* en 1561. pour relever *Don Constantin*, qui avoit fini son temps.

Le Viceroy n'eut pas plûtôt pris possession de sa charge, qu'il fit mettre en prison *Camoens*, sur les plaintes qui lui furent portées de ce qu'il avoit malversé dans l'emploi qu'il avoit eu à *Macao*. Mais son innocence ayant été bien-tôt reconnuë, il auroit été mis en liberté, si un de ses créanciers ne s'y fût opposé, & ne l'eût par ses poursuites retenu en prison. Ce fut à ce sujet qu'il fit présenter au Viceroy un Placet fort plaisant en vers, qui produisit tout l'effet qu'il en attendoit.

Remis en liberté, il continua à porter les armes, & à faire diverses piéces de Poësie, aussi-bien qu'à

polir ſa Luſiade qu'il dédia à *Sebaſ-* L. DE CA,
tien, Roi de Portugal.   MOENS.

Quelque réſolution qu'il eût for-
mée de ne plus retourner dans ſa
patrie, il lui prit envie de la revoir,
& il ſongea à s'embarquer pour *Liſ-
bonne.* Mais *François Barreto*, qui
alloit à *Sofala* en qualité de Gouverneur, l'engagea à l'y accompagner,
& lui prêta pour cela deux cens cru-
ſades. *Camoens* ſe rendit d'autant
plus volontiers à ſes deſirs, qu'il eſ-
peroit trouver à *Sofala* quelque occaſion pour paſſer en Portugal.

Elle ſe preſenta en effet quelques
mois après ſon arrivée dans ce pays.
Un Vaiſſeau ayant abordé en ce lieu,
Hector de Silveira, *Edouard Pacecho*,
& quelques autres braves Gentilshommes, amis de *Camoens*, s'y em-
barquerent pour retourner en Portugal, & le prirent avec eux, pro-
mettant de le défrayer dans le voyage. Le Gouverneur *Barreto*, fâché de
le voir réſolu à le quitter, lui ayant
alors déclaré qu'il ne le laiſſeroit
point partir, qu'il ne lui rendît l'argent qu'il lui avoit prêté, ſes gene-
reux amis ſe cotiſerent, & leverent

l'obstacle, que le Gouverneur oppo-
soit à son départ, en le rembour-
sant.

Camoens eut pour compagnon de
voyage *Diego de Couto*, l'Historio-
graphe des Indes, qui s'en retour-
noit en Portugal ; & ils contracte-
rent pendant le trajet une amitié si
étroite, que *Couto* fit depuis un
Commentaire sur la Lusiade de *Camoens*, qui n'a pas été imprimé.

Camoens arriva à *Lisbonne* en 1569,
pendant que cette Ville étoit affli-
gée de la peste. Cette disgrace re-
tarda de près de trois ans l'édition de
sa Lusiade, qui lui tenoit fort au
cœur, comme on le voit par le privilege qui lui fut accordé pour cet
ouvrage le 4. Septembre 1571.

L'estime generale qu'on fit de ce
Poëme, ne servit point à retirer son
Auteur de la misere, dans laquelle il
a toûjours vécu ; puisqu'il n'eut d'autre récompense de ses services, & de
la dédicace qu'il fit de son Ouvrage
au Roy *Sebastien*, qu'une pension de
vingt écus, qui lui fut donnée à
condition de suivre la Cour. Ce
qu'on attribuë au peu de cas, que

ceux qui approchoient de ce Prince, encore fort jeune, faisoient de la Poësie.

Camoens paroissoit donc à la Cour pendant le jour; mais il étoit obligé d'envoyer la nuit son fidele esclave *Jean*, demander l'aumône pour sa nourriture & celle de son Maître.

Cette indigence le dégouta du monde, & il se réduisit à ne plus voir personne, à la reserve de quelques Religieux Dominicains, dont il étoit voisin, & chez lesquels il alloit souvent entendre les leçons du Professeur en Theologie Morale.

La malheureuse expédition du Roi *Sebastien* en Afrique, arrivée quelque tems après, toucha vivement *Camoens*, qui aimoit véritablement son Prince & sa patrie. Le chagrin & les infirmités commencerent alors à l'accabler, & le conduisirent peu à peu au tombeau.

Il mourut après une longue maladie, avec de grands sentimens de pieté, l'an 1579. âgé d'environ 62. ans. On ignore le jour & le mois de sa mort. Quelques Auteurs veulent qu'il soit mort dans l'Hôpital de

L. DE CA-
MOENS.

Lisbonne ; mais d'autres prétendent, avec plus de raifon , que ce fut dans une pauvre maifon où il demeuroit près des Religieufes de *Sainte Anne,* où il fut enterré.

Le lieu de fa fépulture auroit toujours été ignoré , fi *Gonzalo Cotinho,* Seigneur Portugais , n'eût fait conftruire pour lui un tombeau affez propre , où il fit tranfporter fes os l'an 1595. & où il fit graver une Epitaphe , qui n'a rien de remarquable. *Martin Gonçalve de Camara,* autre Seigneur Portugais, y fit ajoûter peu de temps après l'Epitaphe fuivante, qui eft du P. *Mathieu Cardofo* Jefuite.

Nafo Elegis , Flaccus Lyricis , Epi-
 grammate Marcus,
Hîc jacet Heroo carmine Virgilius.
Enfe fimul calamoque auxit tibi, Lyfia,
 famam :
Unam nobilitant Mars & Apollo
 manum.
Caftalium fontem traxit modulamine,
 at Indos
 Et Gangi telis obftupefecit aquas.
India mirata eft , quando aurea car-
 mina lucrum

Ingeni, haud gazas, ex Oriente tulit. L. DE CA-
Sic bene de patria meruit , dum fulmi- MOENS.
 nat enſe ;
At plus , dum calamo bellica facta
 refert.
Hunc Itali , Galli , Hiſpani vertere
 Poëtam ;
 Quælibet hunc vellet terra vocare
 ſuum.
Vertere fas , æquare nefas ; . æquabilis
 uni
 Eſt ſibi , par nemo , nemo ſecundus
 erit.

 Camoens étoit d'une taille médiocre , mais proportionnée dans toutes
ſes parties ; & avoit le viſage plein,
le nez aſſez long, un peu élevé au
milieu & gros par le bout , les che-
veux blonds, & les yeux, avant
l'accident qui lui en fit perdre un ,
d'une grande vivacité.

 Il étoit d'une affabilité charmante,
agréable dans la converſation , gene-
reux envers ſes amis , modeſte par
rapport à ſon propre mérite , aimant
celui des autres , brave ſans affectation , & conſtant dans l'adverſité.

 Il a tiré des Oeuvres de *Plutarque,*
qui étoit ſon Auteur favori , cette

L. DE CA-
MOENS.

érudition, qui se fait voir dans ses Poësies. *Baillet* fait son éloge dans ses *Jugemens des Sçavans*. Il est vrai qu'il s'est laissé un peu préoccuper contre lui par la Critique, que le P. *Rapin* a faite de ce Poëte; mais si ce Pere eût entendu la Langue Portugaise, il ne l'auroit point accusé d'être obscur & affecté, puisque son style est naturel, coulant, & nullement guindé. *Camoens* s'étoit formé sur les anciens Poëtes Epiques par rapport au style, & il seroit à souhaiter qu'il les eût imités par raport à l'ordre de son Poëme; car alors il ne se seroit point attaché trop scrupuleusement, comme il a fait, à décrire les guerres des Portugais dans les Indes.

Le fameux *Torquato Tasso* a fait à la loüange de *Camoens* un Sonnet, qui se trouve dans la 3e partie de ses Poësies. *Louis Gomez de Tapia*, *Nicolas Antonio* dans sa *Bibliotheca Hispana*, & plusieurs autres Sçavans Espagnols parlent de lui avec éloge. *Emmanuel Correa*, *Emmanuel Severin de Faria*, Chantre de l'Eglise d'*Evora*, *Emmanuel Faria de Sousa*, & *Pierre*

de

de Maris, célébres Auteurs Portugais, L. DE CA-
ont donné des abregés de ſa vie.   MOENS.

    Catalogue de ſes Ouvrages.

    1. *As Luſiadas de Luis de Camoens.*
Lisbonne 1572. C'eſt la premiere édition de ce Poëme, qui eſt partagé en
dix Chants. Elle a été ſuivie d'un
grand nombre d'autres, dont quelques unes ſont accompagnées de
Commentaires, de notes ou déclair-
ciſſemens.

    Emmanuel Correa, Portugais, fut
le premier qui s'aviſa d'y joindre un
Commentaire, lequel ne parut qu'a-
près la mort de ſon Auteur. *Pierre de
Maris*, autre Portugais, fit depuis
réimprimer l'ouvrage de *Camoens*, &
le Commentaire de *Correa*, auquel il
fit quelques additions, & le tout
parut à *Lisbonne* en 1613. *in-*4°.

    Emmanuel de Faria & Souſa, fa-
meux Hiſtorien & Poëte Portugais,
donna depuis un ample & ſçavant
Commentaire ſur la Luſiade en Langue Eſpagnole, qui lui étoit plus fa-
miliere que ſa maternelle, à *Madrid*
l'an 1639. deux volumes *in-ſol.* C'eſt
celui qui a fait le plus d'honneur à
Camoens.

    Tome XXXVII.   Y

Je trouve dans le Catalogue de la
Bibliotheque de M. *Bulteau* une édition de la Lufiade avec des fommai-
res de *Jean François Barreto*, & un
abregé de la vie de *Camoens* par le
même, imprimée à *Lisbonne* en
1663. *in-8°.* que *Nicolas Antonio* n'a
point connuë.

Ignace Garcez Fereira, autre Portugais, a fait imprimer à *Naples* en
1731. la Lufiade avec des courtes
& fçavantes notes. Il y parle au long
de toutes les éditions de *Camoens*,
auffi-bien que de fes traducteurs &
de fes commentateurs; mais je n'ai
point vû cette derniere.

On a trois traductions Efpagnoles
du Poëme de *Camoens*. La premiere
de *Louis Gomez de Tapia*, qui y a
joint de courtes notes. Elle a été imprimée à *Salamanque* en 1580. *in-*
8°. La 2e. eft de *Benoift Caldera*, &
elle parut à *Alcala* en 1588. *in-4°.*
La 3e. d'*Henry Garcez*, fut imprimée à *Madrid* en 1591. *in-4°.* Elles
font toutes en vers.

Une traduction Italienne porte ce
titre: *La Lufiada tradotta in verfi Ita-
liani dal Poëma Portoghefe di Luigi de*

Camoens, *da Carlo Antonio Paggi. In*
Lisbona 1659. *in-*12.

Baillet parle d'une ancienne traduction Françoiſe ; mais je ne ſçai ce
que c'eſt. Il en a paru depuis peu une
ſous ce titre : *La Luſiade du Camo-*
ens ; *Poëme heroïque ſur la découverte*
des Indes Orientales, *traduit du Por-*
tugais. Par M. Duperron de Caſtera.
Paris, 1735. *in-*12. (*Briaſſon*) trois
volumes. Le traducteur a ajouté des
notes à la fin de chaque Chant, & a
mis à la têre une vie de *Camoens*, qui
eſt aſſez étenduë, mais qui manque
d'exactitude en certaines choſes.

Les Anglois l'ont auſſi en leur
Langue, & la traduction que *Richard*
Fanshau en a faite, a été imprimée
à *Londres*, en 1655. *in-fol.*

Thomas de Faria, Carme de *Liſ-*
bonne, & Evêque de *Targa* en a fait
une traduction Latine en vers hexa-
métres : *Luſiadum libri* x. *Olyſſipone*
1622. *in-*8°.

Allatius dans ſes *Apes Urbanæ* p.
30. parle d'une autre traduction en
vers Latins, faite par *André Bajan*,
natif de *Goa*; mais qui apparamment
n'a pas vû le jour.

L. DE CA-
MOENS.

Le célébre Portugais *François Ma-cedo*, a aussi traduit la Lusiade en vers Latins. Il parle lui-même de cette traduction dans son *Propugnaculum Lusitano-Gallicum*, p. 118. & *Nicolas Antonio* en fait l'éloge dans sa *Bibliotheca Hispana*. L'original de cette traduction, conservé dans la Bibliotheque de M. le Marquis de *Nisa*, Grand de Portugal, va être imprimé pour la premiere fois, par ordre du Roi de Portugal, & par les soins du P. *Antonio dos Reys*, Prêtre de l'Oratoire, de l'Academie Royale d'Histoire de Portugal.

2. *Rimas*. Elles ont été imprimées plusieurs fois.

Cet article est tiré d'un Mémoire, qui m'a été envoyé de Portugal, par une personne d'sprit & de mérite.

JEAN GRANGIER.

JEAN *Grangier*, naquit à *Châlons* en Champagne vers l'an 1576.

Après avoir fait ses études de Theologie à *Paris*, & avoir été ordonné Diacre, il fut pourvû de la Prebende Théologale de *Beauvais*.

Il la quitta en 1605. pour être

Principal & Régent de Rhétorique J. GRAN-
au College d'*Harcourt*, & il remplit GIER.
ces deux places juſqu'en 1615. que
le Premier-Préſident de *Verdun* qui
l'avoit reçu au nombre de ſes ſervi-
teurs, après avoir aſſiſté aux Para-
nymphe de Theologie, qu'il avoit
faits à l'age de 25. ans, lui offrit la
place de Régent de Rhétorique au
College de *Dormans*, autrement de
Beauvais. *Grangier* le remercia d'a-
bord, ſur ce qu'ayant travaillé neuf
ans entiers dans l'Univerſité en qualité de Principal & de Régent conjointement ; ce changement, où il
perdoit une de ſes qualités, ne lui
convenoit pas.

Sur cela le Premier-Préſident engagea M. *Hoyau*, Principal du College de *Dormans* à ſe démettre, &
à lui ceder ſa place. *Grangier* fit encore des difficultés ſur ce qu'il étoit
né à *Châlons*, au lieu qu'il falloit
être du Diocèſe de *Soiſſons* pour remplir ce poſte, & ſur ce qu'il n'étoit
point Prêtre, comme cela conve-
voit, n'ayant point reçu cet ordre,
parce qu'il avoit la vûë extrêmement
baſſe. On le diſpenſa ſur ces deux

J. GRAN-
GIER.

articles, & les lettres de Principal lui furent expediées sous le titre de Diacre de *Châlons.*

Il fut reçu sans opposition le 2. Avril 1615. & commença dès-lors à mettre l'ordre dans le College, & à faire pour cela de nouveaux réglemens ; mais comme ces réglemens ne pouvoient s'exécuter entierement, parce que M. *Hoyau* s'étoit reservé la Principalité du College de *Presles*, il l'engagea à s'en demettre aussi, & la fit réunir en sa personne avec celle du College de *Beauvais*, l'année suivante 1616. Cette union donna depuis occasion à un procès, pour lequel il fit en 1628. un Mémoire, dont je parlerai plus bas, & qui m'a fourni tous ces faits.

Il fut choisi en 1617. pour succeder à *Theodore Marcile* dans la charge de Lecteur & Professeur Royal en Eloquence Latine, & les Lettres qui lui furent données à ce sujet sont du 14. Avril de cette année.

Nous apprenons par une Lettre de *Nicolas Bourbon*, datée du 16. Janvier 1636., que *Grangier* avoit quitté depuis peu la Principalité du

College de *Beauvais*, & qu'ayant obtenu du Pape diſpenſe des Ordres ſacrés, quil avoit reçus, il s'étoit marié à une femme dont il avoit déja eu quelques enfans. *Patin* dit la même choſe par rapport à ſon mariage. Il faut donc que *Guillaume Duval* ſe trompe, lorſqu'il aſſûre dans ſon *College Royal* imprimé en 1644. que *Grangier* étoit alors Principal du College dé *Beauvais*.

Quoiqu'il en ſoit, ſon âge de 66. ans, & ſes infirmités ne lui permettant plus de faire aſſiduəment les fonctions de Profeſſeur du Roy, il ſe demit de cet emploi au mois de Mars 1643. & eut pour ſucceſſeur *Abraham Remy*, pourvû par Lettres du 8. Juin de cette année.

Comme on n'entend plus parler de lui depuis ce tems là, il eſt probable qu'il ne ſurvécut pas beaucoup à ſa démiſſion.

Il a paſſé pour le meilleur Orateur de ſon temps, & celui qui parloit le mieux en public. C'eſt ce qui eſt marqué dans cet ancien diſtique, où *Marcile* & *Bourbon* ſont auſſi loués.

J. GRAN-
GIER.

Grangerius dicit ; scribit Borbonius ;
unus
Marcilius doceat : cætera turba tace.

Cyrano de *Bergerac,* qui avoit étudié sous lui en Rhétorique au College de *Beauvais,* l'a eu en vûë dans
son *Pedant-joué.*

Il avoit été Recteur de l'Université en 1611.

Catalogue de ses Ouvrages.

1. *Pro Academia Parisiensi suasoriæ*
habita in Harcuriana Schola Rheto-
rices anno 1607. *J. Grangier recen-*
suit. Paris. 1607. *in-*8°. p. 86. Ce sont
huit discours, qu'il fit alors pronon-
cer par ses Ecoliers.

2. *De Francia ab interitu vindicata*
exercitatio Scholastica. Paris. 1611.
*in-*80.

3. *Academiæ Parisiensis ad Amplissi-*
mum Ordinem Gratulatio & Gratia-
rum actio pro causa victoriâ per Jo.
Grangier. Paris. 1612. *in-*4°. p. 32.
Ce discours regarde les differends
de l'Université avec les Jesuites.

4. *Oratio habita IV. Kal. Decem-*
bris, pro restaurandis Scholis. Paris.
1619. *in-*80. p. 34. Les Exercices de
l'Université avoient été alors inter-
rompus

rompus pendant quelque temps à cauſe de la peſte.

5. *Panegyricus dicatus Ludovico XIII. Regi Francorum pro ſolemni Præfatione Prælectionum, in Aula Cameracenſi Regia anno 1620. Pariſ. 1620. in-4°. pp. 25.*

6. *Oratio pro Regia cauſſa in perduelles, habita Lutetiæ Pariſ. in Aula Cameracenſi Regia XII. Kal. Decembris anni 1621. Pariſ. 1621. in-80. pp. 52.*

7. *Panegyricus dictus Ludovico XIII. Regi Francorum, Clementiſſimo Victori, ob ſervatos cives datamque pacem, à Joan. Grangerio in Aula Cameracenſi Regia XVI. Kal. Decembris 1622. Pariſ. 1622. in-80. pp. 42.*

8. *Oratio de compreſſa Peſtilentia & felici reditu Juſti Regis in Urbem, habita in Scholis Regiis anno 1623. Pariſ. 1624. in-80. pp. 30.*

9. *Oratio de Juſti Regis pietate in optimam Matrem Auguſtam, habita in Scholis Regiis anno 1624. Pariſ. 1624. in-80.*

10. *Libellus ſupplex ad Cardinalem Rupifucaldium, Pariſ. 1624.* Je ne ſçai ce que c'eſt.

11. *Panegyricus in auſpicatiſſimum*

J. GRAN-
GIER.

conjugium Caroli Britannici & Henricæ Francicæ. Parif. 1625.

12. *Oratio Funebris in laudem Ludovici Servini, Comitis Consist. Regiique in Senatu Patroni, habita in Collegio Regio die 26. Martii anni 1626. Parif. 1626. in-4°. pp. 44.*

13. *Oratio Funebris in laudem Carolæ du Guea, spectatissimæ fœminæ, quam habuit in matrimonio N. Verdunius Princeps Senatus. Obiit 15. Novembris anni 1621. Parif. 1627. in-4. pp. 20.*

14. *Oratio Funebris in laudem Ill. Viri Nicolai Verdunii, Equitis Torquati, & in Curia Parifienfi primarii Præfidis, habita in æde Collegii Præleo-Bellovaci III. Kal. Aprilis anni 1627. Parif. 1627. in-4°. pp. 32.*

15. Le Supplément de *Morery* de l'an 1735. lui donne un difcours fur la Victoire remportée fur les Anglois en 1627. Je ne le connois point.

16. *L'état du College de Dormans,* dit de *Beauvais,* fondé en l'Univerfité de Paris, par *J. Grangier. Paris,* 1628. *in-4°.* pp. 99. J'ai déja parlé du fujet de cet Ouvrage, qui eft une efpece de Factum, où l'on trouve bien

des particularités sur *Grangier.* On y
fit alors une réponse qui est intitulée :
*Moyens pour rétablir le College de
Dormans, dit de Beauvais, en son premier état, conformément à sa fonda-
tion; contre les suppositions des Maîtres
Jean Grangier & Gabriel le Gentil.
Paris,* 1628. *in*-4°. pp. 56. Le Gentil
étoit Procureur du College de Beauvais sous *Grangier.*

17. *In deditionem Rupellæ Oratio,
habita in Aula Cameracensi* 17. *Cal.
Novembris anni* 1628. *Parif.* 1628.
in-4.

18. Le Supplément de *Morery* met
encore au nombre de ses Ouvrages
un discours sur le rétablissement de
la santé de *Louis XIII.* imprimé en
1630. *in*-4°.

19. *Oratio ad Cardinalem Lugdu-
nensem. Parif.* 1633. *in*-4°.

20. *Gratulatio de instaurandis Scholis Regiis, habita anno* 1634. *Parif.*
1634. *in*-4°.

21. *De deditione Corbiæ Oratio habita anno* 1636. *Parif.* 1636. *in*-40.

22. *Præfatio de ortu Reguli Delphi-
natium, habita die* 17. *Septembris anni* 1638. *Parif.* 1638. *in*-40.

Z ij

J. GRAN-GIER.

23. *De loco ubi victus Attila fuit olim Dissertatio Joannis Grangerii. Item Josephi Justi Scaligeri Notitia Galliarum. Parif.* 1641. *in* 8º.

V. *Le College Royal de Guillaume du Val.* pp. 44. *L'état du College de Dormans.*

JEAN - BAPTISTE LAURO.

J. B. LAURO.

Jean-Baptiste Lauro naquit à *Perouse* le 28. Août 1581. de *Jule Lauro*, Gentilhomme de cette Ville.

Il fut élevé dès son enfance dans le Seminaire de *Perouse*, sous la conduite de *Marc - Antoine Bonciari*, par le soin duquel il fit de grands progrès dans les Belles-Lettres, & à qui il fut toujours attaché depuis par les liens d'une étroite amitié.

On le jugea dans la suite capable d'enseigner les autres ; & il fut nommé au mois d'Août de l'an 1605. Professeur extraordinaire en Philosophie à *Perouse*. Après avoir rempli quelque temps ce poste, & avoir été ordonné Prêtre dans sa Patrie, il alla à

Rome, où le Cardinal *Marcel Lanti* J. B.
le prit à ſon ſervice en qualité de LAURO.
Caudataire.

Les Ouvrages qu'il compoſa alors,
& ſon mérite particulier le firent
connoître avantageuſement à la Cour
de *Rome*, & lui procurerent la connoiſſance & l'amitié de pluſieurs perſonnes des plus diſtinguées, entre autres du Cardinal *Maffée Barberin*,
qui fut depuis Pape ſous le nom
d'*Urbain VIII.*

Gregoire XV. étant mort le 8. Juillet 1623. le Cardinal *Lanti* le choiſit
pour un de ſes Conclaviſtes, & il entra avec lui dans le Conclave, qui
élut le 6. Août ſuivant *Urbain VIII.*

Ce Pontife ne fut pas plûtôt placé ſur le Thrône Apoſtolique, qu'il
ſouhaita avoir *Lauro* auprès de lui,
& le demanda au Cardinal *Lanti*, qui
ravi de voir que cela pourroit lui ouvrir une voye aux honneurs, le lui
accorda avec plaiſir, & fit à *Lauro*
un préſent de deux cens écus, pour
le mettre en état de paroître avec
honneur à la Cour.

Le Pape, qui aimoit les Lettres,
lui donna une place, qui lui facili-

J. B.
LAURO.

toit les moyens de joüir fréquem-
ment de sa conversation, en le mettant au nombre de ses Cameriers se-
crets.

Il se rendit dans ce poste si agréable au Pape, qu'il ne cessa depuis de
lui faire du bien, & le nomma en differens temps, qui se suivirent de près,
Chanoine de *Sainte-Marie in Traste-
vere*, Secretaire perpétuel du Sacré
Consistoire, charge qui lui fut donnée au commencement de l'année
1625. Archiviste du Sacré Collège
des Cardinaux, Secretaire de la
Chambre Apostolique, & Proto-
notaire Apostolique.

C'étoit pour lui un présage heureux qui lui annonçoit de plus grands
honneurs; mais une mort prématu-
rée l'en priva, & l'arrêta au milieu
de sa course.

Il mourut à *Rome* le 20. Septembre 1629. âgé seulement de 48. ans.

Catalogue de ses Ouvrages.

1. *Epistolarum Centuria. Perusiæ*,
1618. *in-8°. It. Centuria duæ. Romæ*,
1621. *in-8°. It. Coloniæ*, 1624. *in-8o.*
On voit à la tête de cette derniere
édition: *Joannis B. Lauri Ode de Ur-*

bano VIII. P. M. Les piéces qui y   J. B.
font entremêlées avec les Lettres, font LAURO.
les fuivantes.

Adulationis Icon. p. 124. en Vers.

Nihil. Cal. Januar. p. 174. en Vers.

Vita S. Romanæ Virginis ex Codice Italico MS. p. 205. *Lauro* eſt l'Auteur de cette traduction.

Additiones ad Francifci Sweertii Selectas Chriſtiani Orbis delicias. p. 231.
Ce font pluſieurs Epitaphes, qui
avoient échappé à la connoiſſance de
Sweertius, de *Nathanael Chytrée,* &
de *Laurent Schrader,* ou qu'ils n'ont
pû connoître, parce qu'elles ont été
faites depuis la publication de leurs
Ouvrages fur cette matiere. Il y en a
quelques-unes de la façon de *Lauro.*

Ex Commentario de Venatione Aulica. p. 460. C'eſt un long fragment
d'un Ouvrage de *Lauro,* qui n'a point
été imprimé.

2. *In Nuptias Marci Antonii Burghefii, & Camillæ Urfinæ Sylua.* Viterbi, 1619. in-4°.

3. *In Aquam Paulam Lyricum.* 1612.
in-40.

4. *Ode de Urbano VIII. ad Perufiam. Romæ,* 1624. in-4°. It. à la tête

J. B.
LAURO.

de ses Lettres dans l'edition de cette année.

5. *Rupella Cal. Novembris 1628. Ludovico XIII. Galliarum Regi invictissimo post quindecim Mensium obsidionem deditur. Carmen Joannis B. Lauri, Perusini. in fol.*

6. *Poëmata. Perusiæ, 1606. in-12. It. Ibid. 1623. in 12.*

7. *De Annulo pronubo Deiparæ Virginis, Perusiæ asservato, Commentarius. Romæ, 1622. in-80.* It. *Coloniæ, 1626. in-80.*

8. *Theatri Romani Orchestra; Joannis B. Lauri Dialogus de Viris sui ævi Doctrina illustribus Romæ 1618. Opera & industria Justi Riquii Belgæ in lucem editus. Romæ, 1625. in-80.* Laure fait passer ici en revûë tous les Sçavans qui vivoient alors à *Rome*; mais il ne dit que fort peu de chose de chacun.

9. *Titanopœia, sive de fabricatione Calcis liber.* Ce Poëme se trouve à la suite de l'Ouvrage suivant, & l'Editeur y a joint: *Joannis Thomæ Gilioli de Calcis fabricatione Physica Allegoria.*

Le Catalogue de la Bibliotheque

Barberine met au nombre des Ou- **J. B.**
vrages de nôtre Auteur. *Le Marmo-* **Lauro.**
ra di Terni , Idilio. Terni , 1628. in-
12. Mais cette piéce n'eſt point de lui,
elle eſt d'un autre *Jean B. Lauro* ,
Juriſconſulte de *Terni.*

  V. *Perugia Auguſta deſcritta da Ce-*
ſare Criſpolti. In Perugia , 1648. in-
4o. p. 333. *Ludov. Jacobilli Bibliothe-*
ca Umbriæ. p. 153. *Auguſtini Oldoi-*
ni Athenæum Auguſtum. p. 170. *Jani*
Nicii Erythræi Pinacotheca prima. An-
dreæ Argoli de diebus Criticis liber 2us.
p. 137.

GUILLAUME AMESIUS.

GUillaume *Ameſius* naquit en **G. Ame-**
Angleterre vers l'an 1577. mais **sius.**
on ignore le lieu particulier de ſa
naiſſance.

  Il fit ſes études à *Cambrige* dans le
Collège de Chriſt , & fut aggregé au
nombre de ſes Membres. Les ſentimens des Puritains , qu'il embraſſa,
lui cauſèrent quelques chagrins. Le
Chef de ce Collège le menaça de l'en

G. Ame-
sius.

chasser, parce qu'il ne vouloit point se servir de Surplis dans les Céremonies Ecclesiastiques, mais il n'osa le faire, parce qu'*Amesius* étoit aimé; il l'engagea cependant dans la suite à s'en retirer de lui-même.

Il prêcha depuis à *Cambrige* & dans les lieux voisins avec assez de réputation pour le faire appeller à *Colchester* en qualité de Predicateur de cette Ville. Mais l'Evêque de *Londres*, du Diocese du quel elle étoit alors, ne le permit pas, & rendit ainsi cette vocation inutile.

Amesius voyant que sa qualité de Nonconformiste le rendoit odieux aux Episcopaux, & l'excluoit de tout emploi, prit le parti de quitter l'Angleterre, & d'aller chercher une retraite ailleurs.

Il se rendit donc aux propositions que quelques riches Marchands Puritains lui firent, d'aller avec *Thomas Parcker* à *Leyde* pour y écrire contre la Hiérarchie de l'Eglise Anglicane. Après avoir fait quelque séjour dans cette Ville, il fut appellé à *La Haye* par *Horace Veere*, Commandant des Troupes Angloises qui

étoient au service des Etats Généraux, & grand Protecteur des Puritains.

Il épousa en ce lieu la fille du Docteur *Jean Burges*, Ministre des Troupes Angloises aussi-bien que de leur
Commandant, qui étant aussi-tôt
après retourné en Angleterre, laissa
Amesius pour son successeur dans cet
emploi.

Il le garda pendant quelque temps;
mais ses ennemis firent tant de plaintes à la Cour d'Angleterre, de ce que
Veere avoit pris pour Ministre un
homme qui n'étoit point dans les
sentimens de l'Eglise Anglicane,
que ce Commandant fut obligé malgré lui de le congédier.

Il trouva depuis des Protecteurs,
qui croyant qu'il pouvoit être utile
au Synode de *Dordrecht*, qui étoit
alors assemblé, l'y firent députer par
les Etats Généraux, & assigner pour
cela quatre florins par jour.

Sur la fin de l'an 1619. ce Synode
ayant été terminé, *Amesius* fut nommé Préfet & Inspecteur des Etudians
en Theologie, que quelques Marchands d'*Amsterdam* faisoient élever

G. Ame- à *Leyde* pour le Miniſtere , à la place
sius.   de *Feſtus Hommius* , qui fut alors fait
Recteur du College Theologique des
Etats de Hollande.

On voulut quelque temps après
lui donner une Chaire de Theologie
dans l'Univerſité de cette Ville; mais
on trouva tant d'oppoſitions du côté
de l'Angleterre, que la choſe ne put
réuſſir. Pendant qu'elle ſe traitoit on
l'appella à *Franequer* pour une place
ſemblable , & il l'accepta avec plaiſir.

Il eut encore quelques difficultés
à ſurmonter ; mais il en vint à bout.
Enfin après avoir reçu le degré de
Docteur en Theologie , il prit poſſeſſion de cette Chaire le 7. Mai 1622.

Il la remplit pendant douze années
entieres , au bout deſquelles les Anglois qui demeuroient à *Roterdam* ſe
propoſerent d'ouvrir dans cette Ville un College pour ceux de leur Nation , & d'appeller *Ameſius* pour y
profeſſer la Theologie. Les Magiſ-
trats de *Roterdam* donnerent les
mains à ce nouvel établiſſement , &
aſſignerent une penſion à *Ameſius* ,
qui profita avec plaiſir de cette occa-

fion pour quitter fon pofte de *Frane-
guer*, où il ne fe plaifoit pas.

A peine fut-il arrivé à *Roterdam*,
qu'il arriva un accident qui fut caufe de fa mort. Il furvint pendant la
nuit une inondation fi grande , que
fa chambre fut remplie d'eau. Ayant
voulu fe lever dans les tenebres, fans
le fçavoir , il fut fi effrayé de fentir
fes pieds enfoncer dans cette eau, qu'-
il lui prit une fiévre qui l'enleva en
peu de jours.

Il mourut l'an 1634. dans fa 57me.
année.

Il n'avoit point eu d'enfans de fa
premiere femme ; la feconde appel-
lée *Sletcher* lui donna un fils & une
fille , qui lui ont furvêcu.

Il s'eft mêlé beaucoup dans les difputes des Arminiens, contre lefquels
il a écrit divers Ouvrages. C'eft un
des Theologiens Calviniftes qui a
traité avec le plus d'exactitude & de
méthode le Cas de confcience. Son
ftyle eft net & ferré , propre à défendre , & non pas à attaquer.

Catalogue de fes Ouvrages.

*Gulielmi Amefii Opera , quæ Lati-
nè fcripfit , omnia , in quinque volumi-*

G. Ame-
sius.

na distributa. Cum Præfatione introduc-
toria Matthiæ Netheni, S. Theol. Doct.
& in Academia Ultrajectina Professo-
ris , quâ Historia Vitæ & scriptorum
Amesii breviter enarratur , & horum
præstantia atque utilitas ostenditur.
Amstelodami apud Joannem Jansso-
nium. 1658. *in*-12. petit. Cinq gros
volumes. Je ne sçai pourquoi la Préface & la plûpart des Ouvrages étant
datés de l'an 1658. il s'en trouve de
dates plus reculées, comme des années 1659. 1660. 1661. 1663. 1664.
à moins que le Recueil n'ait été imprimé à differentes reprises ; & c'est
ce qu'on peut se persuader, lorsqu'on
voit les chiffres recommencer à chaque Ouvrage. Voici les pièces qui se
trouvent ici.

Tome I.

1. *Lectiones in* 150. *Psalmos Davi-*
dis , in quibus per Analysim & ubi opus
est per quæstiones sensus dilucide ac suc-
cincte enodatur, nec non documenta ubi-
vis eliciuntur , & ad usus suos dexire
applicantur. 1658. p. 712. Imprimées
auparavant. *Amstelodami ,* 1635. *in-*
8°.

2. *Utriusque Epistolæ D. Petri ex-*

plicatio *Analytica*; *documentis fuis ubique illuftrata*, *& ufibus ad fingularem pietatis profectum applicata*; *nec non tres conciones in felectiora quædam S. Scripturæ loca*. 1663. p. 346. It. *Amftelod*. 1635. *&* 1650. *in-*12.

3. *Chriftianæ Catecheſeos Sciagraphia, ubi fub S. Scripturæ textu appoſito, fingulæ Dominicæ Catecheſeos Reformatæ breviter, folide, docte & perſpicue enodantur, & fuis documentis, ufibus & quæftionibus illuftrantur*. 1660. pp. 245. It. *Franekeræ*, 1635. *in-*12. La Preface qui eſt datée du 1. Janvier de 1635. marque qu'*Ameſius* étoit mort depuis peu. *Ereptus nuper nobis eft Guil. Ameſius, cujus obitum lugent merito permulti*. Ainſi il doit être mort vers la fin de 1634. Cela fait voir que l'Auteur de ſa vie s'eſt trompé, de même qu'en quelques autres choſes, lorſqu'il a mis ſa mort en 1633. fauſſe date qui peut avoir été miſe par une faute d'impreſſion; ce qu'on peut préſumer d'autant plus aiſément que cet Auteur aſſûre qu'*Ameſius* à profeſſé douze ans entiers, & qu'il eſt ſûr d'ailleurs qu'il n'a commencé à le faire qu'au mois de Mai de l'an 1622.

G. Ame-
sius.

Tome II.

4. *Medulla Theologica. Editio no-*
vissima, variis in locis emendatior, &
orationibus duabus numquam hacte-
nus editis auctior. 1659. pp. 414. Les
deux discours ont été prononcés dans
l'Academie de *Franequer*, mais les
dates n'y sont point marquées; la
premiere est: *Disputatio de Fidei divi-*
næ veritate; explicatio textus ex 1. ad
Corint. 11. 4. 5. le deuxiéme *Oratio*
Franequeræ habita, cum Rectoratum
traderet. It. *Franekeræ*, 1623. in-8°.
It. *Amstelod.* 1627. 1652. in-8°.

5. *De Conscientia & ejus jure, vel*
casibus Libri quinque. 1660. pp. 450.
Il y a à la fin *Parænesis ad studiosos*
Theologiæ habita Franekeræ 22. *Au-*
gusti anno 1623. Imprimés *Amstelod.*
1630. in-4°. It. *Ibid.* 1631. in-16. It.
Ibid. 1643. in-12. It. *Traduits en Al-*
lemand. Nuremberg. 1643. in-12.

6. *Puritanismus Anglicánus, sive*
præcipua Dogmata eorum, qui inter vul-
go dictos Puritanos in Anglia rigidiores
habentur. 1658. pp. 17. Il a traduit
cet Ouvrage de l'Anglois & y a ajouté une Preface. Il avoit été imprimé
avec le *Circulus Pontificius, &c. Fran-*
cofurti. in-8°.

7.

7. *G. Ameſii Sententia de origine* G. Ame-
Sabbati, & die Dominico, quam ex ip- sius.
ſius mente concepit ſcripto & publice
diſputavit Nathanael Eatonus, An-
glus. 1658. pp. 54.

Tome III.

8. *Bellarminus enervatus, in quatuor*
tomos diviſus. Editio ab Auctore noviſ-
ſime ante obitum recognita & aucta.
1658. pp. 1006. pour les 4. tomes. It.
Franekeræ, 1625. *in-*8°. It. *Amſtel,*
1627. 1630. *in-*12. It. *Londini,* 1633.
in - 12. La méthode de l'Auteur eſt
fort nette. Il rapporte d'abord le texte de *Bellarmin,* & y ajoute auſſi-tôt
ſa réponſe, qui eſt conçuë en deux
mots. Son Ouvrage a été refuté par
Guy Eberman, Jeſuite Allemand,
dans un Livre intitulé : *Nervi ſine*
mole, ſive Bellarmini Controverſiæ vin-
dicatæ contra varios. Herbipoli, 1661.
in - 4°. *Nicolas Arnold* a cependant
pris la défenſe d'*Ameſius* dans une réponſe qu'il a intitulée : *Apologia pro*
Ameſio, contra Ebermannum, Bellar-
mini defenſorem.

Tome IV.

9. *Coronis ad Collationem Hagien-*
ſem, qua argumenta Paſtorum Hollau-

Tome XXXVII. A a

G. AME-
SIUS.

*diæ adversus Remonstrantium quinque
articulos de divina Prædestinatione &
Capitibus ei adnexis producta, ab horum exceptionibus vindicantur.* 1664.
pp. 383. It. *Lugd. Bat.* 1618. *in-4°.*
It. 3. *Editio. Amstelod.* 1630. *in-12.*
Amesius s'est servi ici de l'Histoire de
cette conférence, publiée en Latin
sous ce titre : *Collatio scripto habita
Hagæ-Comitis anno* 1611. *inter quosdam Ecclesiastas de divina Prædestinatione & ejus Appendicibus, ex sermone vernaculo in Latinum translata ab
Henrico Brandio. Zirizeæ.* 1615. *in-4°.*

10. *Anti-Synodalia scripta, vel animadversiones in dogmatica illa, qua
Remonstrantes in Synodo Dordracena
exhibuerunt, & postea divulgarunt.*
1661. pp. 354. It. *Franekeræ,* 1629.
in-8°. It. *Amstelod.* 1633. *in-12.*

Tome V.

11. *De Arminii Sententia, quâ elec-
tionem omnem particularem Fidei præ-
visæ docet inniti, disceptatio Scholastica inter Nicolaum Grevinchovium Ro-
terodamum, & Gulielmum Amesium
Anglum.* 1658. pp. 52. Auparavant
Amstelod. 1613. *in-4°. Amesius* commença à disputer de vive voix avec

Grevinchovius, Miniſtre Arminien de
Roterdam, & continua enſuite à le
faire par écrit. C'eſt ici le réſultat de
ce qui avoit été dit dans cette diſpu-
te ; mais *Grevinchovius* prétendant
que le récit d'*Ameſius* étoit infidéle,
en donna un autre ſous ce titre : *Diſ-*
ſertatio Theologica de duabus quæſtioni-
bus hoc tempore controverſis ; quarum
prima eſt de reconciliatione per mortem
Chriſti impetrata omnibus ac ſingulis
hominibus ; altera de electione ex fide
præviſa : Sermone primum inchoata,
poſtea verò ſcripto continuata inter Gul.
Ameſium Theologum Anglum, & Ni-
colaum Grevinchovium. Non qualem il-
le eam edidit cum ſuo, quod agnoſcit,
auctario, ſed genuina illa atque integra :
cui acceſſit Grevinchovii reſponſio ad
Ameſii inſtantias. Roterodami, 1615.
in 40. Ameſius repliqua par l'Ouvrage ſuivant.

12. *Reſcriptio Scholaſtica & brevis*
ad Nicolai Grevinchovii reſponſum il-
lud prolixum, quod oppoſuit diſſertatio-
ni de Redemptione generali & electione
ex fide præviſa. 1658. pp. 215. It.
Lugd. Bat. 1617. *in* 12. It Avec toutes les piéces contenuës dans l'article

G. AME-
SIUS.

suivant *Hardervici* , 1645. *in-12.*

13. *Disceptatio Scholastica de circu-
lo Pontificio , & eorum omnium Acate-
lepsia, qui in scripturis non acquiescunt.
Item ejusdem disquisitiones Theologicæ
de lumine Naturæ & Gratiæ, præpara-
tione peccatoris ad pœnitentiam , ado-
ratione Christi Mediatoris , &c. deni-
quæ Orationes duæ ; quibus subjecta est
D. Esteii oratio de certitudine salutis.*
1658. pp. 93. It. *Lugd. Bat.* 1633.
*in-*12. Les deux discours ont été prononcés par *Amesius* ; le premier le
7. Mai 1622. lorsqu'il prit possession
de la Chaire de Professeur en Theologie à *Franequer* , *de Urim & Thum-
mim* ; le second le 1. Juin 1626. à
son installation dans la dignité de
Recteur. Tout cela est terminé par
des Theses qu'on avoit attribuées d'a-
bord à *Amesius* , mais qui sont de
*Thomas Parcker. Theses Theologicæ de
traductione hominis peccatoris ad vitam.*

14. *Philosophemata , in quibus conti-
nentur : Technometria , omnium & sin-
gularum Artium fines adæquate circum-
scribens. Alia Technometriæ delineatio
per quæstiones & responsiones ad facilio-
rem captum instituta ac proposita. Dis-*

putatio adversus Metaphysicam. Dispu- G. Ame-
tatio Theologica de perfectione S. Scrip- sius.
turæ, ex ejus sententia ac placito, con-
scripta olim ac defensa à Gulielmo Bar-
leo, in qua Ethicæ vulgaris imperfec-
tio & inutilitas deteguntur. Demonstra-
tio Logica vera. Theses Logicæ olim dis-
cipulis suis in materiam disputationum
dictatæ. pp. 192. Imprimés *Lugd. Bat.*
1643. *in-8°.* It. *Amstelod.* 1651. *in-*
12. On trouve dans le Catalogue de
la Bibliotheque d'*Oxford* une édition
de la *Disputatio adversus Metaphysi-*
cam & de la *Demonstratio Logica vera*,
faite à *Leyde* en 1632. *in-8°.*

Ce font là tous ses Ouvrages Latins, qui composent le Recueil dont
je viens de parler. Il faut maintenant
faire mention de ceux qui font écrits
en Anglois.

15. Il a fait en cette Langue une
premiere & seconde instruction contre les Brownistes, dont j'ignore la
date.

16. *Conduite abregée pour une vie*
sainte. Londres, 1618. *in-8°.* Il a
donné cet Ouvrage sous le nom de
Paul Bayne. C'est un abregé de sept
Traités de *Richard Rogers* sur cette
matiere.

G. Ame-
sius.

17. *Réponse à la défense générale du Docteur Morton sur trois Cérémonies condamnables, l'usage du Surplis, le Signe de la Croix dans le Baptême, & la coûtume de se mettre à genoux pour recevoir la Communion. 1622.*

18. *Réponse à la défense particuliere du Docteur Morton sur le même sujet. 1623.*

19. *Condamnation des Cérémonies Humaines dans le Culte de Dieu. Ou troisiéme réponse sur les Cérémonies contre la défense du D. Burges en faveur du D. Morton. 1633. Burges,* son beau-pere, avoit publié auparavant un Ouvrage en faveur des Cérémonies qu'*Amesius* desaprouvoit.

V. *Sa Vie par Matthias Nethenus à la tête de ses Oeuvres.* Elle est fort étenduë ; cependant tous ceux qui ont parlé d'*Amesius*, ne l'ont point connus. *Bayle Dictionnaire.* Ce qu'il en dit se termine à peu de choses.

DENYS AMELOTTE.

Denys *Amelotte* naquit à *Sainctes* l'an 1606.

Ayant embraſſé l'état Eccleſiaſtique, il fut ordonné Prêtre en 1632. & reçut quelque temps après le degré de Docteur en Theologie.

Il forma dès-lors de grandes liaiſons avec les Prêtres de l'Oratoire, & compoſa en 1643. la vie du *P. Charles de Condren*, ſecond Superieur général de cette Congrégation.

Il y entra enfin en 1650. & y demeura juſqu'à la fin de ſa vie. Il parvint même aux Charges, & fut Superieur de la Maiſon de *S. Honoré* à *Paris*, & Aſſiſtant du Général.

Il mourut à *Paris* le 7. Octobre 1678. âgé de 72. ans.

Catalogue de ſes Ouvrages.

1. *Vie de Charles de Condren*, ſecond Superieur général de la Congregation de l'Oratoire de Jeſus. Paris, 1643. in-4°. It. *Augmentée par l'Auteur*. Paris, 1657. in-8°.

2. *La Vie de Sœur Marguerite du*

DENYS AMELOTTE.

S. *Sacrement Carmelite du Monastere de Beaune. Paris. Huré.* 1655. *in-8.*

Amelotte entreprit cette Vie par l'Ordre exprès de la Reine *Anne d'Autriche*, a qui elle est dediée. Elle souffrit beaucoup de contradictions, & elle ne put être publiée qu'après que *Louis d'Attichi* Evêque d'*Autun*, eut verifié lui-même tous les faits sur les lieux, & eut approuvé l'Ouvrage.

3. *Défense des Constitutions d'Innocent X. & d'Alexandre VII. & des Decrets de l'Assemblée du Clergé contre la Doctrine de Jansenius, contenuë aux cinq Propositions condamnées; avec la défense de S. Augustin & de S. Thomas, contre ce qui leur est attribué par le même Jansenius ; divisée en trois parties. Paris*, 1660. *in-4°.* La premiere partie qui est la seule qui ait paru, est accompagnée d'un *Traité des Souscriptions*, où l'on prouve, que personne ne se peut défendre de souscrire les *Bulles des Papes*, & les *Decrets des Evêques de France.* La Défense fut aussi-tôt attaquée par M. *Nicole* dans son *Idée générale de l'Esprit & du Livre du P. Amelotte.* 1661. *in-4°.* Le *Traité*

Traité des Souſcriptions fut auſſi combattu par deux Lettres, qui parurent
dans le même temps.

    DENYS
AMELOT-
TE.

    4. *Le Nouveau Teſtament traduit
ſur l'ancienne édition Latine avec des
notes. Paris. in-*8°. Trois volumes. Le
I. en 1666. le 2. en 1667. & le 3. en
1670. C'eſt la premiere édition, à la
tête de laquelle il y a une Epitre Dédicatoire à M. *de Perefixe*, Archevêque de *Paris*. Le P. *Amelot* s'y dé-
chaîne vivement contre Meſſieurs de
Port - Roïal, apparemment pour ſe
venger de M. *Nicole*, qui avoit écrit
contre lui en 1661. comme on vient
de le voir. C'eſt pour cela qu'on l'a
retranchée de l'édition qui parut en
1688. dans laquelle on lui en a ſubſtitué une autre à M. *de Harlay*, Archevêque de *Paris*. It. *Paris*, 1668.
& 1673. *in-*12. deux vol. ſans notes.
It. revû, avec un nouvel avertiſſement au Lecteur. *Paris*, 1677. *in-*12.
deux tom. It. *Ibid.* 1678. *in-*24. 1681.
& 1686. *in-*16. It. *Roüen*, 1687. *in-*
16. It. *Avec des notes. Paris*, 1688.
*in-*4°. deux tom. * C'eſt la ſeconde
qui ait des notes; les ſuivantes n'en
ont point. It. *Ibid.* 1692. *in-*24. &

(* Se trou-
ve chez
Briaſſon.)

Tome XXXVII.   B b

DENYS
AMELOT-
TE.

1696. *in* 12. It. *Ibid.* 1702. *in-*24. It. *Ibid.* 1703. *in-*12. It. Avec quelques changemens dans le ſtyle. *Ibid.* 1707. *in-*12. It. *Lyon,* 1710. *in-*12. & *in-*24.

5. *Les paroles de N. S. tirées du Nouveau Teſtament. Paris* , 1669, *in-*12.

6. *La Vie de Jeſus-Chriſt compoſée des paroles des Evangeliſtes , ou l'unité des quatre , de la traduction du P. Amelotte. Paris* , 1669. *in-*12.

7. *Vita Jeſu-Chriſti , ſeu unitas quâtuor Evangeliſtarum. Pariſ.* 1670. *in-*12.

8. *Abregé de la Theologie , ou des principales vérités ſur la Religion. Paris* , 1675. *in-*4°.

9. *Le petit Office du S. Enfant Jeſus.*

10. *Catechiſme pour le Jubilé.* Je ne ſçai quand ces deux Ouvrages ont paru.

11. *La Journée Chrétienne. Paris,* 1671, & 1673. *in-*12.

V. *Le Dictionnaire de Morery , & ſon Supplément. Magna Bibliotheca Eccleſiaſtica. Geneve,* 1734. *in-fol.*

EUSEBE-JACOB DE LAURIERE.

EUsebe-*Jacob de Lauriere* naquit à *Paris* le 31. Juillet 1659. de *Jacob de Lauriere*, Chirurgien, né à *Loudun* le 3. Juin 1618. & qui s'étoit établi à *Paris*, où il avoit abjuré la Religion P. Reformée, dans laquelle il avoit été élevé.

E. J. DE LAURIE-RE.

Il fut nommé *Jacob* du nom de son pere, & *Eusebe* de celui d'*Eusebe Renaudot*, Docteur en Medecine, son grand oncle paternel, qui fut son parrain. Mais il n'a pris que ce dernier à la tête de ses Ouvrages.

Il fit ses études à *Paris* au College des Jesuites, & y eut pour Regent pendant plusieurs années l'Abbé *de Villiers*, alors Jesuite, qui fut frappé de son esprit rare & singulier, & en découvrit toute l'excellence. En effet dès ses premieres années il étoit grave, sérieux, appliqué, silentieux & presque toujours recueilli en lui-même ; nullement touché des amusemens ordinaires de la jeunesse, il s'étoit fait une loi d'employer utile-

E. J. DE
LAURIE-
RE.

ment tout son temps ; livré dès-lors à un travail dur & opiniâtre , bien loin de se rebuter des difficultés , il en prenoit occasion de redoubler ses efforts ; attaché obstinément sur ce qui l'arrêtoit , il ne le quittoit point qu'il ne l'eût emporté ; il approfondissoit tout ce qui étoit l'objet de ses études ; il remontoit autant qu'il le pouvoit aux premiers principes , & épuisoit les matieres. Né d'ailleurs avec une mémoire très heureuse , il la cultivoit avec beaucoup de soin.

Il avoit quatorze ou quinze ans , lorsqu'on lui fit un legs d'une rente de quatre cens livres. Il pria son pere de lui permettre de disposer de ce revenu : Son pere qui sçavoit bien qu'il en feroit un bon usage , y consentit volontiers , & il n'eut pas lieu de s'en repentir. Le fils ne l'avoit souhaité que pour être en état de satisfaire la passion , qu'il se sentoit déja pour les Livres ; & il commença dès-lors à jetter les fondemens de sa Bibliotheque qu'il a toujours augmentée depuis , & qui à sa mort s'est trouvée très nombreuse & bien-choisie.

En fortant du College il fe confa- **E. J. DE**
cra à la Jurifprudence , & fut reçu **LAURIE-**
Avocat le 6. Mars 1679. Mais il fré- **RE.**
quenta peu le Barreau , & le travail
de fon cabinet emporta prefque tout
fon temps.

Ce fut dans cette occupation tranquille qu'il fe livra fans referve aux
recherches les plus épineufes , qu'il
approfondit toutes les parties de la
Jurifprudence, qu'il remonta jufqu'à
l'origine des Loix , qu'il les fuivit
dans leurs progrès & dans leurs divers changemens, & qu'il fe rendit
familiers les ufages tant anciens que
modernes de prefque tous les Royau-
mes de l'Europe.

Pour mieux réuffir dans cette étude, il avoit appris les Langues fçavantes , & celles d'entre les Modernes
qui font les plus néceffaires ; il s'étoit
appliqué à la Critique & même à la
connoiffance des Livres , qui fait en
quelque maniere une fcience à part :
& fur ce dernier article il pouffoit
fon attention jufqu'à recueillir quantité de faits anecdotes & fugitifs, qui
lui fervoient dans l'occafion. Il avoit
fait encore de grands progrès dans l'é-

tude de l'Ecriture Sainte , sur-tout
par rapport à la Critique.

Mais le Droit François fut toujours
le principal objet de ses recherches.
Le défir qu'il avoit de ne rien igno-
rer de ce qui pouvoit contribuer à
l'éclaircir, le fit remonter jufqu'aux
fiécles les plus reculés de la Monarchie. Il dépoüilla tous les Livres qui
traitent de la Jurifprudence Françoife ; il foüilla dans les Cabinets des
Particuliers , & dans les dépôts publics ; il tira de la pouffiere des piéces curieufes & inftructives; il rechercha avec un foin extrême dans tous
les monumens, les veftiges & les tra-
ces les plus legeres de nôtre Droit ; il
débroüilla le chaos de l'ancienne pro-
cedure , qui étoit furchargée d'un
grand nombre de formalités inuti-
les; il démêla avec une fagacité merveilleufe l'origine obfcure de nos coûtumes , qui, n'ont été redigées qu'-
après avoir été obfervées pendant
long-temps , fur la foi d'un ufage
incertain , & d'une tradition fouvent
peu conftante ; il lut avec attention
les Hiftoriens , dont on peut tirer
bien des fecours pour l'intelligence

des Loix, qui par un heureux retour E. J. DE
servent aussi beaucoup à éclaircir l'his- LAURIE-
toire. En un mot prenant le Droit RE.
François dans sa source, il en suivit
le cours pas à pas, pour en examiner
scrupuleusement les variations & le
progrès.

Tant de recherches conduites par
un discernement juste & une critique
sure, l'ont rendu très-utile à sa Patrie. On le regardoit avec raison,
comme un homme qui avoit amassé
un trésor immense de connoissances
rares & singulieres. On avoit recours
à lui, comme à une ressource assurée,
& quelquefois unique, dans les matieres & dans les questions, qui ne
sont pas renfermées dans le cercle des
affaires courantes & ordinaires. Lorsqu'on lui demandoit son avis, tout
ce qu'il sçavoit se répandoit avec pro-
fusion; & soit qu'il parlât, ou qu'il
écrivît, sa seule peine étoit de bien
développer les idées qui se présen-
toient en foule à son esprit, & de leur
donner de l'ordre, pour les mettre
dans tout leur jour.

Les plus sçavans Magistrats, & les
premiers en dignité, comme en lu-

E. J. DE mieres , l'honoroient d'une estime
LAURIE- singuliere , le consultoient souvent
RE. dans les affaires de conséquence , &
mettoient quelquefois en œuvres
des materiaux qu'ils lui avoient de-
mandés.

Il avoit été associé aux études de
M. *Daguesseau* , présentement Chancelier de France. Il avoit assisté aux
conférences qui se tenoient chez ce
Magistrat ; & il a recueilli avec soin
& fait passer dans plusieurs de ses Ouvrages les nouvelles decouvértes que
M. *Daguesseau* faisoit souvent dans
ces conférences.

De Lauriere , qui ne négligeoit
aucun moyen de s'instruire , s'étoit
lié avec tous les Sçavans de son tems ,
& avec tous ceux qui se distinguoient
dans *Paris* par leurs talens , dans
quelque genre que ce fût ; entre autres avec MM. *Baluze & de la Mon-
noye* , & avec M. *Claude Berroyer* ,
célébre Avocat , avec qui il a partagé le travail & l'honneur de plusieurs
Ouvrages , qui ont été reçus favorablement du Public.

Il a été pendant toute sa vie sujet
à de grandes maladies; & ses travaux

continuels ont fans doute contribué
à affoiblir fon temperament. Vingt
ans avant fa mort, il lui furvint dans
la bouche une groffe loupe , qui ad-
heroit à la gencive du côté droit.
Dans les dix dernieres années de fa
vie , elle groffit fi confiderablement ,
qu'à peine pouvoit-il prendre des ali-
mens folides. Elle lui attiroit des
fluxions prefque continuelles , &
après l'avoir beaucoup incommodé
pendant fa vie , elle a été la caufe de
fa mort. Pendant fa derniere maladie , qui dura un mois , elle fondit
infenfiblement , & à fa mort , elle
étoit prefque diffoute.

E. J. DE LAURIE-RE.

Il mourut le 9. Janvier 1728. âgé
de 68. ans.

Il avoit été marié deux fois. Au
mois de Mai 1696. il époufa *Marguerite Domec* , de laquelle il eut quatre
enfans , dont deux filles feulement
lui ont furvêcu. Cette femme étant
morte au mois de Mars 1705. il époufa le 29. Août 1711. *Catherine Lan-
glois* , dont il a eu une fille.

Sa Bibliotheque a été venduë après
fa mort , & l'on en a imprimé le Catalogue *in-12.*

Catalogue de ses Ouvrages.

1. *De l'origine du Droit d'Amortissement, par Eusebe de L... Avocat au Parlement. Paris, 1692. in 12.* L'Auteur traite aussi dans cet Ouvrage du Droit des Francs-Fiefs, qui est fondé à peu près sur les mêmes principes, & il entreprend d'y prouver que les rentes constituées sont sujettes au Droit d'Amortissement.

2. *Texte des Coûtumes de la Prevôté & Vicomté de Paris, avec des notes nouvelles, pour faire connoître le sens & l'esprit de chaque article. Paris, 1698. in-12.* On trouve à la fin les anciennes Constitutions du Châtelet de *Paris.* L'Auteur avoit retouché & augmenté ses notes, dans le dessein d'en donner une seconde édition.

3. *Dissertation sur le Tenement de cinq ans; où l'on fait voir que cette prescription ne doit plus être pratiquée dans l'Anjou, le Maine, la Touraine, & le Loudunois, & que les infeodations, & les enfaisinemens de rentes doivent être abolis dans les Coûtumes de Senlis, de Valois & de Clermont. Paris, 1698. in-12.* On trouve dans cette disserta-

E. J. DE
LAURIE-

tion un détail très-curieux & très-
instructif sur la variation des sentimens des Jurisconsultes François au RE-
sujet de rentes constituées. M. *Poc-*
quet de Livonniere dans les additions
qu'il a faites au Commentaire de *du*
Pineau sur la Coûtume d'Anjou, *Pa-*
ris, 1725. *in-fol.* a fait une assez longue dissertation contre ce Traité de
notre Auteur.

4. *Traités de M. du Plessis, ancien*
Avocat au Parlement, sur la Coûtu-
me de Paris, donnés au Public sur le
Manuscrit de l'Auteur, plus correct &
plus ample que toutes les copies qui ont
paru jusqu'à présent ; avec des notes
pour servir de preuves, & des disserta-
tions de MM. Berroyer & de Laurie-
re. Paris, 1699. *in-fol.* Il s'étoit répandu dans le Public un grand nombre de copies de l'Ouvrage de *du*
Plessis, que la réputation de l'Auteur
faisoit rechercher avec empressement,
quoiqu'elles fussent très fautives. C'est
ce qui engagea MM. *Berroyer & de*
Lauriere à le publier avec des notes
& des dissertations, qui font voir les
changemens survenus dans la Jurisprudence. Ces Editeurs ayant trouvé

E. J. DE LAURIE- RE. depuis un Manuscrit plus ample des Traités de *du Plessis*, qui contenoit les derniers sentimens de cet Auteur, à qui de nouvelles vûës avoient fait changer d'opinion sur plusieurs points importans, en donnerent une seconde édition à *Paris* en 1702. *in-fol.* On a confondu mal-à-propos dans celleci les Observations de quelques Auteurs Anonymes avec les notes de MM. *Berroyer* & de *Lauriere*. On remédia à ce défaut dans la troisiéme édition qu'ils donnerent en 1709. *infol.* & dans laquelle ils mirent des étoiles au commencement des notes qu'ils avoüoient pour leur ouvrage. Ils n'ont eu aucune part à la quatriéme édition qui a paru en 1726.

5. *Bibliotheque des Coûtumes*; contenant la *Préface d'un nouveau Coûtumier général*, *une liste historique des Coûtumiers généraux*, *une liste alphabetique des Textes & Commentaires des Coûtumes*, *Usances*, *Statuts*, *Fors*, *Chartes*, *Styles*, *Loix de Police*, *& autres Municipales du Royaume. Le Texte des anciennes Coûtumes du Bourbonnois*, *avec le Procès-verbal donné sur le Manuscrit. Le Texte des nouvel-*

les Coûtumes de Bourbonnois, corrigé E. J. DE
fur l'Original, avec des Apoftilles de LAURIE-
Maître Charles du Moulin, & fon Com- RE.
mentaire pofthume, augmenté par lui-
même de plus des trois quarts. *Quatre*
Confultations du même Auteur, qui
ont été omifes dans le Recueil de fes Ouvrages, par MM. *Claude Berroyer* &
Euf. de Lauriere. Paris, 1699. in-4°.
MM. *Berroyer & de Lauriere* avoient
deffein de donner le Coûtumier général, avec une compilation de tous
les Commentaires, & un Recueil
d'Actes originaux, capables d'éclaircir certains endroits difficiles; mais
leurs autres occupations ne leur ont
pas permis d'exécuter les grands projets qu'ils avoient formés fur ce fujet. La Preface, que l'on voit ici, en
fait connoître l'étenduë.

6. *Gloffaire du Droit François ;* contenant l'explication des mots difficiles,
qui fe trouvent dans les Ordonnances
de nos Rois, dans les Coûtumes du
Royaume, dans les anciens Arrêts,
& dans les anciens Titres, donné ci-
devant au Public, fous le nom d'*Indice des Droits Royaux & Seigneuriaux,*
par M. *François Ragueau,* Lieutenant

E. J. DE LAURIE-RE. *du Baillage de Berry, au Siége de Mehun, & Docteur-Regent en Droit en l'Université de Bourges. Revû, corrigé & augmenté de mots & de notes, & remis dans un meilleur ordre, par M. Eusebe de Lauriere. Paris, 1704. in-4°.* L'Ouvrage de *Ragueau* avoit paru pour la premiere fois en 1583.

7. *Institutes coûtumieres de M. Loisel, Avocat au Parlement, avec des renvois aux Ordonnances de nos Rois, aux Coûtumes & aux Auteurs qui les ont commentées, aux Arrêts, aux anciens Praticiens, & aux Historiens dont les régles ont été tirées, & avec des notes nouvelles. Paris, 1710. in-12. deux vol.* Ces *Institutes* de *Loisel* sont un Recueil rangé par ordre de matieres, & distribué par titres, de passages écrits d'un style court & concis, en forme de Maximes & de Sentences, & tirés des Textes originaux de notre Droit & des Ouvrages des Jurisconsultes François. *Loisel* a ajouté à ces passages quelques proverbes remplis de sens. Ce Recueil, qui contient les principes, les régles & le précis du Droit François, fut très bien reçu du Public, lorsqu'il le fit impri-

mer en 1607. à la fin de l'*Institution* E. J. DE
au *Droit François* de *Coquille.* Il s'en LAURIE-
fit depuis plusieurs éditions; mais cet RE.
Ouvrage avoit besoin d'un Commentaire, soit par rapport à la difficulté de la matiere, soit à cause de
l'obscurité du style, qui est quelquefois énigmatique. En 1665. *Paul*
Challines, Avocat au Parlement, fit
réimprimer à *Paris* avec des notes
les Institutes coûtumieres, qui étoient
devenuës rares. En 1688. *François de*
Launay, Professeur en Droit François à *Paris*, fit imprimer sur le premier Livre de ces Institutes, un Commentaire, que sa mort, qui arriva
quelques années après, l'empêcha de
continuer sur le reste de l'Ouvrage.
De Lauriere, qui trouvoit les notes
de *Challines* superficielles & peu exactes, entreprit d'en faire de nouvelles & y travailla long-temps. On les
regarde communément comme son
meilleur Ouvrage.

8. *Traité des Institutions & des substi-*
tutions contractuelles. Paris, 1715. in-
12. deux tom. Tout le monde convient qu'il y a bien de l'érudition
dans ce Traité; mais on ne pense pas

E. J. DE
LAURIE-
RE.

si favorablement de ce qu'il avance sur le sujet dont il s'y agit.

9. Il a eu part conjointement avec M. *de Ferriere*, à la nouvelle édition de l'Ouvrage intitulé : *Recueil d'Edits & d'Ordonnances Royaux sur le fait de la Justice & autres matieres les plus importantes ; contenant les Ordonnances des Rois Philippe VI. Jean I. Charles V. Charles VI. Charles VII. Charles VIII. Louis XII. François I. Henri II. François II. Charles IX. Henri III. Henri IV. Louis XIII. Louis XIV. & Louis XV. & plusieurs Arrêts rendus en conséquence. Augmenté sur l'édition de MM. Pierre Neron, & Etienne Girard, d'un très-grand nombre d'Ordonnances, & de quantité de Notes, Conférences & Commentaires. Paris, 1720. in-fol. deux vol.*

10. Il avoit fait quelques Notes sur les Poësies de *Villon*, qui se trouvent dans l'édition que *Coutelier* en a donnée à *Paris* en 1723. *in*-8°. Elles y sont indiquées par des chiffres ; au lieu que celles qui sont précédées par des lettres de l'alphabet, sont de *Clément Marot*.

11. *Table Chronologique des Ordonnances*

nances faites par les *Rois de France de* E. J. DE
la troiſiémé Race , depuis Hugues Ca- LAURIE-
pet , juſqu'en 1400. *Paris ,* 1706. *in-* RE.
-40. C'eſt un plan du grand Recueil
des Ordonnances des Rois de France, qu'il avoit entrepris par ordre de
M. le Chancelier , avec MM. *Berroyer* & *Loger.* Le Public l'ayant approuvé , ils ſe mirent en devoir d'y
travailler. Leur travail fut ſuſpendu
en 1709. par les malheurs des temps:
mais dans les commencemens du regne de *Louis XV.* M. le Chancelier
donna des ordres pour le continuer.
M. *Loger* étoit mort au mois d'Avril
1715. M. *Berroyer* n'étoit plus maître
de ſon temps , dont le Public ſe
croyoit en droit de diſpoſer en entier ; ainſi *de Lauriere* ſe trouva ſeul
chargé de l'Ouvrage. Quoique ſes
infirmités augmentaſſent de jour en
jour , il ne laiſſa pas d'en donner en
1723. le premier volume , qui parut
ſous ce titre.

12. *Ordonnances des Rois de France
de la troiſiéme Race ; recueillies par ordre Chronologique , avec des renvois des
unes aux autres , des ſommaires , des
obſervations ſur le texte, & cinq tables.*
Tome *XXXVII.* C c

E. J. DE
LAURIE-
RE.

Premier volume, contenant ce qu'on a trouvé d'Ordonnances imprimées ou manuscrites depuis Hugues Capet, jusqu'à la fin du Regne de Charles le Bel. Paris, 1723. in-fol. De Lauriere fit commencer l'impression du second *volume*, mais la mort l'ayant enlevé pendant qu'il s'imprimoit, M. Secousse fut chargé de continuer l'Ouvrage; ce qu'il fait maintenant avec beaucoup de succès. Le second volume a paru par ses soins sous ce titre: *Ordonnances, &c. Second volume, contenant les Ordonnances du Roy Philippe de Valois, & celles du Roy Jean, jusqu'au commencement de l'année 1355. Par feu M. de Lauriere; & des Supplémens, des Tables, & l'Eloge de M. de Lauriere, par M. Denis-François Secousse, Avocat au Parlement, de l'Académie Royale des Inscriptions & Belles-Lettres. Paris, 1729. in-fol.*

V. Son Eloge par M. Secousse à la tête du second volume des Ordonnances des Rois de France. Il est fait avec autant d'élegance, que d'exactitude & d'érudition.

JEAN-JACQUES GRYNÆUS.

Ean-Jacques Grinæus naquit à *Ber-* J. J. GRY=
ne en Suiffe le 1. Octobre 1540. NÆUS.
de *Thomas Grynæus*, (en Allemand
Gryner,) qui après avoir enfeigné la
jeuneffe pendant treize ans dans cette Ville, fut fait Profeffeur à *Bafle*,
& d'*Adelheid Stuber*.

Il fit fes premieres études à *Bafle*
fous *Thomas Plater*, pere du fameux
Medecin de ce nom, & entra à l'A-
cademie en 1551. L'année fuivante il
fut attaqué de la pefte, mais il en
guérit heureufement.

Ses études d'Humanités finies, il
paffa à la Philofophie, & enfuite à
la Theologie, à laquelle il fe defti-
noit.

En 1559. il fut fait Diacre de l'E-
glife de *Rotelen*, dont fon pere étoit
Miniftre depuis trois années, & il
demeura en ce lieu jufqu'en 1563.
que par le confeil de fon pere & de
fes amis, il alla à *Tubinge* pour s'y
perfectionner dans fes études. Ce fut
en cette Ville qu'il prit le degré de

J. J. GRY-
NÆUS.

Docteur en Theologie le dernier jour d'Octobre de l'année suivante 1564.

Au mois de Janvier de l'an 1565. il fut rappellé à *Rotelen*, pour prendre la place de son pere, mort le 2. Août 1564. & pour être Ministre de l'Eglise de ce lieu.

Il se maria en 1569. & épousa une Italienne, nommée *Lavinie de' Canonici*, dont il eut sept enfans, & avec laquelle il vêcut pendant 40. ans.

Après avoir été Ministre de *Rotelen* dix années, il fut appellé en 1575. à *Basle*, pour y être Professeur de l'Ancien Testament. Le Marquis de *Bade* lui donna en le congédiant des marques de son estime, & le fit Inspecteur des Eglises de son Marquisat.

Il commença ses leçons à *Basle* le 24. Octobre de cette année, & remplit la place de Professeur jusqu'à l'an 1584. que *Jean Casimir*, Administrateur du Palatinat l'attira à *Heidelberg*.

Grynæus professa les saintes Lettres & l'Histoire dans cette derniere Ville pendant deux ans, au bout desquels il fut nommé premier Ministre de *Basle.*

Il retourna donc dans cette Ville en 1586. pour n'en plus sortir, que pour s'acquitter de quelques commiſſions dont il fut chargé en differens temps. Il continua à y enseigner l'Ecriture Sainte & l'Histoire, mais sans aucuns appointemens; & y paſsa par les charges de Recteur & de Doyen.

J. J. GRY-NÆUS.

Il perdit au mois de Septembre 1610. sa femme qui mourut de la peste. Il la suivit sept ans après, & mourut le 30. Août 1617. dans sa 77. année. Il fut enterré avec cette Epitaphe.

D. O. M. S.

Johannes Jacobus Grynæus, Theolog. celeberr. Basiliensis Ecclesiæ quartus Antistes, & Academiæ Proſesſor, postquam in quinquag. octav. an. Rœtelæ in Marchionatu Badensi, & Haidelbergæ in Palatinatu, potiſſimum verò Basileæ Raurac. simplicitate cordis, sinceritate Doctrinæ, vitæque integritate, conſcientiam Deo probaſset, curis, laboribus, senio, doloribus colicis conſectus, tandem lenta febre extinctus, mortalitati auream impoſuit coronidem; & in hoc templi Xyſto æterna beatitatis coronam præstolatur.

J.J.Gry-
næus.

Obiit tertio Cal. Septembris anno
17. à Christo nato sæculi, ætatis Climac-
ter. undecimo.

Hoc Monumentum pro munere ex-
tremo Gener, Filia, Nepotes, cum la-
crum. Posuere.

Catalogue de ses Ouvrages.

1. *Variorum Patrum Græcorum &*
Latinorum Monumenta Ortodoxogra-
pha. Basileæ, 1569. in-fol. deux vol.

2. *Ecclesiastica Historia Eusebii Pam-*
phili, Ruffini, Socratis, Theodoreti,
Sozomeni, Theodori, Evagrii, & Do-
rothei, in locis obscuris innumeris il-
lustrata, dubiis explicata, mutilis res-
tituta. Basileæ, 1571. 1587. 1611.
in-fol.

3. *S. Irenæi Opera ex editione Joan.*
Jacobi Grynæi. Basileæ, 1571. in-fol.

4. *Epitomes Sacrorum Bibliorum*
pars I. complectens Veteris Testamenti
tum Librorum, tum capitum argumen-
ta. Basileæ, 1577. in-8o.

5. *Caracter Christianorum, seu de*
Fidei, Spei, & Charitatis doctrina,
Theses ex S. Bibliis deprompta. Basi-
leæ, 1578. in-8°.

6. *Synopsis Historiæ Hominis, seu*
de prima Hominis origine, ejusque cor-

ruptione, reconciliatione cum Deo, & J. J. GRY-
æterna salute Theses 200. in Academia NÆUS.
Basileensi anno 1579. proposita. Acces-
serunt Theses Analyticæ Symboli Apos-
tolici. Basileæ, 1579. in-8°.

7. *Enarratio brevis Psalmi 133. de*
concordia Fidelium: 110. de Jesu-Chris-
to Immanuele, & 19. de Studio Theo-
logico. Geneva, 1579. in-8°.

8. *Chronologia brevis Historiæ Evan-*
gelica, Logicique artificii in Epistolam
D. Pauli ad Romanos declaratio. Basi-
leæ, 1580. in-8°.

9. *De Astrologia divinatrice Episto-*
læ Thomæ Erasti in duos libros digestæ,
& edita à Joanne Jacobo Grynæo. Ba-
silea, 1580. in-4°.

10. *Sciagraphia Sacra Theologiæ se-*
cundùm tres Methodi formas, Synthe-
sim, Analysim, & definitionem deli-
neata. Item Theses 60. complectentes
præcipua quædam Religionis nostræ ca-
pita, & totidem de studio Theologico.
Basileæ, 1577. in-4°.

11. *In Aggæum, Obadiam, & Ha-*
bacuc Commentarius. Geneva, 1581.
in-8°. Ce Commentaire, aussi-bien
que les suivans, est le résultat de ses
leçons sur l'Ecriture Sainte.

J. J. GRY-
NÆUS.

12. *Enarratio Prophetæ Jonæ. Basileæ*, 1581. *in-8*0.

13. *Commentarius in Zachariam. Genevæ*, 1581. *in-8°*.

14. *Hypomnemata in Malachiam Prophetam*, & *Theses Analyticæ de Epistola Pauli Apostoli ad Galatas. Genevæ*, 1582. *in-8°*. It. *Basileæ*, 1585. *in-4°*.

15. *Censura Theologica de prima Antichristianorum errorum origine. Heidelbergæ*, 1584. *in-4°*.

16. *Commentarius in Abdiam* & *Psalmos* 73. & 84. *Basileæ*, 1584. *in-8*.

17. *Disputationes Theologicæ in Academia Basileensi habitæ. Genevæ*, 1584. *in-4°*. It. *Basileæ*, 1586. *in-40*.

18. *Trois Sermons prononcés à Basle, sur les principaux points de la Foy.* (en Allemand.) *Basle*, 1584. *in-4°*.

19. *De Eucharistiæ controversia Capita doctrinæ Theologicæ, de quibus disputatum est in Academia Heidelbergensi. Heidelbergæ*, 1584. *in-4°*. Grynæus assista cette année à une conférence, qui se tint à *Heidelberg* entre les Calvinistes, du nombre desquels il étoit, & les Lutheriens, & où l'on disputa principalement sur l'Eucharistie. Cela

la donna occaſion à cet Ouvrage & au ſuivant.

20. *Apologia brevis , in qua reſpon-
detur ad Criminationes D. Jacobi Andreæ , editas in ſcripto , cui titulum eſſe voluit : Confutatio diſputationis de
Cœna Domini.* Heidelb. 1584. *in-*4°.
It. *Neoſtadii* , 1585. *in-*4°.

21. *Synopſis Orationis habitæ , cum
finem imponeret diſputationi Theologicæ
de Controverſia Eucharſtiæ.* Heidel-
berga , 1584. *in-*40.

22. *Oratio de vita & morte Friderr-
ci Widebrami.* Heidelbergæ , 1585.
*in-*4°.

23. *De Hiſtorico & Practico fine
Hiſtoria.* Heidelbergæ , 1585. *in-*40.

24. *Explicatio decem priorum capitum Evangelii ſecundum Matthæum.*
Heidelbergæ , 1585. *in-*4°.

25. *Aphoriſtica Epiſtolæ Pauli ad
Coloſſenſes explanatio.* Baſilea , 1586.
in 8°.

26. *Explanatio dicti Chriſti : Pater
Major me eſt.* Heidelbergæ , 1586. *in-*
4°.

27. *Explicatio Epiſtolæ ad Hebræos.*
Baſilea , 1586. *in-*80.

28. *Explicatio Epiſt. I. & II. Joan-*

Tome XXXVII.   D d

J. J. GRY-
NÆUS.

nis : *cum variis Problematibus. Basi-*
leæ, 1586. *in-8°.*

29. *Explicatio quinque priorum Ca-*
pitum Danielis. Basileæ, 1587. *in-8°.*

30. *Demonstrationes S. Evangelis-*
tarum Matthæi, *Marci*, *Lucæ*, *&*
Joannis, *quibus clarissime ostenditur*
Dominum Jesum esse Christum, *& cre-*
dentes vitam habere per nomen ejus. Ba-
sileæ, 1588. *in-8°.*

31. *Theologicorum Theorematum &*
Problematum, *de quibus in Basileensi*
Academia disputationes institutæ fue-
runt, pars I. II. & III. Basileæ, 1590.
in-4°.

32. *Exegesis Epistolæ D. Pauli ad*
Romanos, *quæ exemplar sanorum Ser-*
monum continet ; una cum Epistola de
optimo genere defensionis Evangelii. Ba-
sileæ, 1591. *in-4°.*

33. *Commonefactio de officio piorum*
Hominum, qui necesse habent versari ad
Catadupas Anathematismorum adver-
sus sanam Doctrinam de S. Eucharis-
tia. Herbornæ, 1589. *in-8°.*

34. *Exomologesis ad Deum. Basileæ*,
1590. *in-8.* Avec un Dialogue d'Oeco-
lampade.

35. *Oratio de Viris Illustribus*, *quo-*

rum opera Deus in reformandis Eccle- J. J. GRY-
siis usus. est. Bipont. 1602. *in-4º.* NÆUS.

36. *Discours funebre sur la mort de*
Jerôme Curion, (en Allemand.) *Bas-*
let, 1614. *in-*40.

37. *De Apostasia, quæ est peccatum*
ad mortem, cujus gratia preces non li-
cet concipere, didascalia. Basileæ,
1614. *in-*40.

38. *Epistolarum Libri duo ; edente*
Abrahamo Sculteto. Offembachii, 1612.
*in-*8º.

39. *J. Jac. Grynæi Epistolæ fami-*
liares 66. ad Christophorum Andream
Julium J. U. D. scriptæ, quas ex tabu-
lis manuscriptis in lucem edidit, & va-
riis scholiis illustravit M. Sigismundus
Jacobus Apinus. Francof, 1715. *in-*80.
L'Editeur a mis à la tête la vie de *Gry-*
næus tirée de *Melchior Adam,* avec
une liste de ses Ouvrages, assez im-
parfaite.

V. *Melchioris Adami vita Theolo-*
gorum Germanorum.

DAVID RIVAULT
DE FLURANCE.

*D*Avid Rivault de Flurance, qui s'est appellé communément *de Flurance - Rivault*, naquît vers l'an 1571. à *Laval*, ou bien dans les environs de cette Ville, de *Pierre Rivault*, Capitaine du Château de *la Crote* dans le voisinage de *Laval*, & de *Madeleine Gautier. Flurance*, dont il porta le nom, étoit une Métairie dans la Paroisse de *S. Leger* à six lieuës de *Laval*.

Il fut élevé auprès de *Gui* XX. du nom, Comte de *Laval*, & prit ensuite le parti des Armes. Il alla en Italie & en Sicile vers la fin du 16. siécle, & en Hollande sur la fin de l'an 1602.

Le Roi *Henri IV.* le fit Gentilhomme de sa Chambre le 4. Novembre 1603. & il prêta le serment en cette qualité le 5. Février de l'année suivante 1604.

En 1605 il accompagna le jeune Comte *de Laval*, qui alloit en Hongrie au Siege de *Comore* servir l'Empereur contre les Turcs. Mais ce voyage ne fut pas long ; car ce Seigneur étant parti de *Paris*, le 29. Août, fut tué aux environs de *Comore* le 30. Décembre suivant. *Rivault* fut blessé en cette occasion de deux coups de cimeterre, & d'un coup de hache.

De retour en France, il s'adonna entierement aux Lettres, qu'il n'avoit point perdu de vûë depuis ses premieres études, & dans lesquelles il avoit déja fait de grands progrès.

En 1611. il fut fait par Brevet du 28. Avril sous-Precepteur du Roi, sous M. *des Yveteaux*, qui en étoit Precepteur, & outre cela son Lecteur, c'est-à-dire, son Precepteur en Mathematiques. Le 10. Novembre de la même année le Roi lui donna une pension de trois mille livres.

Nicolas le Fevre, qui avoit succedé à *des Yveteaux* dans la place de Precepteur, étant mort en 1612. *Rivault* fut fait Precepteur en chef le 4. Novembre de cette année. Il avoit été fait Conseiller d'Etat le 4. Août précédent.

Il obtint en 1614. des Lettres de

D d iij

D. RI-
VAULT.

Relief de Nobleſſe, parce que ſon ayeul ayant été obligé de ſortir de Bretagne, dont il étoit, avoit degeneré à *Laval*, où il s'étoit établi, en faiſant le commerce.

Il quitta le ſervice du Roi pour un ſujet aſſez extraordinaire. Ce Prince avoit un chien, qu'il aimoit fort. Cet animal incommodant *Rivault* en ſautant ſans ceſſe ſur lui dans le temps qu'il inſtruiſoit le Roi, il lui donna un coup de pied pour le chaſſer. Cela fâcha le Roi, qui dans ſa colere frappa *Rivault*. Celui-ci fâché à ſon tour, voulut ſe retirer. Il ſe reconcilia cependant dans la ſuite avec le Roi, qui lui promit un Evêché. Il eut auſſi l'honneur d'accompagner juſqu'à *Bayonne*, par ordre de ce Prince, Madame *Elizabeth de France*, mariée au Roi d'Eſpagne.

En revenant de ce voyage, il mourut à *Tours* au mois de Janvier de l'an 1616. âgé de 45. ans. Le Roi en ſa conſideration donna au ſieur *Rivault* ſon neveu, une penſion de 600. livres.

Catalogue de ſes Ouvrages.

1. *Les Etats*, eſquels il eſt diſcouru

du Prince , du Noble, & du Tiers Etat,   D. Ri-
conformément à nôtre temps. Au Grand VAULT.
Henri , Roi de France & de Navarre.
Par D. D. R. de Flurance. Lyon. Benoît Rigaud. 1596. in-12. pp. 392.
Menage s'eſt trompé, en mettant l'é-
dition de cet Ouvrage en 1595. Il eſt
diviſé en ſix diſcours.

   2. *Les Elemens de l'Artillerie*, con-
cernans tant la premiere invention &
théorie , que la pratique du canon , par
le ſieur de Flurance Rivault. Paris.
Adrien Beys. 1605. in-8o. pp. 192.
Ils ſont diviſés en trois livres. It. ſous
ce titre : *Les Elemens de l'Artillerie*,
concernant tant la théorie que la pratique du canon ; augmentés en cette nouvelle édition , & enrichis de l'invention , deſcription & demonſtration d'u-
ne nouvelle Artillerie , qui ne ſe charge que d'air ou d'eau pure , & a néanmoins une force incroyable. Plus , d'une
nouvelle façon de poudre à canon très-
violente , qui ſe fait d'or , par un excellent & rare artifice , non communiqué
juſqu'à préſent. L'hiſtoire du progrès &
des premiers uſages des Armes à feu,
tant récentes qu'anciennes , eſt déduite
en l'Avant-propos. Paris. Adrien Beys.

D. Ri-
VAULT.

1608. *in* 8°. pp. 202. pour les trois premiers livres, & 79. pour les additions, qui en font un quatriéme. L'Avant-propos étoit dans la premiere édition.

3. *Lettre à Madame la Maréchale de Fervaques, contenant un bref discours du Voyage en Hongrie de feu M. le Comte de Laval, son fils. Paris, 1607. in-12.* L'Auteur y raconte là maniere dont ce Seigneur attaqua les Turcs, & fut tué.

4. *L'art d'embellir, tiré du sens de ce sacré Paradoxe: la sagesse de la personne embellit sa face; étendu en toute sorte de beauté, & ès moyens de faire, que le corps retire en effet son embellissement des belles qualités de l'ame. Paris. Julien Bertault. 1608. in-12.* feüill. 233. On voit à la tête un Sonnet de *Malherbe* à la louange du Livre.

5. *Le dessein d'une Academie, & de l'introduction d'icelle en la Cour. Paris. Pierre le Court. 1612. in-8°.* feüill. 16. L'Auteur vouloit établir une Academie, qui s'étendît à toutes les Sciences, excepté à la Theologie, & il vit le commencement de l'exécution de

ſes projets, qui cependant n'eurent
point de ſuite.

6. *La leçon faite en la premiere ou-*
verture de l'Academie Royale au Lou-
vre le 6. de Mai 1612. par le ſieur de
Flurance Rivault, Gentilhomme ordi-
naire de la Chambre du Roi, ſecond
Precepteur de Sa Majeſté, & ſon Lec-
teur aux Mathematiques. Paris. Pierre
le Court. 1612. in-8°. pp. 26.

7. *Preceptes d'Agapetus à Juſtinian,*
mis en François par le Roi Très-Chré-
tien Louis XIII. en ſes leçons ordinai-
res. Paris. Pierre le Court. 1612. in-8°.
pp. 23. Cette traduction faite ſur
une verſion Latine, eſt moins de
Louis XIII. que de *Rivault.* Elle ne
s'étend qu'à une petite partie de ces
preceptes, puiſqu'il n'y en a que 20.
au lieu qu'il y en à 72. dans l'original.

8. *Quædam ex lectionibus Chriſtia-*
niſſimi Francorum Regis Ludovici XIII.
Pariſ. Petrus Curtius. 1612. in-8°. p.
17. On voit ici quelques traductions
Françoiſes faites ſur le Latin, & quelques Latines faites ſur le François,
ſous les yeux & avec des corrections
de *Rivault.* On trouve à la fin neuf

D. RI- vers de *Robert Etienne* à la louange
VAULT. du Roi.

9. *Discours faits au Roi en forme de Catecheses sur le sujet du IV. Commandement de Dieu :* Honora Patrem tuum & Matrem tuam *, par le sieur de Flurance Rivault. Paris. Antoine Etienne.* 1614. *in-8°.* pp. 115. Ce font fix difcours du 8. 9. & 15. Décembre 1613. & du 1. 5. & 6. Janvier 1614. L'Approbation eft auffi pour des *Difcours faits devant le Roi en forme de Catecheses fur le fujet de l'article du Symbole :* Sanctam Eccleſiam Catholicam ; Sanctorum Communionem ; mais je ne ſçai s'ils ont été imprimés. *Menage* n'a point connu ces difcours.

10. *Menage* lui attribue une traduction du Tableau de *Cebes.* Je ne ſçai ce que c'eft.

11. *Remontrances de Baſilé , Empereur des Romains, à Leon ſon fils, ſuivies par acroftiche , & mifes de Grec en François par exprès commandement du Roi Louis XIII. par le ſieur de Flurance Rivault. Paris. Antoine Etienne.* 1646. *in-8°.* pp. 99. Le Traducteur a obfervé de conferver dans les 66.

Chapitres de fa traduction les Let- D. RI-
tres Initiales de ceux du texte Grec. VAULT.
Le Libraire nous apprend dans un
Avertiſſement, qu'il avoit donné une
premiere édition de cette traduction
34. ans auparavant ; c'eſt à-dire, apparemment en 1612. *Menage* n'a
point parlé de cet Ouvrage, non-
plus que du fuivant.

12. *Minerva armata, de conjun-*
gendis Litteris & Armis. Lectio habita
à D. Rivaldo à Flurantia , nobili Gal-
lo , in celeberrima Humoriſtarum Aca-
demia Romæ 28. *Februarii , quo folet*
Academia publice aperiri, 1610. *Romæ,*
1610. *in-*8o. pp. 32. Il avoit été reçu
dans cette Académie.

13. *Archimedis Opera quæ extant ,*
novis demonſtrationibus commentariiſ-
que illuſtrata ; per Davidem Rivaltum
à Flurantia. Pariſ. Cl. Morel. 1615.
in - fol. Cette édition des Oeuvres
d'*Archimede* eſt Grecque & Latine.
Rivault n'oublia rien pour la rendre
utile : il éclaircit ſon Auteur par des
notes & quelques nouvelles demonſ-
trations. Il y joignit les Commentaires d'*Eutoce d'Aſcalon ,* ancien Geo-
metre , & des fragmens de quelques

D. RI-
VAULT.

Auteurs qui ont rapporté quelque
chose d'*Archimede* & de ses inven-
tions. Il mit aussi à la tête la vie d'*Archimede*, avec un discours adressé aux
Gentilshommes François en faveur
des Mathematiques , des Prolego-
menes , & des Prefaces fort sçavantes à chaque livre. Le P. *Dechales* juge que sa traduction est bonne , qu'-
elle rend *Archimede* plus facile à entendre, & qu'il est méthodique. *Nau-
dé* dans son *Avis pour dresser une Bibliotheque* , dit aussi que *Rivault* à
mieux expliqué *Archimede* que les
autres. Cependant il y en a qui prétendent qu'il n'avoit point vû , ou
qu'il avoit negligé la version Latine
& les notes de *Commandino* , & qu'il
a traduit souvent plus mal que lui.
Jean Wallis , Anglois , soutient que
la version de *Rivault* ne vaut pas celle de *Jacques de Cremone* ; qu'il n'a
corrigé celle-ci que dans les endroits
de peu d'importance , & non point
dans ceux qui avoient le plus besoin
de correction ; & que dans les changemens qu'il a faits , il n'a pas suivi
l'autorité des Manuscrits , mais ses
conjectures particulieres , qui ne sont

pas toujours heureufes. L'édition de
Rivault a été revûë & réimprimée
par les foins de *Claude Richard*, Profeffeur Royal dans l'Academie de
Madrit, à *Paris*, l'an 1646. *in-fol.*
Cafaubon, qui a avancé, que *Rivault*
avoit donné auffi une traduction
Françoife d'*Archimede*, s'eft trompé ; il n'en a jamais fait de fembla-
bles.

14. *Claude Expilly*, Préfident au
Parlement de *Grenoble*, à la fin de fon
30e. Plaidoyé, marque *Rivault* entre ceux qui ont écrit fur les duels,
& lui attribue un *difcours du Point
d'honneur. Paris*, 1599. *in-8°.* Je ne
le connois point d'ailleurs.

V. *Menage*, *obfervations fur les
Poëfies de Malherbe*, *Liv. IV.* Colome-
fii *Gallia Orientalis. Limon*, *fingularités hiftoriques*, *tom.* 1. p. 283. Cet Auteur n'a guéres fait que copier *Menage*.

D. RI-
VAULT.

OVIDE MONTALBANI.

OVide *Montalbani* naquit à *Bou-*
logne en Italie au commencement du 17. siécle de *Barthelemi Ali-*
corni, surnommé *Montalbani*, dont
la famille noble & ancienne étoit
venue de *Milan* depuis deux cens
ans s'établir à *Boulogne*.

Après ses études d'Humanités &
de Philosophie, il se tourna du côté de la Medecine; & reçut le bonnet de Docteur en cette derniere Faculté, aussi-bien qu'en Philosophie
le 21. Mars 1622. dans l'Université
de sa Ville natale, où il fut aussi aggregé au College de Medecine. On
voit aussi par les titres de quelques-
uns de ses Ouvrages, qu'il s'y fit encore recevoir Docteur en Droit.

Il commença dès l'an 1634. à professer à *Boulogne*, & il y enseigna
d'abord la Logique, ensuite la Physique, depuis les Mathematiques, &
enfin la Morale. Il y avoit déja plus
de 32. ans qu'il étoit dans ces emplois, lorsqu'il publia en 1657. sa

Bibliotheca Botanica, où il nous ap- O. Mon-
prend ce détail. TALBANI.

Il avoit été fait la même année
Garde du Cabinet d'*Aldrovandus*, à
la place de *Barthelemi Ambroſini* mort
dans ce temps-là.

Il eut depuis une Chaire de Profeſſeur en Medecine Théorique, dont
les occupations ne l'empêcherent
point de compoſer un grand nombre
d'Ouvrages.

Il fut outre cela honoré de la qualité d'Aſtronome du Senat de *Boulogne*, & on le choiſit pour être un
des douze Maîtres de l'Ecole *della
Confortaria*, dont il devint dans la
ſuite le Doyen.

Pluſieurs Academies voulurent
le mettre au nombre de leurs Membres.

Il fut même un des fondateurs de
celle des *Veſpertini*, qu'on établit à
Boulogne l'an 1624. pour les Mathematiques; & ce fut dans ſa maiſon
qu'elle fit ſes Aſſemblées.

Celle des *Indomiti*, qui s'établit
dans la même Ville en 1640. l'aggrea
auſſi-tôt à ſon Corps. Il y prit ſuivant
la coûtume, le nom de *lo Stellato*.

O. MON- & il en fut même fait Conful & Hif-
TALBANI. torien.

Il fut auffi de celle *della Notte*, où
il porta le nom d'*Il Rugiadofo*, & de
celle des *Gelati*, où il fut appellé l'*In-
neftato*. Il avoit pour devife dans cette derniere, qui eft de *Boulogne*, auffi-bien que la précédente, un tronc
d'arbre garni de quelques branches
greffées, avec ces mots : *Mirabitur-
que novas.*

Enfin il fut aggregé à l'Académie
des *Incogniti* de *Venife*.

Il mourut en 1672. âgé d'environ
70. ans.

Catalogue de fes Ouvrages.

1. *Index omnium Plantarum exficca-
tarum, & cartis aglutinatarum, quæ
in proprio Mufæo confpiciuntur, in quatuor magnis voluminibus confarcinata.
Bononiæ, 1624. in-40.*

2. *Ragionamento funebre avuto nell'
Accademia della Notte per la morte
dell' Eccell. Tommafo Dempftero. in
Bologna, 1626. in-80.*

3. *Speculum Euclidianum, totam
Euclidis Planimetriam, quæ abfoluta
dicitur, & extranea nonnulla, unico
in Schemate repræfentans. Bononiæ,
1628. in-4°.*

4.

4. *Sphærographia , ubi unica in figu-*
ra Aftronomica fere tota brevi perfpi-
cuaque Methodo clauduntur , recludun-
tur Epidigmata. Bononiæ, 1633. in-fol.

5. *Cœli Bononienfis Menfio anno Do-*
mini 1633. accommodata. Bononiæ, 1633.

6. *Difcorfi Aftrologici , con varii*
Trattati anneffi. in Bologna. in 4°. Il
y en a trente volumes, dont le premier eft de l'an 1633. & le dernier de
1671. Je rapporterai en leur rang les
titres de ceux qui me font connus.

7. *Pneumafcopia , o vero fpeculazio-*
ne de' Venti. in Bologna, 1633. in-4°.

8. *Hidrofcopia , o vero fpeculazione*
dell' Acque. Ibid. 1634. in 4°.

9. *De illuminabili lapide Bononienfi*
Epiftola. Bononiæ , 1634. in-4°.

10. *Epiftolarum variarum ad erudi-*
tos & præclaros Viros , de rebus in Bo-
nonienfi tractu indigenis , ut eft Lapis
illuminabilis , & Lapis fpecularis Ca-
lamonaftos, &c. Bononiæ , 1634. in-4°.

11. *Geofcopia Cereale , o vero fpecu-*
lazione terreftre circa le Biade. in Bo-
logna , 1635. in-4°.

12. *Geofcopia Ampelite , o vero fpe-*
culazione terreftre circa le Viti. Ibid.
1636. in-4°.

O. MON-
TALBANI.

13. *Il Cielo alterante per la Citta di Bologna nel anno 1637. Ibid. 1637. in-4°.*

14. *Kiposcopia, o vero speculazione degli Horti. in Bologna, 1638 in-4°.*

15. *Vindicata Vetuftas, feu Antidotarii noviffimi Bononienfis extemporaneus Prodromus. Bononiæ, 1640.*

16. *Clarorum aliquot Doctorum Bononienfium Elogia lia Cenotaphia. Ibid. 1640. in-40.*

17. *Minervalia Bonon. Civium Anademata, feu Bibliotheca Bononienfis: cui acceffit antiquiorum Pictorum & Sculptorum Bononienfium brevis Catalogus. Collectore Joanne Antonio Bumaldo C. B. C. & Equ. Bononiæ, 1641. in-24. pp. 264.* Montalbani s'est caché ici fous le nom de *Bumaldi.* Sa Bibliotheque des Auteurs de *Boulogne* est disposée par l'ordre alphabetique des noms, fuivant la mauvaise méthode de fon temps. L'Auteur y parle de chacun en peu de mots, fe contentant de rapporter leurs qualités, & les titres de leurs Ouvrages avec les dates & les formes. Son Ouvrage, eftimable dans fa petitesse, a été fon-

du dans celui que *Pellegrin Antoine O. Mon-*
Orlandi a publié en 1714. ſur le mê- TALBANI.
me ſujet.

18. *Le Preminenze del Punto, diſ-*
corſo Academico. in Bologna, 1645.
*in-*4°.

19. *Brontologia ; cioè diſcorſo del*
Tuono. Ibid. 1644. *in-*4°.

20. *La Quadriglia del Sole, Impre-*
ſa dell' Accademia de gl'Indomiti , di-
chiarata e lodata; Diſcorſo. In Bologna,
1646. *in-*40. L'Academie des *Indo-*
miti de *Boulogne* avoit pour deviſe le
Char du Soleil tiré par ſes quatre che-
vaux , avec ces mots : *Modo dexter*
Apollo.

21. *Stibologia ; diſcorſo Aſtrologico*
ſopra l'anno biſeſto 1648. *in Bologna ,*
1647. *in-*4°.

22. *Agatochnea ; o vero la Virtuoſa*
Lentezza. Ibid. 1649. *in-*4°.

23. *Helioſcopia ; o vero l'Hiſtorico*
Coloſſo di Felſina antica : dove s'appor-
ta una aggiuſtata interpretatione del ce-
leberrimo Enima Ælia Lelia Criſpis ;
con altre curioſita peregrine e l'auvenire
dell' anno 1651. *Diſcorſo. in Bologna ,*
1650. *in-*4°.

24. *Arioſcopia , o vero gl'Iſtorici Spi-*

E e ij

O. Mon- *riti di Felsina antica. Ibid.* 1651. *in-*
TALBANI. 40. Cet Ouvrage & le précédent ont
été réunis sous ce titre : *Le Antichi-*
ta piu antiche di Bologna , ristrette in
due libri intitolati , il Coloßo , e gli His-
torici Spiriti. in Bologna , 1651. *in-4º.*

25. *Dialogogia , o vero delle cagioni*
e della naturalezza del parlare , e spe-
zialmente del piu antico e piu vero di
Bologna. Ibid. 1652. *in-40.*

26. *Cronoprostasi Felsinea , o vero le*
Saturnali Vicende del parlar Bolognese
e Lombardo. Aggiuntovi le Astrologi-
che ricercate dell'anno 1654. *in Bo-*
logna , 1653. *in-4º.* Cet Ouvrage a
été uni avec *Le Antichita piu antiche,*
sous ce titre : *Le glorie Politiche di*
Bologna. Ibid. 1653. *in-4º.*

27. *Ernisiologia , discorso della Pru-*
denza ; o vero il Firmamento Morale.
Ibid. 1654. *in-40.*

28. *Formulario Economico , Cibario ,*
e Medicinale di materie piu facili e mi-
nor costo , altretanto buone e valevoli
quanto le piu pretiose , da theoriche &
pratiche de' piu saggi antichi & moder-
ni scrittori , raccolto per opera e studio
di Giovan Antonio Bumaldi. in Bo-
logna , 1654. *in-40. Montalbani* s'est

encore caché ici fous le nom de *Bu-* O. Mon-
maldi. talbani.

29. *Dicefiologia, difcorfo della Giuf-*
tizia ; o vero il primo mobile della mo-
ralita etica e civile. Ibid. 1655. *in* 40.

30. *Atenographia, o vero la Miner-*
vale defcrizione dell' Arti. Ibid. 1556.
in-40.

31. *Eutrapeliologia, o vero della fe-*
lice Umanita. Ibid. 1657. *in* 40.

32. *Bibliotheca Botanica, feu Her-*
barifarum Scriptorum promota Synodia:
cui acceffit individualis graminum om-
nium ab autoribus huc ufque obfervâ-
torum numerofiffima nomenclatura :
Joanne Antonio Bumaldo, collectore.
Bononiæ, 1654. *in* 24. pp. 188. *Mon-*
talbani eft encore l'Auteur de cet Ouvrage, qui eft du même goût que fa
Bibliotheca Bononienfis, mais où les
Ecrivains font rangés par ordre des
temps.

33. *Filautiologia; o vero del vero amo-*
re di fe fteffo; colla giudiciaria rifleffio-
ne delle ftelle dell' anno Biffeftile 1660.
in Bologna, 1659. *in*-4°.

34. *Vocabolifta Bolognefe ; nel quale*
con recondite biftorie e curiofe eruditia-
ni fi dimoftra il parlare piu antico della

O. MON-
TALBANI. *in-12.*
Lingua Italiana. in Bologna, 1660.

35. *Nova antepræludialis Dendrana-
tomes* , *arboreæ scilicet resolutionis
adumbratio. Bononiæ*, 1660. *in-4°.* Cet
Ouvrage est apparemment le même,
que celui que je trouve marqué sous
ce titre : *Dendrologicum Schema. Bononiæ* , 1660. *in-fol.*

36. *Hortus Botanographicus*, *Herbarum ideas & facies supra bis mille
concludens. Ibid.* 1660. *in-8o.*

37. *Antineotilogia ; cioè discorso con-
tro le novita. in Bologna*, 1661. *in-4°.*

38. *Phœnicis Avis figmentorum vin-
diciæ* , *illiusque attributorum possibilium
in Aquila verificatio ; Ovidii Montalbani* , *Philosophi* , *Legumque-Doctoris.
Bononiæ*, 1661. *in fol.*

39. *Le dettature delle Stelle* , *discorso Astrologico per l'anno* 1663. *Ibid.*
1662. *in-4°.*

40. *Catalogus omnium Doctorum Collegiatorum in Artibus & in Facultate
Medica. Ibid.* 1664. *in-4o.*

41. *Ulyssis Aldrovandi Dendrologiæ*,
Naturalis scilicet Arborum Historiæ ,
libri duo , *ab Ovidio Montalbano col-
lecti & digesti. Bononiæ* , 1668. *in-fol.*

It. *Francofurti*, 1671. *in-fol.* L'Ou-O. Mon-
vrage est presque entierement de TALBANI.
Montalbani, & *Aldrovandus* ne lui
a gueres servi que de modele.

42. *La Fabrica del pane soventizio
dichiarata. in Bologna. in-4o.*

43. *Breve trattato Fisicopolitico*, e
*Legalistorico; o vero sia l'Onore de' Col-
legi dell' Arti della Citta di Bologna.
Ibid. 1670. in-fol.*

44. *Dell' Isopo di Salomone*, discorso.
A la p. 190. des *Prose de' Signori Ac-
cademici Gelati di Bologna. Ibid. 1671.
in-4o.*

45. *Curæ Analytica aliquot Natura-
lium observationum Aldrovandinas circa historias, Ovidii Montalbani Phi-
los. Medic. & J. C. Collegiatorum om-
nino Doctorum Decani, atque Lecto-
ris emeriti. Bononiæ, 1671. in-fol.* Ce
n'est qu'une brochure.

V. *J Dottori Bolognesi di Filosofia,
Medicina, &c. di Gio. Nicolo Pas-
quali Alidosi. in Bologna, 1623. p.
153. Ghilini, Teatro d'Huomini Letterati. part. 2. p. 206. Bumaldi Bibliotheca Botanica. p. 102. Le glorie degli
Incogniti. p. 357. Notizie degli scrittori Bolognesi raccolte da Pellegrino Antonio Orlandi. p. 222.*

FRANÇOIS MAUROLYCO.

F. MAU-
ROLYCO.

François *Maurolyco* naquit à *Meſſine* le 16. Septembre 1494. d'*Antoine Maurule*, ou *Maurolyco*, originaire de *Conſtantinople*. M. de *Thou*, & quelques autres, qui l'ont fait natif de *Syracuſe*, ſe ſont trompés.

Sa mere *Penuccia* étant enceinte de lui, réva une nuit, qu'il ſortoit de ſon ventre une flame, qui s'élevoit juſqu'au Ciel; ce que quelques-uns ont prétendu avoir été un préſage aſſuré, que l'enfant qu'elle portoit alors, s'attacheroit entierement à la contemplation des Cieux & des Aſtres.

Il apprit de bonne-heure les Humanités ſous *François Faraone* de *Meſſine*, & la Réthorique ſous *Jacques de Noto*.

S'étant conſacré à l'état Eccleſiaſtique, il reçut en 1521. l'ordre de Prêtriſe d'*Antoine Ligname* Archevêque de *Meſſine*.

Ce fut de ſon pere qu'il apprit la Langue Grecque & l'Aſtronomie, à laquelle

laquelle il se donna aussi-bien qu'aux F. MAU-
autres parties des Mathematiques ROLYCO.
avec une telle application, qu'il en
tomba malade. Revenu en santé, il
reprit ses études favorites avec une
nouvelle ardeur, & le succès qui
l'accompagna, lui acquit une grande réputation.

La mort de son pere le laissant
maître de son bien, il en abandonna
le soin à *Jacques Maurolyco*, son frere cadet, afin de n'avoir aucun sujet
de distraction dans ses études.

Lorsque l'Empereur *Charles-Quint*
alla à *Messine* après son expédition
d'Afrique, *Maurolyco* fut chargé de
la conduite des Arcs de Triomphe,
qu'on y érigea en l'honneur de ce
Prince; & il s'acquitta si bien de cette commission, que l'Empereur voulut le voir, & lui marqua l'estime
qu'il faisoit de lui, en l'associant avec
Ferramolino, Ingenieur Royal, pour
la construction des Fortifications de
Messine.

Jean Ventimiglio Marquis de *Ge-*
race, qui aimoit beaucoup les Mathematiques, ayant résolu de se l'attacher, lui témoigna tant d'amitié &

F. MAU-
ROLYCO.

de bienveillance, que *Maurolyco* se déterminà à aller demeurer avec lui, & le suivit depuis dans ses differens voyages à *Palerme*, à *Naples* & à *Rome*.

Pendant qu'il étoit dans cette derniere Ville, le Cardinal *Alexandre Farnese* voulut par ses présens & par plusieurs marques d'estime le faire rester auprès de lui ; mais son amour pour sa patrie, & son attachement pour le Marquis de *Gerace*, ne lui permit pas de profiter de la bonne volonté que ce Cardinal avoit pour lui. D'un autre côté le Marquis craignant de le perdre, le ramena au plûtôt en Sicile.

Jean de Vega, Viceroy de cette Isle, le fit depuis venir à *Palerme*, pour enseigner les Mathematiques à son fils aîné; emploi que *Maurolyco* remplit jusqu'à l'an 1550. Ce Viceroy conçut pendant ce temps une si grande affection pour lui, qu'ayant un voyage à faire à *Catane*, & voulant y mener avec lui *Maurolyco*, qui étoit alors malade, il aima mieux differer son voyage, que d'être privé de sa compagnie.

Lorſque ce Viceroy quitta la Sici- F. Mau-
le, *Maurolyco* retourna auprès du ROLYCO.
Marquis de *Gerace*, qui lui donna
quelque temps après l'Abbaye de
Sainte Marie del Parto, voiſine de
Caſtronuovo, où il faiſoit ſa réſiden-
ce ordinaire. On a ſuppoſé mal-à-propos dans le Dictionnaire de *Morery*,
que cette Abbaye étoit dans *Meſſine*,
dont elle eſt cependant fort éloignée.

Il y vêcut quelque temps dans la
retraite ; mais le Marquis de *Gerace*
étant allé à *Meſſine*, l'y mena avec
lui, & *Maurolyco* y enſeigna publi-
quement les Mathematiques, avec
deux cens écus d'appointemens.

Quelques prédictions qu'il ſe mê-
la de faire alors, & qui réuſſirent, lui
acquirent l'eſtime de *Jean Lacerda*
Duc de *Medina-Celi*, & de *Garcias
de Tolede*, tous les deux Vicerois de
Sicile. Sa réputation s'accrut même
tellement par rapport à ces ſortes de
choſes, que **tout** le monde vint bientôt le conſulter ſur differens évenemens. *D. Juan d'Autriche* ayant mé-
nagé une alliance entre le Pape, le
Roi d'Eſpagne, & les Venitiens, &
s'étant rendu à *Meſſine*, pour y pren-

F. Mau-
rolyco.

dre le commandement de la Flotte, qui étoit deſtinée pour aller contre les Turcs, voulut voir *Maurolyco*, pour ſçavoir de lui quel ſeroit l'évenement de ſon expédition. Celui-ci lui prédit qu'il ſeroit victorieux; & l'effet ayant répondu à ſa prédiction, *D. Juàn* de retour à *Meſſine* lui fit tous les honneurs imaginables.

Il fut en liaiſon avec les plus grands Mathematiciens de ſon temps, & *Frederic Commandino*, ſçavant Italien, le conſultoit ſouvent dans les points les plus difficiles des Mathematiques.

Au reſte quoique cette ſcience fît ſa principale occupation, il ne négligea point la Poëſie & l'Hiſtoire, comme le témoignent les Ouvrages qu'il a compoſé en ces deux genres.

La mort du Marquis de *Gerace*, qui ſe diſpoſoit à faire imprimer tous les Ouvrages de *Maurolyco*, affligea extrêmement ce Sçavant, qui tomba malade quelque temps après. Comme la peſte ſe faiſoit alors ſentir à *Meſſine*, il ſe fit tranſporter dans une maiſon de campagne, qu'il avoit près de cette Ville. Mais ſon mal s'y augmenta, & il y mourut le 21. Juillet 1575. dans ſa 81. année.

Son corps fut depofé d'abord dans F. MAU-
l'Eglife de *S. François de Paule* près ROLYCO.
des murs de *Meffine*, d'où on le porta dans l'Eglife de *S. Jean - Baptiste*
de cette Ville, lorfque la pefte y fut
ceffée. On y voit cette Epitaphe fur
fon tombeau.

D. O. M.

D. *Francifco Maurolyco*, *Patritio
Meffanenfi, ex clariffima Maurulorum
familia*, *Abbati D. Mariæ à partu,
Viro Chriftianæ pietatis zelo & rerum
occultarum fcientia, veteribus Patribus
& Philofophis comparando, Mathema-
ticorum omnium Doctorum confenfu facile Principi, qui ea ftudia pene extinc-
ta in lucem revocavit, fcriptorum fuo-
rum multitudine illuftravit, auxit, pro-
pagavit, vitæque innocentia exornavit;
adeo ut ejus, tanquam oraculi, vifen-
di, confulendique ftudio undique etiam
à remotiffimis regionibus conflueretur.
D. Francifcus Foreftæ & S. Georgii Baro; & D. Sylvefter Doct. Theol. Ab-
bas Roccæamatoris, Maruli Fratres,
Patruo benemerentiffimo fepulchrum pro
tempore anguftum P P. donec aliud au-
guftius dignum virtute & meritis ejus*

F. MAU-
ROLYCO.

erigatur. Vixit annis 80. *menſ.* 10. *Di.*
5. *Obiit XI. Cal. Augusti* 1575.

> *Te quoque zangla tulit, Maurolyce,*
> *ne ſit in uno*
> *Clara Syracoſio Sicelis ora ſene.*

Et plus bas.

> *Te Pietas, te Relligio, te dia Mathe-*
> *ſis,*
> *Extinctum, Sophiæ te quoque fle-*
> *vit amor.*
> *Parnaſſi & Divæ, deſertis fontibus,*
> *udis*
> *Hìc oculis, ſciſſis hìc gemuere co-*
> *mis.*

Catalogue de ſes Ouvrages.

1. *Grammaticorum Rudimentorum*
libelli ſex. Meſſanæ, 1528. *in* 4°.

2. *Coſmographia de forma, ſitu, nu-*
meroque Cœlorum & Elementorum,
aliiſque ad Aſtronomica rudimenta
ſpectantibus. Venetiis, 1543. *in-*4°. It.
Pariſ. 1558. *in-*8°. It. *Venetiis,* 1575.
*in-*4°.

3. *Rime. in Meſſina,* 1552. *in-*8°.
Ce ſont des Poëſies Italiennes.

4. *Theodoſii Sphæricorum libri tres*
ex traditione Maurolyci. Menelai Sphæ-
ricorum libri tres ex traditione ejuſdem.
Maurolyci Sphæricorum libri duo. Ana-

tolici de Sphæra quæ movetur liber. F. MAU-
Theodoſii de habitationibus. Euclidis ROLYCO.
Phænomena breviſſimè demonſtrata. De-
monſtratio, & praxis trium tabellarum,
ſcilicet, ſinus recti, fœcundæ, & be-
neficæ ad Sphæralia triangula pertinen-
tium. Compendium Mathematicæ mira
brevitate ex Clariſſimis Autoribus. De
Sphæra Sermo. Meſſanæ, 1558. *in.fol.*

5. *Opuſcula Mathematica. De Sphæ-*
ra liber unus. Compotus Eccleſiaſticus.
Tractatus Inſtrumentorum Aſtronomi-
corum. De Lineis horariis Euclidis Pro-
poſitiones Elementorum lib. 13. *Solido-*
rum tertii, Regularium Corporum pri-
mi. Muſicæ traditiones. De lineis ho-
rariis libri tres. Venetiis, 1575. *in-4°.*
Le *Compotus Eccleſiaſticus* a été imprimé ſéparément à *Cologne* la même année 1575. *in-8°.*

6. *Arithmeticorum libri duo. Vene-*
tiis, 1575. & 1580. *in-8°.*

7. *Photiſmi de Lumine & Umbra*
ad Proſpectivam radiorum incidentium
facientes. Venetiis, 1575. *in-4°.* It.
Meſſanæ, 1613. *in-4°.*

8. *Euclidis Phænomena poſt Zamber-*
ti & Maurolyci editionem, nunc tan-
dem de Vaticana Bibliotheca deprom-

F f iiij

F. MAU-
ROLYCO.

*pta, Scholiis antiquis, & figuris opti-
mis illustrata, & de Græca Lingua in
Latinam conversa à Josepho Auria
Neapolitano. His addita sunt Maurolyci breves Annotationes. Romæ, 1591.
in-4o.*

9. *Problematica Mechanica cum Ap-
pendice, & ad Magnetem, & ad Pixi-
dem Nauticam pertinentia. Messanæ,
1613. in-4o.*

10. *Emendatio & restitutio Conico-
rum Apollonii Pergæi. Messanæ, 1654.
in-fol.*

11. *Admirandi Archimedis Syra-
cusani Monumenta omnia quæ extant,
ex traditione F. Maurolyci. Panormi,
1685. in-fol.*

12. *Sicanicarum rerum compendium.
Messanæ, 1562. in-4o. Collectio locorum quorumdam insignium consilio omis-
sorum in libro sexto rerum Sicanicarum
Maurolyci Abbatis, edito Messanæ anno 1562. Dans Stephani Baluzii Miscellaneorum liber secundus. Paris. 1679.
in-8o. p. 323.*

13. *Martyrologium, multò quam
antea purgatum, & locupletatum, in
quo addita sunt Civitatum ac locorum
nomina, in quibus Sancti Martyres*

paſſi ſunt, *atque eorum corpora in præ-* F. MAU-
ſentiarum requieſcunt. Venetiis, 1564. ROLYCO.
& 1568. *in-*4°. It. *Ibid.* 1570. *in-*16.

14. *Vita S. Cononis Monachi, è*
Græco Latinè verſa. Inſerée à la p.
200. du 2ᵉ. tome des *Vitæ Sanctorum*
Siculorum, Octavii Caëtani. Panormi,
1657. *in-fol.* It. à la p. 734. du 3ᵉ. tome des Actes des Saints de Mars de
Bollandus au 28. de ce mois.

15. *Vita B. Euſtochiæ Abbatiſſæ Cœ-*
nobii Montis Virginum. A la p. 258.
du 2ᵉ. tome des *Vitæ Sanctorum Sicu-*
lorum, Octavii Caëtani.

Il a fait encore un grand nombre
d'Ouvrages qui n'ont point été imprimés, & dont on peut voir la liſte
dans *Lorenzo Craſſo,* & dans *Mon-*
gitore.

V. *Mongitore, Bibliotheca Sicula.*
Elogii degli Huomini Letterati di Lo-
renzo Craſſo. tom. 2. p. 5. *Les Eloges*
de M. de Thou & *les additions de Teiſ-*
ſier. Vita dell' Abbate del Parto D.
Franceſco Maurolyco. in Meſſina,
1613. *in-*4°. Cette vie a été écrite par
un de ſes neveux, nommé comme
lui.

GEORGE CRITTON.

GEorge Critton, Ecoſſois, naquit vers l'an 1555. Il vint de bonne-heure à *Paris*, & y fit ſes études d'Humanités. Il paſſa enſuite à *Toulouſe*, où il s'appliqua pendant pluſieurs années à la Juriſprudence.

Il ſortit de cette Ville en 1582. & revint à *Paris*, dans le deſſein d'en voir plus à loiſir les beautés, qu'il avoit regardées auparavant ſans attention, & de retourner enſuite dans ſa patrie. Il y ſuivit pendant pluſieurs mois le Barreau, pour ſe perfectionner par la pratique dans les connoiſſances qu'il avoit acquiſes à *Toulouſe*. Mais ſes amis, & entre autres *Jean Hamilton*, ſon compatriote, le dégouterent de cette profeſſion, en lui remontrant qu'étant étranger, il y ſeroit peu employé, s'il demeuroit en France, & auroit de la peine à y trouver des reſſources pour les beſoins de la vie; ils le détournerent auſſi du deſſein qu'il avoit de retourner en Ecoſſe, où les troubles qui y

regnoient, ne pouvoient lui permettre de vivre tranquille dans la Religion Catholique qu'il profeſſoit. Il
ſe determina donc par leur conſeil à
ſe donner à l'inſtruction de la jeuneſſe, & à accepter une place de Regent
dans le College d'*Harcourt.*

Il en prit poſſeſſion le 12. Novembre 1583. par un diſcours qui eſt imprimé, & où il nous apprend toutes
les particularités que je viens de rapporter. Il eſt à préſumer qu'il étoit
alors aſſez jeune, & qu'il n'avoit guéres plus de 28. ans.

Il paſſa quelque temps après au
College de *Boncourt,* où il enſeignoit
dès l'an 1586. Ce qu'il continua de
faire pendant pluſieurs années, comme il paroît par ſes diſcours.

Après la mort de *Jacques Helias,*
Profeſſeur Royal en langue Grecque,
arrivée vers l'an 1590. *Critton,* qui
ſuivoit le parti de la Ligue, fut nommé par le Duc *de Mayenne* pour lui
ſucceder; mais cette nomination
n'eut point de lieu, parce que le
Roi *Henri IV.* ayant été reçu à *Paris* en 1594. en mit en poſſeſſion
François Parent, à qui il donna ce poſte

G. CRITTON.

Cependant *Daniel d'Auge*, autre Professeur en langue Grecque, étant mort quelque temps après, *Critton* obtint sa place, & ses appointemens. Ce dernier article occasionna un procès entre lui & *Parent*. Dans l'Arrêt du Conseil, qui avoit adjugé à ce dernier la Chaire d'*Helias*, il avoit été ordonné qu'il ne joüiroit des gages de Professeur, que lorsqu'il viendroit à en mourir quelqu'un, & qu' alors il seroit mis en possession de ceux que le défunt avoit. Cependant contre le dispositif de cet Arrêt, le Grand Aumonier adjugea à *Critton* les gages de *Daniel d'Auge* avec sa Chaire. *Parent* croyant qu'on lui faisoit une injustice, intenta procès à *Critton* ; & cette affaire fut jugée au Parlement par la Chambre des Vacations. L'Arrêt qui est du 10. Septembre 1597. porte que *Parent*, comme plus ancien Lecteur, joüira des gages de Professeur, & que la premiere place vacante demeurera supprimée comme surnumeraire.

Critton fit un voyage à *Rome* pour le Jubilé de l'année Sainte 1600. conformément au vœu qu'il en avoit fait deux ans auparavant.

Dans la suite il voulut se faire recevoir Docteur en Droit Canon, &
il lui arriva en cette occasion ce que
M. *Gillot* rapporte dans une Lettre
qui se trouve à la p. 256. des *Lettres
Françoises écrites à Scaliger*, en ces
termes.

» Ces jours passés *Critton*, Profes-
» seur ès Langues Humaines, à vou-
» lu se faire Docteur en Droit Canon,
» & à proposé des Theses en l'un &
» l'autre Droit pour disputer publi-
» quement, lesquelles ayant été vûës
» par nos Gens du Roi, ils y en trou-
» vérent une fort contraire à la vieil-
» le & bonne Doctrine de France &
» de Sorbonne, & à la Vérité ; sça-
» voir : *Nec Hierarcha Romanus, ad*
» *quem solum Jurisdictio spiritualis in*
» *Christianos omnes, in patrimonio Ec-*
» *clesiæ temporalis etiam potestas perti-*
» *net, nec princeps solutus est legibus,*
» *tametsi uterque alios his solvere possit,*
» *& hic Comitiis, ille Conciliis sit su-*
» *perior.* Et en une autre parlant de
» l'Excommunication, dit : *Quod nu-*
» *da cogitatione nonnunquam incurri-*
» *tur, & ob unius noxam familiam om-*

G. CRIT- » *nem & Civitatem plerumque ferit.* Et
ΤΟΝ. » en vinrent faire plainte à notre
» Grand'-Chambre, qui fut fort bien
» reçue, & fut dit que *Critton* vien-
» droit à l'heure même parler au Pro-
» cureur Général, & que la difpute
» feroit differée. Après l'avoir oüi le
» lendemain, les Docteurs en Droit
» Canon oüis, il fut dit que les par-
» ties auroient audience au premier
» jour, & cependant défenfe à *Crit-*
» *ton* de propofer, foutenir, ni dif-
» puter lefdites Thefes. Cela a été fait
» les 17. & 18. de ce mois de Jan-
» vier (1607.) »

Il y eut depuis d'autres difficultés
par rapport à fon Doctorat, puifqu'-
on voit à la fuite d'un de fes Ouvrages imprimé en 1610. un Arrêt du
Parlement du 10. Janvier 1609. par
lequel il eft ordonné que *Critton* fera
reçu Docteur en la Faculté de Decret, fans payer aucuns frais que la
fomme de cent livres (qu'il avoit déja donnée) & fans examen. Cela fut
exécuté la même année, & *Critton*
prit depuis à la tête de tous fes Ouvrages la qualité de Jurifconfulte.

Il mourut à *Paris* le 8. Avril 1611.

âgé d'environ 56. ans ; & fut enterré G. CRIT=
dans l'Eglife des Jacobins de la ruë TON.
S. *Jacques.*

Il avoit époufé une fille d'*Adam*
Blacvod, fon compatriote, qui fe
remaria après fa mort à *François de la*
Mothe le Vayer. On s'eſt trompé dans
le *Sorberiana*, où ce fait eſt rapporté,
en donnant à *Critton* le nom de *Jac-*
ques. J'ai copié cette faute dans l'article de *Blacvod* tom. 22. de ces Mémoires p. 46. où il faut la corriger.

Catalogue de fes Ouvrages.

1. *In felicem Ser. Poloniæ Regis inau-*
gurationem Georgii Crittonii, Scoti,
Congratulatio. Parif. 1573. *in-*4°. p.
4. C'eſt une piéce de vers fur l'élection de *Henri de Valois*, Duc d'Anjou.

2. *Oratio habita Lutetiæ in Colle-*
gio Harcuriano, pridie Idus Novem-
bris 1583. *Parif.* 1584. *in-*8°. pp. 48.
C'eſt fon difcours d'entrée dans la
place de Regent.

3. *Selectiores notæ in Epigrammata è*
libro primo Græcæ Anthologiæ decerpta,
& Latino Carmine reddita. Parif. 1584.
*in-*4°.

4. *Oratio habita Comitiis Academi-*

*cis pro Joanne Hamiltonio Rectore tunc
designato. Parif. in-8o.* Jean Hamilton
fut élû Recteur de l'Université de *Paris* le 17. Décembre 1584.

5. *Georgii Crittonii Laudatio funebris, habita in exequiis Petri Ronſardi
apud Becodianos, cui præponuntur ejuſdem Ronſardi Carmina partim à mo-
riente, partim à languente dictata. Parif.* 1586. *in-4°.* pp. 22. Ce diſcours
de *Critton* fut recité le 25. Février de
cette année par un de ſes Ecoliers. Le
même a mis à ſa ſuite une piéce de
vers ſur *Ronſard.*

6. *De liberata Pariſiorum Urbe Gra-
tulatio. Parif.* 1689. *in-8o.* pp. 32.
Critton, alors Ligueur, compoſa cet
Ouvrage, ſur ce que le Roi *Henri
IV.* avoit levé le ſiege devant *Paris*
le 8. Août de cette année.

7. *Janus Celticus ad Cardinalem
Philippum Segam. Parif.* 1593. *in-4°.*
Ce Cardinal avoit été envoyé à la Li-
gue en qualité de Legat.

8. *Ad Becodianos ſuos Præfatio de
Caſtrorum Becodianorum diſciplina,
habita Lutetiæ* 1595. *Parif.* 1596. *in-
8o.* pp. 36.

9. *Oratio de Apollinis Oraculis &*

de

de Sacro Principis Oraculo, habita Lu- G. CRIT-
tetiæ in Auditorio Regio, cum Lycophro- TON.
nis Caßandram præfaretur. Parif. 1596.
in-8°. pp. 87.

10. *De Sortibus Homericis Oratio.*
Parif. 1597. *in-8°.* pp. 64.

11. *Cauffæ Crittoniana conjectio, in*
Senatu habita Idibus Septembris 1597.
Parif. 1597. *in-8°.* pp. 45. C'eſt un
plaidoyer contre *François Parent*,
qu'il traite avec beaucoup de mépris.

12. *Oratio in Scholarum inſtauratio-*
ne. Parif. 1597. *in-4°.*

13. *In Oppianum de Venatione Præ-*
fatio, habita in Auditorio Regio VII.
Idus Junii. Parif. 1598. *in-8°.* pp. 43.

14. *Oratio de dicendi Charactere ve-*
re Regio, habita in Becodiano, cum
Βασιλικὰς *Herodiani δημηγορίας præfare-*
tur. Parif. 1599 *in-8°.* pp. 32. La
même piéce a paru avec un titre de
l'année 1604.

15. *De Clypei Becodiani textu & Cæ-*
latura, habita in Becodiano Kalendis
Octobris, cum in Virgilianam Aſpido-
pœiam præfaretur anno 1599. *Parif.*
1599. *in-8°.* pp. 40. L'Auteur entend
par le *Clypeus Becodianus* le porte-
feuille, qu'il dit être le Bouclier des

Tome XXXVII. G g

Ecoliers, qui ne doivent jamais le
quitter; & il en fait ici la description,
à l'occasion de l'explication du Bouclier d'*Achille.*

16. *Libellus supplex ad Aug. Senatum pro Academia. Parif.* 1601. *in-*8°.

17. *Augurium Romæ Visum, pro
Æde D. Ludovici mense Novembri anno* 1600. *Ejusdem Interpretatio. Parif.*
1601. *in-*4°. pp. 7. It. Avec la piéce
suivante. Cet Ouvrage est en vers.

18. *De reddendo voto Oratio, habita
in Auditorio Regio, Nonis Februarii,
cum Roma rediiffet, anno Jubilæi* 1600.
*Ejusdem Poëmatia quædam, de fausto
toti Galliæ augurio Romæ viso, & Ge-
nethliaca Principis Delphini. Parif.*
1602. *in-*8°. pp. 40.

19. *In felicem inaugurationem Jacobi I. Britanniæ Regis Gratulatio. Carmen. Parif.* 1603. *in-*4°.

20. *Orationes duæ in Senatu habitæ;
altera Calendis Octobris, altera VIII.
Calendas Decembris anno* 1602. *ad
Principem Senatum. Parif.* 1603. *in-*
8°. pp. 70. Ces deux discours sont
contre les Réglemens que les Cen-
seurs établis pour la réformation de
l'Université, entre lesquels étoit

Edmond Richer, avoient faits nouvel- G. CRIT:
lement. Le premier eſt intitulé : *Scho-* TON.
la Lexovea Paranomon rea, *à verbis*
Senatuſconſulti ad Mentem Senatorum
Provocatio. *Richer* eſt fort maltraité
dans le ſecond ; mais ce n'eſt qu'une
pure déclamation.

21. *Baptiſteria luſtrico Nominalium*
die Delphino Franciæ inſcripta. *Pariſ.*
1606. *in-*8°. pp. 8. C'eſt une Idylle
Latine ſur le baptême du Dauphin.

22. *Actio adverſus tres Juris Pon-*
tificii Anteceſſores. Ad Principem Se-
*natum. in-*8o. pp. 35. ſans date ; mais
de l'an 1609.

23. *Orationes duæ habitæ in Audi-*
torio Regio anno 1608. *Pariſ.* 1609.
*in-*8o. pp. 56. Le premier diſcours a
pour titre particulier : *Oratio habita*
Idibus Februarii , *cum in Draconis &*
Solonis leges præfaretur. La 2e. *Oratio*
habita Idibus Maii , *cum in Harmeno-*
puli titulum de Judiciis præfaretur.

24. *Panegyricus ad D. Maximilia-*
num de Bethune , *Ducem Sullium.* P *a-*
riſ. 1609. *in-*40.

25. *Gratiarum Actio ad Principem*
Senatum , *habita in Auditorio Juris*
Pontificii tertio Idus Januarii , *cum in*

G. CRIT- *Tit. de Torneamentis ex V. Decret. præ-*
TON. *faretur. Parif.* 1610. *in-*8º. pp. 36. On
voit à la fin l'Arrêt du Parlement du
10. Janvier 1609. rendu en fa faveur, dont j'ai parlé ci-deſſus.

26. *Oratio de fundata Regis Ludovici manu Regiæ Profeſſionis Baſilica, habita Lutetiæ tertio Idus Novembris* 1610.
Parif. 1610. *in-*8º. pp. 40.

27. *Parentalia Henrico IV. Franciæ
Navarræque Regi inſcripta & recitata
à Georgio Crittonio die* 24. *Maii*
(1610.) *in-*8º. pp. 20. A la tête d'un
Recueil d'Oraiſons Funebres du Roy
Henri IV. It. *in-*4º. C'eſt un diſcours
en proſe.

28. *Panegyricus in Mariæ Medicæ
Francorum Reginæ inaugurationem. Parif.* 1610. *in-*4º.

29. *Ad Regem Chriſtianiſſimum Ludovicum XIII. Pariſios à ſolemni inau-
guratione & Sacra Unctione repetentem
Iſelaſticon. Parif.* 1610. *in-*4º. pp. 6.
C'eſt une pièce de vers.

V. *Le Collège Royal de France de Du
Val*, p. 22. Ce qu'on y trouve ſur
Critton eſt fort leger & peu exact.
Quelques-uns de ſes diſcours four-
niſſent beaucoup plus de particula-

rités. La plûpart des Auteurs le nomment *Criton*, ç'est mal ; son nom doit
être écrit *Critton*.

GUILLAUME AMFRYE
DE CHAULIEU.

GUillaume *Amfrye de Chaulieu*
naquit en 1639. à *Fontenay* dans
le Vexin Normand, de *Jacques Paul
Amfrye de Chaulieu*, Maître des Com-
ptes à *Roüen*, avec Brevet de Conseiller d'Etat, qui étoit Seigneur de
ce lieu.

Ayant été envoyé à *Paris*, il fut
mis en pension au College de *Navarre*, où il donna des marques bril-
lantes de ses heureuses dispositions.
M. le Duc *de la Rochefoucault*, &
M. l'Abbé *de Marsillac* étudioient
alors dans le même College. L'Abbé
de Chaulieu rechercha leur amitié,
que la douceur de son caractere lui
acquit sans peine. Leur Maison lui
fut ouverte, & ce fut par là qu'en
sortant du College, il eut d'abord
entrée dans le grand monde.

Il eut bientôt le même accès dans

G. DE la maison de *Boüillon*. Une circonstan-
CHAU-ce favorable vint à l'appui des quali-
LIEU. tés aimables qui l'y avoient fait défi-
rer. Le Duc & la Duchesse de *Boüillon* faisoient alors travailler aux plans
des beaux Jardins, & du Parc de *Navarre*, terre près d'*Evreux*; ils eurent
besoin pour leur convenance d'un
Fief & d'une Maison de M. *de Chaulieu.* Celui-ci dans cette rencontre ne
se montra pas moins conciliateur facile que desinteressé, & par la maniere dont Mr. & Me. de *Boüillon* y
répondirent, on auroit de la peine à
décider à qui demeura l'avantage du
procedé.

Son génie heureux pour la Poësie
se fit connoître de bonne-heure. Il
avoüoit *Chapelle* pour son maître, &
ses poësies représentent fidellement
le génie & le caractere de ce Poëte. Il
en avoit surtout retenu l'usage fré-
quent des rimes redoublées, qui donnent un agrément à la poësie, quand
elles sont employées sagement.

C'est ce que l'Abbé *de Chaulieu* témoigna lui-même dans ces vers, où
feignant de voir *Chapelle* dans les
Champs Elisées, au milieu de *Ca-*

tulle & d'*Ovide*, il s'exprime ainſi.

*Chapelle au milieu d'eux, ce maître
qui m'apprit*
*Au ſon harmonieux des rimes redou-
blées,*
*L'art de charmer l'oreille & d'amu-
ſer l'eſprit*
Par la diverſité de cent nobles idées.

On trouve dans ſes vers une grande
liberté, qui va à la vérité quelquefois juſqu'à la negligence à l'egard
des règles de la Poëſie, mais qui porte par tout un caractere original. Il
eſt vrai auſſi qu'on lui reproche cette
negligence dans le raiſonnement même; mais quand on conſiderera qu'il
ramenoit tout aux graces & aux ſentimens, & ſurtout à la beauté des
images, on lui paſſera ſans peine quelques défauts de juſteſſe & d'exactitude. Ce qu'il y a de plus répréhenſi-
ble, c'eſt que ſa morale eſt entierement Epicuriènne, & qu'il a répandu
par tout des maximes dangereuſes.

Son caractere eſt bien exprimé dans
le *Temple du Goût* de *Voltaire*, où il
parle ainſi de lui.

*Je vis arriver en ce lieu
Le brillant Abbé de Chaulieu*

Qui chantoit en sortant de table.
Il osoit caresser le Dieu
D'un air familier , mais aimable.
Sa vive imagination
Prodiguoit dans sa douce yvresse
Des beautés sans correction ,
Qui choquoient un peu la justesse ,
Mais respiroient la passion.

La ressemblance de caractere l'avoit
lié d'une étroite amitié avec M. de *la*
Fare , dont les Poësies ont été imprimées avec les siennes.

M. le Duc *de Vendôme* , & M. le
Grand Prieur son frere , l'honoroient
de leur amitié , & vivoient familiai-
rement avec lui ; le dernier lui donna le Prieuré de *S. George* dans l'Isle
d'*Oleron* , qui est de 27. à 28. mille
livres de rente. Il eut outre cela l'Abbaye d'*Aumale* , & les Prieurés de
Pouriers , de *Renel* & de *S. Etienne.*

Il perdit la vûë trois ou quatre ans
avant sa mort , mais cet accident ne
lui ôta rien de sa belle humeur & de
son enjoüement. Plusieurs personnes
d'esprit se faisoient un plaisir de profiter de sa conversation. M. le Grand
Prieur de *Vendôme* alloit souper tous
les jours chez lui , & souvent il avoit
de

de la peine à le quitter à deux ou trois
heures du matin.

   Il mourut à *Paris* dans sa maison
du Temple le 27. Juin 1720. âgé de
de 81. ans. Ceux qui lui en ont donné 84. n'ont pas fait attention à la date de sa naissance. Son corps fut tranf-
porté à la terre de *Fontenay*, où il est
enterré.

   M. l'Abbé d'*Olivet* nous apprend
dans son *Histoire de l'Académie Françoise* un fait qui le regarde, & qu'il
ne faut pas omettre ici.

   » L'Abbé *de Chaulieu*, dit-il, se
» mit en tête d'être de l'Académie,
» & il engagea feu M. le Duc à folli-
» citer en sa faveur. Par où il avoit dé-
» plû à M. *de Tourreil*, c'est ce que je
» ne sçais point; mais le fait est que
» M. *de Tourreil*, alors Directeur de
» l'Académie, voulant anéantir la
» brigue de l'Abbé de *Chaulieu*, le
» propre jour de l'élection, déclara
» que M. le Président *de Lamoignon*
» se mettoit sur les rangs. Au seul
» nom de ce Magistrat, toute la com-
» pagnie se tourna de son côté. Mais
» le soir même qu'il fut élu, feu M.
» le Duc lui envoya demander secre-

G. DE
CHAU-
LIEU.

G. DE
CHAU-
LIEU.

»tement & avec inſtance de remer-
»cier, comptant que l'Academie ſe-
»roit par là obligée d'en revenir à
»l'Abbé *de Chaulieu.* On ſçut dans le
»monde le réfus de M. *de Lamoi-*
»*gnon*, ſans que la cauſe en fût con-
»nuë de perſonne. Le Roi pour em-
»pêcher qu'il n'en rejaillît contre l'A-
»cademie un peu de honte, jetta les
»yeux ſur un ſujet, qui par ſa naiſ-
»ſance, ſes dignités, & ſes qualités
»naturelles & aequiſes, fit oublier
»qu'elle pût avoir été dedaignée par
»quelqu'un. Ce fut M. le Cardinal
»*de Rohan*, à qui il fit dire de de-
»mander la place vacante, qu'on lui
»donna auſſi-tôt. »

Ses Poëſies ont été imprimées avec
celles de M. *de la Fare* pour la premiere fois en 1724.

Poëſies de M. l'Abbé de Chaulieu &
de M. le Marquis de la Fare. Amſter-
dam. (c'eſt-à-dire, *Rouen*,) 1724.
*in-*8º. Cette édition eſt très imparfai-
te, & defigurée d'ailleurs par une
quantité prodigieuſe de fautes groſſieres. It. *Nouvelle édition, corrigée &*
augmentée conſiderablement. La Haye,
1731. *in-*12. M. *Camuſat* qui a donné

celle-ci , a mis à la tête une longue
Preface en forme de Lettre , qui contient pluſieurs choſes curieuſes. It.
Sous le titre d'*Oeuvres diverſes de M.*
L. de Chaulieu. Amſterdam , 1733.
*in-*8°. deux vol. Cette derniere qui a
été faite en France par les ſoins d'u-
ne perſonne , qui avoit été fort liée
avec M. l'Abbé *de Chaulieu* , eſt la
plus complette. On trouve l'éloge de
l'Auteur à la tête.

Pluſieurs des piéces contenuës dans
le Recueil de ſes Oeuvres , avoient
paru dans differens Mercures, ſurtout
dans ceux qui avoient été donnés depuis ſa mort. Il y en a auſſi trois dans
le tome 7e. des Mémoires du P. *Deſ-*
molets.

V. *Son Eloge à la tête de la derniere*
édition de ſes Oeuvres. Le Parnaſſe
François de M. Titon du Tillet.

G. DU
CHAU-
LIEU.

ALEXANDRE VARET.

Alexandre *Varet* naquit à *Paris*
l'an 1632. de *N. Varet,* Avocat eſtimé pour ſa probité & pour
d'autres bonnes qualités , qu'il per-

A. VA-
RET.

A. VA-dit à l'âge de neuf ans·, & d'*Anne*
RET. *Charbonnier*, Dame de grande pieté,
qui mourut le 18. Novembre 1693.
âgée de 89. ans, après 52. années de
veuvage.

Il se destina d'abord à la profession
de son pere, étudia en Droit, & y
fut reçu Licentié ; mais il changea
depuis entierement de vûës.

N'ayant encore que vingt ans il fit
un voyage à *Rome* à la suite d'une
personne de grande condition, sans
avoir d'autre vûë que de contenter sa
curiosité. Mais il y fut vivement touché de Dieu, qui lui inspira une forte résolution de ne plus vivre pour
le Monde. La magnificence de cette
grande Ville ne servit qu'à le faire ré-
flechir sur le neant des choses de la
Terre, & il eut occasion d'y reconnoître les perils dont on y est envi-
ronné, par un piege que tendit à sa
chasteté un miserable, à qui il demandoit le chemin. Son premier mouvement, malgré sa moderation naturelle, fut de charger cet homme à
coups d'épée ; mais il se retint & s'é-
vita par là un embarras.

De retour à *Paris* il étudia en

Theologie, & vêcut dans la retraite, A. VA-
éloigné de toutes les compagnies, qui RET.
auroient pû le diftraire de l'étude &
de la priere. Il paffa dans cette occupation l'efpace de fept années, pendant
lefquelles tout fon divertiffement fut
de fervir les malades à la Charité.

Son Directeur l'engagea à recevoir
les Ordres Sacrés ; mais il ne fut ordonné Prêtre qu'à près de trente ans,
après avoir gardé tous les interftices
prefcrits par les Canons.

Dans le temps des troubles de l'E-
glife au fujet de la fignature du For-
mulaire, il quitta *Paris* & fa famille,
dont il étoit fort aimé, & fe retira à
Provins, pour n'y être point expofé.
Il vêcut là retiré dans une très-petite
chambre, meublée feulement d'une
chaife de paille & d'un lit.

Louis Henri de Gondrin, Archevêque de *Sens*, l'y alla déterrer au bout
d'un an, & le choifit pour fon grand
Vicaire. Il eut cependant bien de la
peine à vaincre fa répugnance pour
cette place, qu'il n'accepta enfin,
qu'à condition qu'il ne recevroit ni
Benefice, ni aucune charge lucrative.

Varet foutint le même défintereffe-

H h iij

-ment dans toutes les fonctions de son emploi, par un refus absolu & général de tous les droits utiles, qui y font le plus inséparablement attachés. Egalement éloigné de recevoir aucun présent, il faisoit à ses propres frais les visites, qu'il étoit obligé de faire dans plusieurs Monasteres, & défendoit même au domestique qui le servoit de rien recevoir de personne.

Après la mort de M. *de Gondrin*, arrivée le 20. Septembre 1674. il se retira à *Port-Roïal* des Champs, qu'il se plaisoit à visiter de temps en temps.

Ce fut là qu'il mourut le 1. Août 1676. dans sa 44e. année. Il légua à ce Monastere la somme de mille livres, avec son Calice de vermeil doré, & voulut y être enterré. Sa volonté fut exécutée, & sa mere lui fit mettre cette Epitaphe, qui fut dressée par M. *Varet*, frere du défunt.

Hic jacet vir eximius Alexander Varet, Parisinus Presbyter, scienter pius, & pie scius, qui virtutes Sacerdotales ante Sacerdotium adeptus, hac dignitate sibi magis viluit, omnia oblitus ut Deum & Dei Ecclesiam cogitaret.

A celeberrimo Henrico de Gondrin, A. VA-
Senonensium Archiepiscopo, in partem RET.
sollicitudinis vocatus, & Vicarius Ge-
neralis institutus, ea lege consensit, ut
omnibus emolumentis & Beneficiis Ec-
clesiasticis renunciaret, id tantum recu-
sandum ratus quod utinam non ambire-
tur à multis. Mira quadam morum sua-
vitate severiorem disciplinam commen-
dabat; nec displicebat severitas, quia
placebat suavitas. Nemo aptior ad con-
ciliandos invicem omnium animos, &
ad excitandam in aliis refrigescentem
charitatem, quâ ipse ardebat. Incredi-
bile Mundi odium reipsa professus est,
quem ut indignum amari contemnebat,
cum Christo tantum viveret. Alienos habuit ut suos, & suos, cum oporteret,
ut alienos. Divitibus idem ac pauperibus
charissimus; pauperes tamen familia-
rius accipiebat, quia libentius. Res ad-
versas patientissime sustinuit, & perpe-
tuum illi gaudium voluntatem Dei im-
pleri, non suam. Vas utile Domino, &
ad omne opus paratum & instructum:
ante senectutem dies ejus pleni inventi
sunt; nam pro veritate Catholica, pro
Ecclesiæ hierarchia ejusque pace, pro
Monialium religiosa institutione multis

H h iiij

A. VA-
RET.

defunctus laboribus. Obiit castissimus æmulator, & acerrimus defensor veritatis anno ætatis 44. Reparatæ salutis 1676. Cal. Augusti.

In hoc Monasterio quod vivus amaverat moriens sepulchrum elegit. Piissimo filio charissima mater mœrens, sed spe magna erecta, hoc monumentum posuit.

Catalogue de ses Ouvrages.

1. *De l'Education Chrétienne des Enfans, selon les maximes de l'Ecriture Sainte, & les instructions des SS. Peres de l'Eglise. Paris, 1656. in-12.* Cet Ouvrage est écrit avec beaucoup de sagesse & de jugement, & contient d'excellens préceptes.

2. *Miracle arrivé à Provins, & approuvé par la Sentence des Grands Vicaires de Sens le 14. Decembre 1656. in-4°.*

3. *Factum pour les Prêtres Hermites du Mont Valerien contre les Jacobins. in-4°.*

4. *Lettre d'un Theologien pour servir de réplique à un second libelle, publié par les Jesuites sous le titre de Réponse Chrétienne & Theologique, &c. contre la Censure que la Faculté de*

A. VA-
RET.

Theologie de Poitiers à faite de leur
Doctrine de la Probabilité. Cette Lettre qui eft du 1. Mars 1666. a été in-
ferée dans le 4e. tome de la *Theolo-*
gie Morale des Jefuites & nouveaux
Cafuiftes, repréfentée par leur pratique & par leurs livres. Cologne, 1699.
in-12. p. 164.

5. *Lettre d'un Eccleſiaſtique à M.*
Morel, Theologal de Paris, fur trois
de ſes Sermons. 1664. *in-4°.*

6. Il eft l'Auteur de la Preface de
la *Morale des Jefuites extraite fidele-*
ment de leurs livres par un Docteur de
Sorbonne, (Nicolas Perrault.) *Mons,*
1667. *in-4°.* It. 1669. *in-16.* trois
vol.

7. *Lettre d'un Eccleſiaſtique de Pro-*
vins à un de ſes amis de Paris fur l'Or-
donnance de M. l'Archevêque de Sens.
(1668.) *in-4°.* It. à la page 386. du
4e. tome de la *Theologie Morale des*
Jefuites, citée ci-deffus.

8. La Preface du premier volume
de la *Morale pratique des Jefuites* imprimée en 1669. *in-12.* eft de lui. Celle du fecond volume paffe pour être
de M. *de Pontchateau.*

9. *Factum pour les Religieufes de*

A. V A- NET.

Sainte Catherine-les-Provins, contre les Peres Cordeliers. (1668.) *in-4°. p. 97.* It. *in-12 & in-16.* Il y a dans ce Factum bien des choses singulieres, qui font connoître les excès où l'oisiveté & la faineantise des Moines peuvent les entraîner.

10. *Défense de la discipline qui s'observe dans le Diocèse de Sens touchant l'imposition de la Pénitence publique.* Sens, 1673. *in-8o.*

11. *Réglemens ou éclaircissemens sur les Constitutions des Religieuses de la Congrégation de Nôtre-Dame, tirés des Ecrits du R. P. Fourier, Curé de Matincourt leur instituteur; avec la Règle de S. Augustin, & les Constitutions de cette Congrégation. Paris, 1674. in-12.*

12. *Lettres Chrétiennes & Spirituelles. Paris, 1681. in-12. trois vol.*

V. *Le Nécrologe de Port-Roïal. p. 296. Le Dictionnaire de Morery de 1725. & 1732. & le Supplément de 1735.*

EURICIUS CORDUS.

Euricius *Cordus*, appellé origi- E. Cor-
nairement *Henri Urbanus*, na- DUS.
quit à *Simeſuſe*, petit Bourg de la
Heſſe, d'un Laboureur peu aiſé de
ce lieu.

Il prit le nom de *Cordus*, qui ſignifie *venu dans l'arriere-ſaiſon*, parce qu'il fut le dernier des douze enfans qu'eurent ſes parens ; & ſon
nom d'*Henri* lui fut changé en celui
d'*Euricius* par un de ſes Maîtres.

Après avoir fait ſes études avec ſuccès en differentes Villes, il alla à
Leipſic vers l'an 1517. & y porta ſes
Bucoliques, qu'il y expliqua en particulier à quelques Ecoliers qui s'at-
tacherent à lui.

Il paſſa enſuite à *Erphord*, où il
ouvrit une Ecole, qui le fit connoître à pluſieurs Sçavans, & entre autres à *Eraſme*, qui lui écrivit en 1519.
pour lui donner quelques avis ſur la
maniere dont il devoit ſe conduire
dans ſon emploi.

Lorſqu'il eut amaſſé aſſez d'argent

E. COR-
DUS.

pour se mettre en état d'étudier pour lui-même, il se tourna du côté de la Medecine, qu'il alla étudier en Italie en 1521. Il se rendit dans ce dessein à *Ferrare*, où il eut pour Maîtres *Jean Manard* & *Nicolas Leonicenus*, & ce fut de ce dernier, âgé alors de 90. ans, qu'il reçut le degré de Docteur en Medecine.

De retour en Allemagne, il enseigna de nouveau à *Erphord* jusqu'à l'an 1527. qu'il fut appellé à *Marpourg*, pour y faire fleurir l'Ecole de cette Ville, qui avoit été établie l'année précédente.

La jalousie de ses Collegues l'obligea d'abandonner ce poste sept ans après, & d'en accepter un semblable qu'on lui offroit à *Breme*.

Il se rendit dans cette derniere Ville en 1534. Mais il y mourut peu de temps après, c'est-à-dire, le 24. Decembre 1535. Quelques-uns cependant reculent sa mort jusqu'à l'an 1538.

Il étoit en liaison avec plusieurs Sçavans de son temps; mais sa trop grande sincerité, & son caractere trop ouvert, qui lui faisoit toujours

dire fans détour tout ce qu'il penfoit, **E. Cor-**
lui a fait quelquefois des ennemis, **dus.**
& lui procuroit de temps en temps
des chagrins.

Catalogue de fes Ouvrages.

1. *Botanologicon, five Colloquium de
Herbis.* Colonia, 1534. *in-8o.* It. *Parif.* 1551. *in-16.* Avec les Remarques
de *Valerius Cordus,* fon fils, fur
Diofcoride.

2. *Nicandri Theriaca & Alexiphar-
maca in Latinos verfus redacta. Francofurti,* 1532. *in-8o.*

3. *Judicium de Herbis & Medicamentis fimplicibus.* Dans l'édition de
Diofcoride donnée à *Francfort* l'an
1549. *in-fol.* par les foins de *Gualterus Hermannus Riif.*

4. *De abufu Urofcopiæ Conclufiones,
earumdemque enarrationes, adverfus
mendaciffimos errones Medicaftros,
qui imperitam plebeculam, vana fua
Urofcopia & Medicatione, mifere bonis & vita fpoliant. Francofurti,* 1546.
in-8o. en Latin & en Allemand.

5. *Traité de la fueur Angloife,* (en
Allemand.) *Tubinge,* 1529. *in-4o.* It.
Fribourg, 1529. *in-8o.*

6. *Traités de la Pierre & de la Pefte,*

E. COR- (en Allemand.) *Francf.* 157*. *in-8o.*
DUS. Ces deux Ouvrages ont été publiés
par les soins de *Jean Dryander.*

7. *Defensio contra Maledicum Thi-*
loninum Philymnum. Erphordiæ, 1515.
Je ne sçai ce que c'est que cet Ouvrage, qui est rapporté dans l'abregé de
Gesner.

8. *Exhortatio ad Carolum V. alios-*
que Germaniæ proceres, ut veram tan-
dem Religionem agnoscant. Witebergæ,
1525. *in-8o.* Joachim *Frederic Feller*
donne à *Cordus* cet Ouvrage, & le
met au nombre de ses Poësies, de
même que le suivant. On ne les a
point cependant inserés dans ses Oeuvres Poëtiques.

9. *Anti-Luthero-mastix ad Joh. Fri-*
dericum Ducem Saxoniæ. VVitteber-
gæ, 1525. *in-8o.*

10. *Opera Poëtica. Francofurti,*
1564. *in-8o.* It. *Cura Henrici Meibo-*
mii, qui vitam Euricii Cordi præfixit.
Helmstad. 1616. *in-8°.* It. *Lugd. Bat.*
1623. *in-8o.* It. Dans le 2e. tome des
Deliciæ Poëtarum Germanorum. Les Bu
coliques de cet Auteur ont été inserées dans un Recueil de piéces sem-
blables imprimé à *Basle* en 1546.
in-8o.

V. *Sa Vie par Meibomius. Melchio-*
ris Adami Vitæ Medicorum Germano-
rum. Freheri Theatrum Virorum Docto-
rum. p. 1224.

VALERIUS CORDUS.

VAlerius *Cordus* naquit le 18. Fé-   V. COR-
vrier 1515. à *Simefuse*, Bourg de   DUS.
la Heſſe , d'*Euricius Cordus.*

Son pere l'éleva avec ſoin , & commença à l'inſtruire dans les Sciences ,
& à lui donner du goût pour la Medecine.

Il l'envoya en 1529. à *VVittemberg*,
où *Valerius Cordus* prit des leçons de
Melanchthon, qui expliquoit alorsles
Alexipharmaques de *Nicander.*

Au reſte l'étude de la Medecine
l'occupa entierement , & il y joignit
la Botanique , dans laquelle il s'ef-
força de ſe rendre habile, en parcou-
rant toutes les montagnes d'Allemagne pour y chercher des ſimples.

Les connoiſſances qu'il acquit en
ce genre , le mirent en état de faire
des leçons ſur *Dioſcoride* , & il expliqua juſqu'à trois fois cet Auteur

V. Cor-
dus.
dans l'Ecole de *VVittemberg.*

Il alla en Italie en 1542. & passa quelque temps à *Padoüe*, à *Lucques*, à *Florence*, & à *Pise* pour profiter du commerce & des instructions des Sçavans qui y vivoient alors.

Il se disposoit à sortir de *Sienne* pour se rendre à *Rome*, lorsque faisant sortir son cheval de l'écurie, il reçut un coup de pied d'un autre cheval. Sa botte empêcha qu'il ne fut blessé, cependant il ressentit de ce coup une douleur assez considerable qu'il négligea contre l'avis de ses compagnons de voyage.

Le chemin qu'ils avoient à faire ce jour-là étoit difficile, & ils furent obligés d'en faire une partie à pied. *Cordus* en eut la fiévre, ce qui ne l'empêcha pas de gagner *Rome*, où quelques jours après son mal devint sérieux, & il en mourut le 25. Septembre 1544. âgé de 29. ans.

Comme il s'étoit confessé avant que de mourir, & que ses amis lui avoient fait donner l'Extrême-Onction, on permit de l'enterrer dans l'Eglise des Allemands de *Sainte Marie, dell' Anima*, où on lui mit cette Epitaphe.

Valerio

Valerio Cordo Simefufio, Heffo, Eu- V. COR-
ricii filio, moribus, ingenio, comitate DUS.
præftantiffimo, Doctorum omnium ad-
mirationem merito; qui naturæ obfcuri-
tatem & herbarum vires adolefcens fe-
nibus explicavit : cum expleri cognof-
cendi cupiditate non poffet, perluftrata
Germania Italiam adiit, Venetiis in
honore habitus, & Romam vix ingref-
fus, fubito morbo inter amicorum la-
crymas, non recuperabili ftudiorum jac-
tura, optima ætate extinguitur anno
ætatis fuæ 29. Homini optime merito
Socii Germani pietatis ergo pos. Anno
1544. VII. Cal. Octobris.

Catalogue de fes Ouvrages.

1. *Annotationes in Diofcoridis de ma-*
teria Medica libros. Dans l'édition de
Diofcoride donnée à *Francfort* l'an
1549. *in-fol.* par les foins de *Gualterus*
Hermannus Riff. It. *Paris*, 1551. *in-*
16. Avec le *Botanologicon* de fon pere. It. Dans le Recueil fuivant.

2. *Valerii Cordi Annotationes in Pæ-*
dacii Diofcoridis de Medica materia
libros quinque, longe aliæ quam ante-
hac funt evulgatæ. Hiftoriæ Stirpium li-
bri quatuor pofthumi, nunc primum in
lucem editi; adjectis etiam Stirpium Ico-

Tome XXXVII.   Lii

V. COR-*nibus , & brevissimis annotatiunculis.*
DUS. *Sylva quâ rerum Fossilium in Germania plurimarum , Metallorum , Lapidum , & Stirpium aliquot rariorum notitiam brevissime persequitur , numquam hactenus visa. De artificiosis extractionibus liber. Compositiones Medicinales aliquot non vulgares. Omnia summo studio atque industria Conr. Gesneri collecta. Argentorati , 1561. in-fol.* L'Editeur y a joint quelques autres piéces, tant de sa façon, que de celle de *Benoît Aretius.*

3. *Dispensatorium Pharmacorum omnium quæ in usu potissimum sunt. Ex optimis Autoribus tam recentibus , quàm veteribus , collectum , ac scholiis utilibus illustratum , in quibus imprimis simplicia diligenter explicantur. Norimbergæ , 1535. in-8o.* Cette Pharmacopée a été imprimée plusieurs fois depuis avec differens changemens & de grandes augmentations.

4. *De Halosantho , seu Spermate Ceti vulgò dicto , liber , cum Corollario Gesneri.* A la suite de l'Ouvrage de cet Auteur. *De omni rerum Fossilium genere. Tiguri , 1555. in-8o.*

5. *Epistola ad Andream Aurifabrum*

de Trochiscorum Viperinorum adultera- V. COR-
tione. Cette Lettre se trouve à la p. DUS.
534. du Recueil publié par *Laurent
Scholzius*, sous ce titre : *Epistolarum
Philosophicarum, Medicarum, ac Chi-
micarum, à summis nostræ ætatis Philo-
sophis ac Medicis exaratarum volumen.
Francofurti*, 1598. *in-fol.*

6. *Liber quintus Stirpium descriptio-
nis, quas in Italia sibi visas describit.
Argentorati*, 1563. *in-fol.*

V. *Melchioris Adami vita Medicorum Germanorum. Freheri Theatrum
Virorum Doctorum*, p. 1228. *Lindenius
renovatus.*

JACQUES CORBIN.

JAcques Corbin naquit à *Saint Gau-* J. COR-
tier sur les frontieres de la Guyen- BIN.
ne & du Poitou ; comme il le marque lui-même dans son *Histoire des
Chartreux*, p. 20. & non pas à *Bourges*, comme quelques-uns l'ont dit,
vers l'an 1580.

Il se fit recevoir Avocat au commencement du 17e. siécle, & il l'é-
toit déja en 1602. S'il s'étoit borné à

J. COR-la Jurisprudence, il auroit pû s'y
BIN. faire un nom. Mais il a voulu être
Auteur en toutes sortes de genres,
& il y a mal réussi. Sa Poësie surtout
est pitoyable; & *Despreaux* a eu raison de le mettre au rang des mauvais
Poëtes, lorsqu'il a dit dans le 4e.
chant de son Art Poëtique.

On ne lit guéres plus *Rampalle* &
Mesnardiere,
Que *Maignon*, *Du Souhait*, *Cor-*
bin, & *la Morliere*.

Il devint *Conseiller* & *Maître des*
Requêtes Ordinaire de la Reine Anne
d'Autriche; & il en prend la qualité
dans son *Recueil d'Edits sur les Cours*
des Aydes, imprimé en 1623. Il ne
l'avoit plus apparemment, lorsqu'il
mourut; puisque dans son *Histoire*
des Chartreux publiée quelque temps
avant sa mort, il ne se nomme que
Conseiller du Roi en ses Conseils &
Avocat en Parlement.

Il mourut à la fin de l'année 1653.
ou au commencement de la suivante, âgé de plus de 70. ans

Il laissa un fils, qui suivit le Barreau à son exemple, & qui plaida à
l'âge de quatorze ans; sur quoi M.

Martinet autre Avocat, fit cette Epigramme.

> *Vidimus attonito puerum garrire Se-*
> *natu.*
> *Bis pueri, puerum qui stupuere*
> *senes.*

C'eft de ce fils que *Defpreaux* à
voulu parler dans fon Epître à M.
l'Abbé *des Roches*, lorfqu'il a dit.

> *Non, non tu n'iras point ardent Be-*
> *neficier*
> *Faire enroüer pour toi Corbin & le*
> *Mazier.*

C'étoit auffi pour lui obtenir un
heureux fuccès dans la plaidoyerie,
que fon pere avoit offert un tableau
votif à Nôtre-Dame, avec ces deux
vers au bas.

> *Vierge au vifage benin,*
> *Faites grace au petit Corbin.*

Catalogue de fes Ouvrages.

1. *La Jerufalem regnante, contenant*
la fuite & la fin d'*Armide* & d'*Hermi-*
ne à la fin du Torquato Taffo; avec les
nouvelles Amours de Bravemont & de
Filaminte; traduite de l'Italien par Jacques *Corbin*. Paris, 1600. in 12.

2. *Les faintes voluptés de l'Ame,*
contenant des Oraifons fur tous les Myf-

J. COR-*teres de la Vie, Miracles & Passion*
BIN. *de N. S. J. C.* par J. Corbin *Avocat.*
Lyon, 1603. *in-*12. Le Privilege est
de l'année précédente.

3. *Le Martyre d'Amour, ou la fu-
neste fin de Cariphile & de son Amante.*
Lyon. Rigaud. 1603. *in-*12.

4. *Stances.* A la tête du second volume de la *Prosopographie de du Verdier.* Lyon, 1604. *in-sol.* Elles sont à
la loüange du Livre.

5. *Le Pseautier des Pénitens, ou Paraphrase sur les sept Pseaumes Peniten-
tiaux.* Lyon. P. Rigaud. 1604. *in-*12.

6. *Résolutions des doutes de Droit &
de Pratique, discourues & mises en
Latin par Nicolaus Valla, jadis Conseiller au Parlement, & réduites en
François.* Lyon, 1608. *in-*8o.

7. *Plaidoyers de Maître Jacques
Corbin, & les Arrêts intervenus sur
iceux.* Paris, 1610. *in-*8º.

8. *Décisions de Droit & de Pratique,
jugées par Arrêts des Cours Souveraines de France, recueillies des décisions
de M. Bœrius.* Paris, 1611. *in-*40.
Corbin a traduit ces Décisions du Latin de *Nicolas Boyer de Montpellier,*
mort en 1531. Président au Parle-

ment de Bourdeaux, & y a fait quel- J. Cor-
ques changemens & quelques addi- BIN.
tions. Cet Ouvrage , & les autres
qu'il a donné sur des matieres de
Droit , ont leur mérite.

9. *Les Loix de la France promulgées*
sur la necessité des Controverses , par
les Arrêts du Parlement de Paris. Pa-
ris , 1614. *in* 40.

10. *Preuve du nom de la Messe.* Pa-
ris , 1620. *in*-80. Corbin sortoit de sa
sphere , en se mêlant de Controverse , & il n'y a pas réussi.

11. *La vérité de l'Eucharistie.* Paris,
1620. *in*-12. Ces deux Ouvrages sont
marqués dans le Catalogue de sa Bibliotheque.

12. *Traité des Droits de Patronage,*
honorifiques , & autres en dependans :
contenant les Loix de tous les Peuples ,
Ordonnances , Coûtumes & Arrêts sur
ce intervenus. Paris , 1622. *in*-80. p.
1082.

13. *Nouveau Recueil des Edits , Or-*
donnances , & Arrêts de l'autorité &
Jurisdiction des Cours des Aydes de
Paris, Roüen , Montferrand & Mont-
pellier. Avec la pratique & usage mo-
derne de la Cour des Aydes de Paris

J. COR-
BIN.

pour les Aydes , Tailles, Gabelles & Finances. Paris , 1623. in-40. pp. 1528.

14. *Le Code de Louis XIII. contenant les Ordonnances & les Arrêts de ses Cours Souveraines , pour les Droits de la Couronne , Police entre ses Sujets, &c. recueillies , commentées & conferées avec celles d'Henri IV. & des Rois ses Prédecesseurs , par J. Corbin. Paris , 1628. in-fol.*

15. *Plaidoyé de Me. Jacques Corbin, Conseiller & Maître des Requêtes Ordinaire de la Royne , Avocat en Parlement, & Arrêt sur icelui du 29. Mars 1616. où il est montré & jugé que pour les effets civils , à sçavoir la succession des Enfans , & autres , la benediction nuptiale a toujours été nécessaire au mariage légitime , même auparavant le Concile de Trente. Paris , 1630. in-8o. pp. 157.*

16. *La sainte Franciade ; contenant la vie & miracles de S. François, ses stigmates , & la Chronique de tous ses Ordres. Paris , 1634. in-8.* Cet Ouvrage est en vers.

17. *La Sainte Bible de la traduction de Jacques Corbin. Paris , 1641. in-*

LI.

16. Huit gros volumes, ſix pour l'an-cien Teſtament, & deux pour le nou-veau. Le P. *le Long* marque ſeulement les années 1643. & 1661. & dit que c'eſt la même édition. C'eſt apparem-ment auſſi la même que celle de 1641. qu'il n'a point connuë, & qui porte le nom du Libraire *Henault*, au lieu que celle de 1643. porte celui de *Jean Guignard*. Cette traduction eſt trop litterale, & le ſtyle en eſt trop rude & trop groſſier : ainſi on n'en fait aucun cas.

18. *Remarques ſur la Verſion Fran-çoiſe de la Bible de Geneve. Paris,* 1641. *in-*8°. Le P. *le Long* fait men-tion de cet Ouvrage dans ſa Biblio-theque Sacrée.

19. *La vie, mort, & reſurrection de Nôtre Sauveur & Redempteur Jeſus-Chriſt, le grand Legiſlateur des Chré-tiens, & de la Vierge ſa mere, & de pluſieurs autres Saints ſes Martyrs. Avec les loix éternelles, qu'il a, com-me un pacte inviolable, établies entre Dieu & les Hommes. Paris,* 1641. *in-*8°. pp. 859. Il n'y a que du verbiage dans ce gros volume.

20. *Les Panegyriques du Très-Saint*

Tome XXXVII. K k

J. COR-BIN.

J. COR-
BIN.

Sacrement de l'Autel. *Paris* , 1652.
in-40. On trouve aussi dans ce volume le *Triomphe de J. C. au Très-S.*
Sacrement , & *l'Histoire miraculeuse*
de l'Institution de sa fête en un Poë-
me Heroïque , & *la Vie de Sainte Ge-*
nevieve aussi en un Poëme Heroïque , & quelques autres piéces,

21. *L'Histoire Sacrée de l'Ordre*
des Chartreux , & *du très-illustre Saint*
Bruno leur Patriarche. Paris , 1653.
in - 40. Achevé d'imprimer le 12.
Février de cette année. Il y a des
exemplaires qui portent la date de
1659. mais c'est une adresse de Li-
braires , qui ont renouvellé le titre du Livre , qui ne se vendoit pas,
La Vie de *S. Bruno* est en vers & divisée en 4. Chants.

22. *Commentaire sur l'Ordonnance*
de la Majorité des Rois. in-8°. feüil,
78. On donne cet Ouvrage à *Cor-*
bin dans le Catalogue de la Bibliotheque de M. *le Tellier* , Archevêque
de *Reims*.

On a imprimé après sa mort le Catalogue de sa Bibliotheque. *Bibliothe-*
ca Corbiniana Catalogus , *cum Indice*
Titulorum. Paris. 1654. *in*-4°. pp.

136. Il y a d'assez bons Livres, mais J. Cor-
rien de recherché ni de rare.   BIN.

V. *La Bibliotheque du Richelet par*
M. l'Abbé le Clerc.

ANTOINE DE LAVAL.

ANtoine de Laval, sieur de *Belair*   A. DE
& de *Landrevie*, naquit appa- LAVAL.
remment dans le Bourbonnois le 24.
Octobre 1550.

Il fut d'abord Maître des Eaux &
Forêts du Bourbonnois. Il devint
ensuite Capitaine du Parc & Château
de Beaumanoir-lès-Moulins.

Il succeda aussi en la Charge de pre-
mier Geographe du Roy à *Nicolas* de
Nicolai, sieur d'*Arfeuille*, mort à
Paris le 25. Juin 1583.

L'alliance que *Laval* avoit avec
Nicolai, contribua apparemment autant à lui procurer cette place, que
son habileté dans la Geographie.

Il avoit épousé *Isabelle de Buckin-*
gham, dont la mere *Jeanne de Stel-*
tink s'étoit remariée à *Nicolai*, après
la mort de son premier mari. Il eut
de cette *Isabelle* plusieurs enfans ;

K k ij

mais il eut le chagrin de voir mourir tous les garçons.

Il fut lié de bonne-heure à la Maison de *Retz*, dont il reçut toute sa vie des marques d'estime & de bienveillance.

Outre la Geographie, il sçavoit aussi les Langues, l'Histoire & même la Theologie. Comme il avoit de l'esprit & de la douceur, & qu'il étoit habile dans la dispute, il fut invité, & se trouva à plusieurs conférences qui se tinrent à *Paris* dans le 16ᵉ. siécle pour tenter la conversion des Hérétiques.

Il assista à celle qui fut tenuë en 1587. par l'autorité de M. le Cardinal *de Gondi*, alors Evêque de *Paris*, en l'Hôtel de *Retz*; à celle qui se fit à *Mante* en 1593. & où M. *du Perron* présida; & à une autre qui se fit depuis à *Moulins*, & dont les principaux tenans parmi les Catholiques étoient le P. *Pierre de Quingey*, Capucin, & le P. *Viole*, Jesuite.

Il avoit formé à *Moulins* dans le Château, où il avoit un appartement, un Cabinet curieux, qu'il dit que les Rois, les Princes, les Am-

baffadeurs & les perfonnes de confi-
derations qui paffoient par cette Ville alloient voir. Il y avoit ramaffé un
grand nombre de Cartes, de Plans
de Villes, de deffeins de Fortifications, des Armes, des Portraits,
des Tableaux, & des Livres en toutes fortes de Langues.

Après avoir été long-temps à la
Cour & à la fuite de plufieurs Princes, qui l'affectionnoient, il fe retira
dans fon Château de *Belair* près
Moulins, où il paffa les dernieres années de fa vie.

On ignore le temps précis de fa
mort, qui doit être arrivée vers l'an
1630. Il avoit alors 80. ans.

Catalogue de fes Ouvrages.

I. *Paraphrafe des cent cinquante*
Pfeaumes de David, tant Litterale
que Myftique; avec annotations nécef-
faires. Le tout fidellement extrait des
SS. Peres & Docteurs reçus & ap-
prouvés de la Sainte Eglife Catholi-
que, Apoftolique & Romaine. Paris,
1612. in-4°. It. 2e. *Edition revûë,*
corrigée & augmentée de nouveau en
plufieurs endroits par l'Auteur. Paris,
1614. in-4°. Il y a eu plufieurs au-

A. D Etres éditions de cette Paraphrafe.

LAVAL. 2. *Le grand chemin de la vraye Egli-*
fe , hiftoriquement demontrée par l'ori-
gine & la fuite des traditions divines ,
Apoftoliques & Ecclefiaftiques. Paris ,
1615. in-8°. pp. 372.

3. *Homelies de S. Chryfoftome, avec*
les Catechefes de S. Cyrille , traduites
en François. Paris , 1620. in-8°. On
trouve ici la traduction de trois Homelies de *S. Jean Chryfoftome,* des cinq
Catechefes Myftagogiques de *S. Cy-*
rille de *Jerufalem ,* & d'un traité de
l'Ame de *S. Gregoire Thaumaturge.*
Le tout eft fuivi d'un Difcours du
Traducteur , qui a pour titre : *Des*
Predicateurs qui affectent de bien dire.

4. *Deffeins de Profeffions nobles &*
publiques , contenant plufieurs Traités
divers & rares ; & entre autres l'Hif-
toire de la Maifon de Bourbon ; avec
autres beaux fecrets hiftoriques, extraits
de bons & authentiques Mémoires &
Manufcrits , dédiés au Roi Henri IV.
& propofés en forme de leçons pater-
nelles , pour avis & confeils des che-
mins du monde. Paris , 1605. in-4°.

5. On trouve deux Sonnets François & fix Vers Latins de fa façon , à

la p. 23. du Recueil intitulé : *Vers*   A. DE
funebres François & Latins fur le vrai LAVAL.
difcours de la mort de M. le Duc de
Joyeufe , Pair & Amiral de France ,
par Claude Billard , Bourbonnois. Pa-
ris, 1587. *in-4°.*

V. Le Supplément de *Morery* de
1735. On trouve dans les *Defseins de*
Profeffions plufieurs chofes qui le con-
cernent , & qui ne font point dans ce
Supplément.

JEAN-FRANÇOIS BIONDI.

Ean-François Biondi naquit l'an   J. F.
1572. à *Lezina* Ville de Dalmatie, BIONDI.
fur le Golphe de *Venife* d'une famille noble, mais peu favorifée des biens
de la fortune.

Après avoir fait fes études d'Humanités & de Jurifprudence , il paffa à *Venife* , pour y chercher les
moyens de s'avancer. Quelques oc-
cafions qu'il eut d'y faire connoître
fa capacité & fa prudence , le firent
rechercher par le Senateur *Soranzo ,*
qui alloit en Ambaffade en France ,
pour être fon Secretaire.

J. F. BIONDI. *Biondi* s'acquitta de cet emploi avec beaucoup de dexterité, & s'acquit l'eftime de la Cour de France & l'affection de fon Maître.

De retour en Italie, il fut employé par le Senat de *Venife* en des affaires importantes ; mais mécontent de ne point voir fes fervices recompenfés, comme il le fouhaitoit, il accepta les offres qu'*Henri Wotton* Ambaffadeur d'Angleterre lui fit pour l'attirer dans ce Royaume.

Le Roi *Jacques I.* ne l'eut pas plûtôt connu, qu'il conçut de l'eftime pour lui, & lui donna une penfion de 200. livres fterling. Il l'envoya chargé de quelques commiffions fecretes au Duc de Savoye, & *Biondi* réuffit fi bien dans fa négociation, que ce Prince le fit Gentilhomme de fa Chambre & Chevalier.

Theodore Mayerne Turquet, premier Medecin de *Jacques I.* & de *Charles I.* fon fils, lui donna fa fœur en mariage, & il acquit par là quelques biens en France

Il paroît qu'il avoit embraffé la Religion P. Reformée, & ce fut apparemment pour cette raifon, & pour

ſon adreſſe dans les négociations ,   J. F.
qu'il fut deputé en 1615. à l'Aſſem- BIONDI:
blée des P. Reformés , qui ſe tenoit
à *Grenoble* , pour les engager à ſe dé-
clarer pour le Prince de *Condé* ; en
quoi il réuſſit, comme M. *Marſolier*
nous l'apprend dans la vie du Duc
de Boüillon , tom. 3. p. 68.

Biondi entreprit d'écrire l'Hiſtoire
d'Angleterre , & il en publia les premiers volumes ; mais les troubles
d'Angleterre étant ſurvenus , il ap-
prehenda que ſon attachement au
Roi , & le ſoin qu'il avoit eu de faire valoir ſes prérogatives , ne lui fuſſent funeſtes , & ſortit de ce Royaume pour paſſer en France.

Après s'y être mis en poſſeſſion
des biens de ſa femme , il ſe retira à
Aubonne en Suiſſe , chez *Theodore
Mayerne* ſon beau-frere , qui avoit
acheté cette Baronnie.

Ce fut en ce lieu qu'il mourut l'an
1644. comme porte ſon Epitaphe ,
qu'on voit encore dans l'Egliſe de ce
lieu, & non pas en 1645. comme on
lit dans *le Glorie degli Incogniti.* Il
avoit alors 72. ans.

Il étoit de l'Academie des *Incogniti* de *Veniſe.*

J. F.   Catalogue de ses Ouvrages.

BIONDI. 1. *L'Eromena, divisa in sei libri. In Venetia*, 1640. *in*-4°. It. *In Viterbo*, 1643. *in*-12. C'est un Roman.

2. *La Donzella Desterrada. In Venetia*, 1640. *in*-4°. It. *In Viterbo*, 1649. *in*-12 C'est un autre Roman divisé en trois livres, qui fait la suite du précédent.

3. *Il Coralbo. in Venetia*, 1641. *in*-4°. It. *Colla Continuazione di Carlo Boër. in Viterbo*, 1643. *in*-12. Autre Roman en trois livres, qui fait encore la suite du précédent.

4. *L'Istoria delle Guerre Civili d'Inghilterra tra le due Case di Lancastro ed Jorc, sotto li Re Ricardo II. Arrigo. IV. V. & VI. Odoardo IV. & V. Ricardo III. & Arrigo VII. dopo l'anno* 1377. *all' anno* 1509. *in Venetia*. *in*-4°. Trois volumes. Le 1. en 1637. le 2.ᵉ en 1641. & le 3.ᵉ en 1647.

V. *Son Eloge dans le Glorie degli Incogniti di Venetia*, p. 241.

JEAN MICHEL.

JEan *Michel* naquit à *Angers* & y professa la Medecine avec beau- coup de réputation.

Le Roi *Charles VIII.* paſſant par cette Ville, & ayant entendu parler de ſon mérite & de ſa capacité, le prit pour ſon premier Medecin, & l'honora d'une charge de Conſeiller au Parlement, en laquelle il fut reçu l'an 1491.

Michel accompagna ce Prince en Italie en 1494. mais au retour il tomba malade à *Quiers* en Piémont, & y mourut le 22. Août 1495. fort regretté du Roy, comme le marque *Andry de la Vigne* dans le Journal du Voyage de *Charles VIII.*

Riolan s'eſt trompé groſſiérement, lorſque dans ſes *curieuſes recherches ſur les Ecoles de Medecine*, &c. p. 192. il a mis cette mort au 12. Août 1491. citant pour cela *de la Vigne*, qu'il appelle mal *Antoine.* On s'eſt trompé auſſi dans *l'Hiſtoire du Théâtre François*, tom. 2. p. 242. en la pla-

J. MI-
CHEL.

çant en 1493. sans songer que *Char-*
les VIII. ne partit pour l'Italie qu'en
1494.

Michel ne laissa qu'une fille nommée *Louise* qui épousa *Pierre le Glerc*,
sieur *du Tremblay* Conseiller au Parlement, dont est descendu le fameux
Pere *Joseph*, Capucin.

Ce n'est pas de lui, mais d'un de
ses freres, qu'est venu *Gabriel Mi-*
chel de la Rochemaillet, célebre Avocat au Parlement, dont je parlerai
ailleurs.

On l'a confondu sur la ressemblance du nom avec *Jean Michel*, Evêque d'*Angers*, à qui presque tous les
Auteurs ont attribué mal-à-propos
les Mysteres, ou piéces Dramatiques,
qui sont de la façon du Medecin.

Ils auroient reconnu facilement
leur erreur, s'ils avoient fait attention à ce que *la Croix du Maine* dit
de *Jean Michel*, Auteur des Mysteres, qu'il étoit *Angevin*, & fleu-
rissoit en 1486. qualités qui ne con-
viennent point à l'Evêque, qui étoit
natif de *Beauvais*, & mourut le 12.
Décembre 1447. c'est-à-dire, près
de 40. ans auparavant. D'ailleurs le

titre de *très - éloquent & ſcientifique*
Docteur, qu'il lui donne, & qui lui
eſt auſſi donné dans le *Myſtere de la
Paſſion* imprimé à *Paris* en 1507. ne
convient point à un Evêque, mais
plûtôt à un Docteur en Medecine,
tel qu'étoit notre Auteur.

J. Mi-
chel.

Catalogue de ſes Ouvrages.

1. *Le Myſtere de la Reſurrection de
N. S. Jheſu-Chriſt, compoſé par Maître Jehan Michel, & joüé à Angiers
triumphamment devant le Roy de Ceci-
le, imprimé à Paris pour Anthoine Verard. in-fol.* feüill. 133. Cette piéce
qui contient environ vingt mille
vers, eſt diviſée en trois Journées;
elle eſt differente d'une autre qui a
pour titre : *Le Myſtere de la Reſurrection de N. S. Jeſus-Chriſt par perſon-
nages, nouvellement imprimé à Paris
par Alain Lotrian & Denys Janot. in-
fol. petit.* Celle - ci n'eſt qu'en une
Journée, & le ſujet y eſt traité dif-
feremment ; on en ignore l'Auteur.
Le Roy de Sicile, devant qui la piéce
de *Michel* fut repréſentée, eſt *René
le Bon*, qui mourut en 1480. On en
trouve un extrait dans le 2e. volume de l'*Hiſtoire du Théâtre François.*

J. MI-
CHEL,

2. *Le Mystere de la Passion de N. S.*
Jesus-Christ, joüé à *Paris* derreniere-
ment cet an 1490. imprimé par *Antoi-*
ne *Verard*. in fol. feüill. 206. C'eſt la
plus ancienne édition que nous ayons
de ce *Mystere*. Il n'eſt pas entierement
de *Michel*, qui y a ſeulement fait
quelques changemens, en retran-
chant certains endroits qui lui pa-
roiſſoient trop libres, auſquels il en
a ſubſtitué d'autres plus convenables,
& ajoutant un Prologue aſſez ennuyeux. Comme on n'a aucun manuſcrit, ni aucune édition qui pré-
cede ces changemens, on ne peut ſçavoir en quoi ils conſiſtent. Cependant
ſi l'on en juge par la verſification du
Mystere de la Resurrection, qui eſt in-
conteſtablement de *Michel*, & qui
eſt aſſez mauvaiſe, on peut aſſurer
que les meilleurs endroits ne ſont
point de lui.

Cette piéce fut joüée dans l'état où
Michel l'avoit miſe à *Poitiers* vers le
commencement de l'Eté de l'an 1486.
comme *Jean Bouchet*, qui y étoit préſent, le témoigne dans ſes *Annales*
d'Aquitaine, & à *Angers* ſur la fin
du mois d'Août de la même année

avec beaucoup de magnificence. Les
perſonnes les plus qualifiées d'*An-*
gers voulurent joüer un rolle dans
cette derniere repréſentation. Le
Doyen de *S. Martin* y repréſenta celui de *Jeſus*, & l'on croit que *Jean*
Michel fit celui de *Lazare*. On employa quatre jours à la répetition du
Myſtere, & autant à le repréſenter.
Le premier jour on célebra une grande Meſſe dans le lieu même de la repréſentation, & l'on trouve dans les
Regiſtres de la Cathedrale d'*Angers*,
qu'on fut obligé d'avancer la Grande-
Meſſe & de retarder les Vêpres afin
que les Chanoines & les Chantres
pûſſent aſſiſter à cette fameuſe repréſentation.

Dans le compte rendu à la Nation
d'Anjou en 1486. par *Jean Binel*,
alors Procureur de cette Nation, on
trouve la ſomme qu'elle donna pour
contribuer aux frais de cette action.
Pro Myſterio Paſſionis Jeſu-Chriſti an-
no præſentis compoti Andegavi per Per-
ſonnagia manifeſtato, data fuit, ex par-
te Nationis, ſumma decem librarum,
ad onera hujuſmodi Myſterii ſupportan-
da.

J. MI-
CHEL.

Cette premiere édition du *Myste-re de la Passion*, dont je viens de parler, fut suivie d'une autre qui est aussi *in-fol.* & Gothique, sans nom d'Imprimeur. En voici le titre: *C'est le Mystere de la Passion de Jesus-Christ joüé à Paris & à Angiers.*

En 1507. Jean Petit, *Geoffroy de Marnef*, & *Michel le Noir* en donnerent une édition plus correcte que les précédentes, avec le *Mystere de la Conception* à la tête, & celui de *la Resurrection* à la fin. En voici le titre: *Le Mystere de la Conception & Nativité de la glorieuse Vierge Marie, avec le Mariage d'icelle, la Nativité, Passion, Resurrection & Ascension de Notre Sauveur & Redempteur Jesu-Christ, joüée à Paris l'an de grace 1507. imprimé audict lieu pour Jean Petit, Geuffroy de Marnef, & Michel le Noir.* Petit *in-fol.* avec des figures en bois, feüill. 352.

Depuis ce temps-là *Nicolas Desprez*, qui vivoit en 1513. le réimprima *in-fol.* Gothique, sans date. *A l'honneur & à la loüange de N. S. J. C. & de la Cour du Paradis, a été imprimée à Paris cette présente Passion pour*

pour *Nicolas Defprez*, *Imprimeur.* J. MI

En 1532. *Philippe le Noir* l'impri- CHEL. ma *in*-4°.

Enfin *Alain Lotrian* en donna une fixiéme édition plus correcte que celles dont je viens de parler ; en voici le titre : *S'enfuit le Myftere de la Paffion de N. S. J. C. nouvellement revû & corrigé, outre les précédentes impreffions, avec les additions faites par très-éloquent & fcientifique Docteur Maître Jean Michel, lequel fut joué à Angiers moult triumphamment & dernierement à Paris 1539... A l'honneur de Dieu & de la glorieufe Vierge Marie, & à l'édification de tous bons Chrétiens & Chrétiennes a été ce Myftere de la Paffion de N. S. J. C. par perfonnaiges nouvellement imprimé à Paris par Alain Lotrian 1539. in*-4°. Gothique, feüil. 253. Il y a une Table des perfonnages, mais elle n'eft pas jufte.

On trouve une édition pareille à celle-ci, dont la premiere & la derniere page portent, *achevé d'imprimer le* 18. *Août* 1542.

Enfin la *Veuve de Jehan Trepperel, & Jehan Jehannot* en donnerent une édition avec le même titre que celle

J. Mi-
CHEL.

de *Lotrian in-4°.* feüill. 264. On n'y voit d'autre date que les chiffres 46. Ce qui suivant la maniere de ce temps-fignifie l'an 1546.

V. *L'Hiftoire du Théatre François*, tom. 2. p. 238. & 288. *Les recherches fur les Théâtres de France*, tom. 1. p. 252.

JEAN OPSOPÆUS.

J. OPSO-
PÆUS.

JEan *Opfopæus* naquit le 25. Juillet 1556. à *Bretten*, Ville du Palatinat.

Il commença fes études dans fa patrie, & alla les continuer à *Neuhaufen* dans le College que l'Electeur Palatin, *Frederic III.* y fit ouvrir en 1565.

Lorfqu'il fut en état d'entrer dans une Academie, il paffa à *Heidelberg*, où il fut reçu dans le College de la *Sapience*, & il y prit des leçons de plufieurs Profeffeurs, entr'autres de *Zacharie Urfinus.*

L'Electeur *Frederic III.* étant mort le 26. Octobre 1576. la plûpart des Etudians du College de la

Sapience, qui professoient la Religion Calviniste qu'il avoit suivie, furent congediés par ordre de *Louis IV.* son fils & son successeur, qui avoit embrassé la Lutherienne.

Opsopæus se retira alors à *Francfort sur le Mein*, & entra au service de *Wechel*, auquel il s'engagea pour deux ans, en qualité de Correcteur de son Imprimerie.

Il suivit *Wechel* en France, lorsque les guerres & la peste l'obligerent de sortir de ce pays, & vint à *Paris*, où il fut mis deux fois en prison pour sa Religion, & delivré autant de fois.

Il y demeura six ans, occupé principalement de l'étude de la Medecine, à laquelle il avoit dessein de se fixer; & il y fit de si grands progrès, qu'étant retourné au bout de ce tems dans son pays, on lui donna à *Heidelberg* une Chaire de Professeur en Medecine.

Il remplissoit cette place, lorsque l'Electeur Palatin *Frederic IV.* voulant aller à *Hamberg*, & sçachant que *Jean Posthius*, son Medecin, étoit malade & hors d'état de l'y suivre, le choisit pour faire ce voyage avec lui.

J. OPSOPÆUS.

L l ij

Opsopæus ne fut pas plûtôt de retour à *Heidelberg*, qu'il tomba malade, & mourut de cette maladie le 23. Septembre 1596. âgé de 40. ans.

Il eut un frere nommé *Simon Opsopæus*, qui embrassa aussi la profession de la Medecine, & mourut le 4. Juin 1619. âgé de 43. ans, sans avoir publié aucun Ouvrage.

Catalogue de ses Ouvrages.

1. *Hippocratis Coi Jusjurandum. Aphorismorum sectiones Octo. Prognostica. Prorrheticorum libri duo. Coaca præsagia. Juxta Græcum & Latinum contextum accurate renovavit Joannes Opsopæus, Lectionum varietate & Cornelii Celsi versione calci subdita. Francofurti*, 1587. *in-12.*

2. *Theses de partibus Corporis Humani. Heidelbergæ*, 1595. *in-4º.*

3. *Sibyllina Oracula, Oracula Magica Zoroastris, necnon Oracula vetera, cum Plethonis & Pselli Scholiis. Græcè & Latinè, interprete Sebast. Castalione. Edente cum notis & variis accessionibus Joanne Opsopæo. Paris.* 1589. 1599. 1607. *in-8º.*

V. *Melchioris Adami Vita Medico-*

rum Germanorum. Freheri, Theatrum J. Orso *Virorum Doctorum*, tom. 2. p. 1296. PÆUS.

Fin du trente-septiéme Volume.

TABLE

NECROLOGIQUE

des Auteurs contenus dans ce Volume.

TABLE NECROLOGIQUE.

TABLE DES MATIERES

TABLE

Des Auteurs contenus dans ce Volume, selon l'ordre des matieres qu'ils ont traitées dans leurs Ouvrages.

Tome XXXVII.   M m

TABLE

TABLE DES MATIERES.

Fin de la Table des Matieres.